文学有大益

大益文学

TAETEA LITERATURE

（2024 春）

主编◎张亚峰

小说

非虚构

译文

随笔

视觉

诗歌

云南人民出版社
Yunnan People's Publishing House

图书在版编目（CIP）数据

大益文学. 2024. 春 / 张亚峰主编. -- 昆明 : 云南人民出版社, 2024.3

ISBN 978-7-222-22743-9

Ⅰ. ①大… Ⅱ. ①张… Ⅲ. ①中国文学－当代文学－作品综合集 Ⅳ. ①I217.1

中国国家版本馆CIP数据核字(2024)第073194号

责任编辑： 陈　晨
责任校对： 任建红
责任印制： 窦雪松
装帧设计： 马　滨　越凡文化

大益文学（2024　春）

DAYI WENXUE（2024　CHUN）

主编◎张亚峰

出　版　云南人民出版社
发　行　云南人民出版社
社　址　昆明市环城西路609号
邮　编　650034
网　址　www.ynpph.com.cn
E-mail　ynrms@sina.com
开　本　720mm × 1010mm　1/16
印　张　16.5
字　数　300千
版　次　2024年3月第1版第1次印刷
印　刷　昆明德厚印刷包装有限公司
书　号　ISBN 978-7-222-22743-9
定　价　60.00元

云南人民出版社微信公众号

如需购买图书、反馈意见，请与我社联系

总编室：0871-64109126　发行部：0871-64108507　审校部：0871-64164626　印制部：0871-64191534

目录

小说

·美人姓董，先生姓杨　东君

·亲爱的啊喔呃　史玥琦

东君，主要从事小说创作，兼及诗与随笔。结集作品有《东瓯小史》《某年某月某先生》《子虚先生在乌有乡》《徒然先生穿过北冰洋》《面孔》等。另著有长篇小说《浮世三记》、评论集《隐秘的回响》等。

美人姓董，先生姓杨　东君

这房子已经旧得不能再旧了。有一堵墙的裂缝能插得进一只手掌，门窗因雨打风吹而变形，瓦片都快酥烂了；风雨再大一些，就能吹堕瓦菲，连泥带土，扑簌簌滚一地。阴雨天里，我总能听得滴水瓦下的一个铅桶发出清脆的叮咚声，似乎在暗自应和着屋内老阿婆的咳嗽。老阿婆姓董，已有九十来岁，每天晨起，我也总能看到她的身影，扫地、浇花、喂猫，一样都没落下。若是天气好，她就坐在道坦里、报春花前晒太阳，花白头发闪烁着银光。她那模样，很像院中那株半枯的槐树，被藤萝缠绕着，几朵花夹在枯枝里，开得有些杂乱，却也有几分生气。

一个月前，我来这里租房子，老阿婆问我，你是不是本地人？我说，不是。她又问我，你会不会说本地话？我说我听得懂，但不会讲。看样子，她跟本地的老一辈人一样，很在乎租客是不是本地人。从前他们去街上买鸡，就问是不是本地鸡，买西瓜就问是不是本地瓜。

老阿婆说，你不会讲本地话，那就不是本地人啰。

我点了点头。

老阿婆徐徐抬起手臂，指着阶前的槐树说，这株本地槐打我出生那年就很老很老了。

你们本地人真有意思，连槐树都叫本地槐。

是啊，本地的物事让人放心。

如果我不是本地人，你就不把房子租我啰？

是这样的。她又指着中堂的一盏灯笼说，外地人租房，是不会敬你本地爷，拜你本家六神的。

既然阿婆您不忘一个“本”字，我就索性讲开了。要租房子的不是我，而是我老伴。我老伴不仅是本地人，还跟您是同一个姓。

嗄，她也姓董？

是的。

这一带姓董的只有三房，大房、二房早已迁到外边去，只剩下我们这一房了。我家里拢共十来个兄弟姊妹，现在只剩下我一人了。

我从一份折叠齐整的报纸里取出三张用硫磺纸覆盖的老照片，放在一张桌子上。桌子旧兮兮的，四条腿仿佛是地里生长出来的。桌子上是一个陶钵，陶钵里插着一朵旧纸一般的黄花，被屋内的幽寂所衬，让人感觉有静气。

我说，既然你是董家的人，想必认得这三张照片里面的人吧？

老阿婆戴上老花镜，端详着第一张照片，突然怔住。没错，她指着照片中的女人说，这是我结婚前拍的照片，这一身西式翻领旗袍，是我父亲当年在上海丽古龙旗袍店给我量身定制的。你看，这手包和扇子，是照相馆提供的道具，当年电影里的名媛流行这个。咦，这照片怎么流到你手里？

稍后我会跟您说明来源。我掀开第二张照片上的硫磺纸问，您再指认一下这位是谁？

照片中的年轻人戴着一顶钢盔，身穿野战服，胸前挂着两个手榴弹包，右手持步枪，腰间挂着一个军用水壶和一把刺刀，脚着一双军靴，腿上是布绑腿。再细看他的五官，棱角分明，眉毛粗浓，虽然谈不上英俊，却给人一种硬朗的感觉。

老阿婆把照片摸了一遍又一遍，念出了三个字：杜，国，正。我问，杜国正是谁？阿婆说，是我二姐的一个高中同学，毕业后就去成都黄埔军校念书，放假期间，他常来我家玩，每回见面都会送我一件礼物。有一年冬天，他来我家跟我道别，说自己要奉调到战区。后来他除了给我寄来这样一张照片，就再也没有消息了。有人说他已在衡阳会战中阵亡，也有人说他还活着，一九四九年跟随大部队从大陈岛撤离去了台湾。

老阿婆说这话时，目光一下子拉远了，叹息一声，随即收回，要看第三张照片。

我掀开了第三张照片上的硫磺纸。很显然，这张照片就在董宅的大门口拍摄，底下写明的时间是民国三十四年九月，也就是抗战胜利那一年的秋天。

她哆哆嗦嗦地伸出手来，指着照片上的人说，这是我父亲，这是我母亲，这是我，那年才十九岁，这是我大哥、二哥、三哥，这是喜（四）弟，还有那个穿背带裤的小男孩是我五弟，那年才十一岁，可怜的人，拍完全家福第二年就夭折了。这是我大姐、二姐、三姐，三姐二十三岁那年就嫁到很远很远的地方去了，我再也没有见到她了。坐在前排的孩子，都是谁家的，我大半忘了。啊，这是我大嫂和二嫂，二嫂抱着的小女孩应该是我的侄女，她叫什么名字我都不记得了——

这些小孩，后来都见过面？

他们一个都没回来。

我突然打断说，你二嫂抱着的那个小女孩就是我老伴。

我在这里守了大半辈子，总算是见到董家的后人了。你老伴呢？

她在家。

我们董家的人离散后，就再也没有见过面了，有的去了台湾，有的去了外国，早些年，我还能收到几封信，现在连纸片都没了。想来他们都已经走了。

你也没有二哥一家人的消息？

国共内战那些年，二哥还留在上海的，不承想解放初期得了痨病去世，二嫂只好回娘家，做起了单边人，后来有没有嫁人我也不晓得。

老阿婆说起往事，眼皮耷拉下来，仿佛在搜索一些残存的记忆，讲到一半，突然打住，问，你之前跟我说什么事来着？我说，我之前想来租房子的。老阿婆说，都是自家人，还租什么房子？赶紧把你老伴带过来，我倒是要急着见我的小侄女呢。

我从阿婆家里出来后，就知道，这事不能急。

我绕着围墙慢慢走着。围墙是清水砖砌的，高而平直。炮台屋还在，屋顶上长着一株小树；两间披舍跟新起的两层楼连在一起，聚居着几户外姓人家；栈房已改造成临街的店铺；后花园的墙缝间还长着一片干枯的石莲，透过断壁可以看见一圈围栏内豢养着一群鸡鸭，还有一条护院的老土狗，懒洋洋地趴着。绕行至西墙，路面就变得开阔了。一个滑板少年沿着弧线像一只大鸟那样从我身边掠过时，我恍惚了一下。眼前的大马路，原本是一条河流，在我记忆里，它弯弯曲曲地伸展到远处，闪烁着点点白光。那是初秋，没有风，树叶微微晃动，天地间安静得连草木的呼吸都能听得到。我仍然记得河边的一块石头、一棵树、一排老房子、一个拎着裙摆越过水洼的小女孩。我曾脱掉鞋子，站在有些光滑的石板路上，任由河风吹拂。现在，河道填了，变成马路，拉直了，还标上斑马线，车来车往，跟流水一样。我顺着这条马路一直向南走下去，早年间这里还有一排老字号店铺，现如今街道两边都起了高楼，只剩下一家银器店了。店铺里的一个小学徒正在一下一下地敲打着银器，不时地朝外面的大街扫上一眼，好像他敲打的不是银器，而是时间，好像时间可以打成薄薄的一片，存放在某个不为人知的地方，闪烁着亮光。

一周后，我又坐车来到了董宅。

我像本地人那样喊她一声董老太太，她略显迟疑地看着我，说，按辈分，你应该叫我姑妈的。董老太太递给我一把钥匙时，手上、衣裳上全都散发着潮湿的草药气息。我打开一个空房间，忍不住打了一个响亮的喷嚏。我看不到那些躲在暗处的灰尘，但还是能闻到灰尘的气味。我把那个空房间和边上的杂物间清理了一遍，顺便把道坦内外、上间角的垃圾一并扫除。

过了些日，我把老伴接了过来。我对她说，这就是你的老家，你还记得？她没有点头，也没有摇头。我把那张全家福照片放在她鼻子底下，指着台门说，你对照一下，是不是一模一样？她依旧没有点头，也没有摇头。董老太太拄着拐杖，一点点地移过来，站定，打量着我的老伴，把原来跟我说过的话重复了一遍：按辈分，你应该叫我姑妈的。老伴的目光落在自己的一双手上，手捧在心口。董老太太把我拉到一边，低声问，她的脑子是不是出了问题。我说，是的，她得了老年痴呆症，现在什么都不记得了。

不记得了也好，董老太太牵着我老伴的手说，来，在这边坐下。坐定后，她感叹了一声，这世上，只有阳光是干干净净的。然后就微闭着眼睛。

我掇了条小板凳，在她们边上坐了下来。院子里的阳光是流动的，好像只要你伸手招呼一下，它就会来到你手边。风是暖的，慢悠悠地吹过来，也不赶时间。一些新旧交替的枝叶在阳光下闪闪发光。我跟她们说话时放慢了语速。

三月过后，枝头已见新叶。五月，院子里的槐花开了。再过一阵子，那些栀子花、鸡冠花想必也要开了。董老太太喜欢种一些花花草草，这样，手头就有事可做了。有时，我想帮她扫地、浇花或喂猫，她都会很生气地对我说，我现在手脚还能动，你这一帮忙，我就懒了，不想动了，以后就真的动不了了。

平日里，我还是照卖海鲜。腥气摊收了之后，如果还有剩余海鲜，我就带回来，分送给董老太太或邻里。空闲时间，我也会去对门的老许家坐坐。老许喜欢喝酒。酒配似乎永远只有一碟，里面多半是咸菜或花生米什么的。

中秋节前一天，我从水产品批发市场进货时，发现有一只蟛蜞爬进车斗，就用绳子缚住，放进袋子。早上卖完水产，我就把这只蝤蛑带回家。经过老许家门口，拎起袋子，在他眼前晃了一下。他问，是什么？我把蝤蛑掏出来说，送你，配酒的。他眼前一亮，说，这蝤蛑背青，腹白，螯壮，是野生的。果然识货，我说，这就送你了。老许说，得，我给你弄好了，分我半只就够了。我问老许，蝤蛑是否野生的，你是怎样一眼看出来的？老许说，我早年在渔场做过贩艚，得了空，就赶在退潮时节，把一个空酒坛子埋在滩涂里，仅露坛口，隔阵子，蝤蛑会自行爬进来，空酒坛子里养了些日子，掏出来，只只壮实。这一天中午，老许把蝤蛑对半切开，加料酒清蒸，一份给我，一份自留。我睡了一通午觉，醒来后就去对门，老许依旧坐在门口，右手拿着一只大螯，左手举着酒杯，吃得极有章法。他说，这是本地野生蝤蛑，凭肉质我能分得出它是县东还是县西的蝤蛑。

又是“本地”二字。说实话，作为外地人，我不喜欢听到这个词。不过，我知道，本地人喜欢本地物事，也是件天经地义的事。

我跟老许坐在一起，看他喝酒，也动了喝酒的念头，但我只能喝一小盅本地的烧酒。我们一边喝酒，一边聊天，有时看着白云默默飘过，感觉时间过得很慢。

老许说，我年轻时什么事都干过，讨海不成在海上当过几回绿壳。绿壳是什么你可晓得？不晓得是吧，我告诉你，就是海盗。你可别用这种眼光看我，我们当绿壳的时候并没觉着自己是绿壳。那年头，大伙没得吃，饿疯了，还顾得了什么礼义廉耻？我那老婆就是从一座岛上骗过来的，她跟着我，吃尽了苦头，唉——

你老伴？

走了。

我们沉默了一下，不再谈论这个话题。

老许忽然问起我老伴的病情。我说，她现在脑子里全记不得了。老许叹了口气说，有些人不喝酒也犯糊涂，有些人喝再多的酒还是清醒的。可是，清醒，也是痛苦的。

我们再度沉默。桌子上的一瓶酒快见底了。老许突然问我，你见过董老太太年轻时的样子？我摇了摇头。老许说，她年轻时，可是个大美人。起初她跟一个黄埔军校毕业的年轻人谈过恋爱，后来他被派遣到前方打仗，她就在家里等了很多年。直到新中国成立以后，她还没出嫁。地富反坏右，成分不好，更不好嫁了，她爹只好物色了一个成分差不多的资本家儿子，草草成婚。对方姓杨，虽然念过大学，却是个浪荡子。说到这里，他突然干笑了一声。

老许没讲，我也无意打听。酒止微醺，话说三分，没什么不好。我的身世也没跟老许说起。活到这岁数，谁没有一肚子苦水？

自打卖掉了城里的一座房子给儿子治病以后，我跟老伴就一直在外面租房子度日。这五年间，我们搬过六次家。那些地方，有噪音和灰尘，却也有我喜欢的烟火气。为了生计，我们重操旧业，在菜市场外边摆了个腥气摊，我们被城管驱逐过，也被同行辱骂过。一些伤疤落在脸上，能让年轻人显示狠劲，却让老年人徒添耻辱，可我们还是忍下来了。应对的法子总是有的，我后来索性买了一辆带斗的电动车，每天一大早跑码头进来鲜货，赶在早市卖掉，打了个时间差，也就没人再找我们的麻烦了。年纪大了，苦日子过惯了，也就不觉得什么苦。再说，儿子好歹保住了一条命，我们也都安心了。有时我想，我们的余生不会太长，只要眼前的饭桌上方有一盏灯，对面坐着一个人，这样的日子比什么都好。

从去年开始，平常爱唠叨的老伴突然变得寡言少语了。两个人，在一个屋子里相处，一直没话可说，有时就用目光说话。后来，我发现她目光里的内容也变少了。做完一天的买卖，我跟她说，我们已经积攒七万块钱，再加上退休金，以后可以一边还债，一边凑合着过日子了。老伴站在那里，嘴里念念有词，好像在算一笔无比复杂的陈年旧账。她发呆的时候，嘴唇像虫子那样蠕动，我不晓得她在咀嚼什么，也许是有一句话到了嘴边又溜走了。老伴犯这病已有好几个月，我找医生看，都说没有什么特效药。脑子空空也没什么不好，至少没了牵挂，没了老许所说的“清醒的痛苦”。

医生给我开了这么一剂终身服用的药，董老太太坐在太阳底下，说，我从来不吃什么钙片的。

晒太阳几乎成了她最看重的日常活动。她不仅自己晒太阳，也鼓励我们夫妇晒太阳，冬天晒全身，夏天可以挑早晚时间晒背。她说晒太阳能让阳寿变得更长。我上午收摊回来，总能看到老伴和董老太太坐在向阳的地方，阳光照在脸上，安安静静的。跟她们坐在一起，时间就变慢了，出门之后，时间又变快了。我转了一圈回来，老伴和董老太太仍旧坐在那里，好像时间在这儿没动过手脚。我极少听见她们之间的对话。有一回，老伴坐在椅子里睡着了，我没话找话，跟董老太太聊起了杨先生。董老太太突然阴沉着脸问，你听谁说的？这个人，我不认识。见她动了痰气，我赶紧闭嘴，把舌头藏起来。早年间，老伴就跟我说过，天冷的时候就该把手缩到袖管里去，不该说话的时候就该把舌头藏在牙齿后面。整整一个下午，我都没敢找老太太说话，怕她痰气上涌，突然发起火来。

我又出去转了一圈。回来时，老许叫住了我。我说，我今天说话不小心，提到了那位杨先生，董老太太好像不太高兴。老许说，董美人和杨先生的故事，我可以跟你讲三天三夜，不过，你得给我提一斤白酒、半只蛸蛑来。我想走时，老许又拉住了我的袖子说，跟你开玩笑的。

老许到底是忍不住，讲起了董美人和杨先生的故事。

老许说，你没见过他们解放前的穿着，那真叫男才女貌。我八九岁光景，杨先生和董美人都还没结婚，一个穿着纺绸长衫，一个穿着旗袍，都是国服哪。如果我没记错，他们是在解放初期结的婚，婚礼是在董宅办的，一个穿中山装，一个穿列宁装，没摆喜酒，但我好歹分到了两颗喜糖。董宅西北角几间屋子还是留给董家，供董老爷坐诊行医。杨先生和董美人结婚后就住这里，可没过多久，他们就分居了。原因呢？我前头也说过了，董美人还念叨着那位初恋情人，他姓杜，叫什么名字我也忘了，听说是在衡阳战死的，可董美人一直没法接受这个事实。杨先生大概是觉着自己一个活人还比不得一个死人，心里不爽，就搬到学校里住了。杨先生是我的老师，一个人教过语文、数学、英文、历史。有时下乡，给一些农村的副业队讲授农作物学、蚕桑学。他有一台短波四灯收音机，偶尔会在课后放给我们听。杨先生毕竟是少爷出身，平常也会借下乡的机会偷点荤。有时候，也会有妇人主动找上门来。你也许会纳闷，我那时跟狗虱般大怎么就晓得大人的那些破事？可我在这方面打小就是比同龄孩子早熟。那天，我送作业本去杨先生的宿舍，透过一扇小窗的缝隙看到他躺在躺椅上，跷着二郎腿听收音机，我正想敲门，有个妇人从布帘后面出来，猫也似的爬到他身上，她一定是被他胳肢得发痒了，嘴里发出咯咯笑声。杨先生立马捂住了她的嘴，但杨先生的嘴里随即也发出了哼唧哼唧的声音。我想这当儿他不至于还要吟诗吧。那时候我还小，不明白大人间的一些事体。

讲到杨先生偷情的具体细节时，老许的嘴里突然蹦出一个民间小调："里拉里格郎"。很多事，他不好意思讲下去，就来个"里拉里格郎"。

老许说，杨先生也没快活几年，就被上面请去谈话，上面是谁，谈什么，我也不晓得，他时常拎着一个帆布包，早出晚归，这样过了十天半月的光景，他就没再回来了。有人说他送到北大荒劳改了，有人说他就蹲在邻县的一所监狱里。十年后的某个午后，我看见有个伛着背的老头站在门口，有气无力地敲着门。我问他，你找谁。他转过头来，吓了我一跳。我的娘哎，他竟然就是杨先生。杨先生是个"有政治思想问题的人"，没人愿意跟他来往。他常常一个人坐在道坦里，用石子摆棋谱。我递给他一支烟，他接了，用拇指和食指夹着，一小口一小口地吞着，另一只手罩着烟雾，仿佛偷吃了什么，怕被人发现。我把烟夹在食指与中指之间，告诉他，这样吃才见气势。可他吃第二支烟时，仍旧用一只手罩着另一只手，就是改不掉那个手势。有一回，我问杨先生，他那些年都吃了哪些苦。他只说了一句，活着回来就好。

人哪，我说，活了一大把年纪，却也讨了一大把屈辱。

老许说，杨先生是个乐观派。那个年头，像他这样的人如果不够乐观，还怎么成活？他很能吃，自称两脚饭桶。有人给他盛了一碗冒尖的饭，他还嫌不够，要用饭勺压个严实，然后再加一勺，再压。我见过许多饿死的人，但只见过一个饱死的人。杨先生就是吃饱了撑死的。

今天下午没有酒，真是可惜，改天我提肉打酒给你补上。

酒要烈的，肉要肥的，我可不怕撑死。

阳光已经偏斜，余温还在。我回来时，老伴依旧坐在椅子上，身上盖了一件薄毛毯。董老太太站起来说，我已经守了一个下午，也该去烧饭了。我想上前扶她，她伸手推开了，朝我老伴呶呶嘴说，她跟我不一样，身子不动，嘴巴不动，脑子也不动。你得陪她多说话，让她多走动。我擦掉老伴嘴角流淌的口水时，她突然睁开眼，打了个激灵，站起来，双手在空气里摸索着什么。

董老太太说，这种情状我是见过的。看样子，她已经在寻找来世的路了。

端午过了，半年就过去了；中秋过了，天气一凉再凉，这一年也就快到尽头了。

董老太太的身体一日不如一日。她说，她这辈子没做过体检，也没量过血压。她身上有几种慢性疾病，所幸手里还有几种可以应付的民间偏方。近来，她常常说自己身上的元气少了。动一动，元气就少了；不动，元气也是慢慢地变少了。

有一天傍晚，她把我叫过去，说，你把椅子端到道坦里，我想再晒一会儿太阳。

她坐定后，我沏了一壶菊花茶，放在她身边的一块石箱上。她的坐姿让我想起早年做代课老师时在语文课本上见到的一个词：端坐。一个人老到不能再老的程度，坐姿里就透出佛相来。晒太阳，对她来说好像是一件很有仪式感的事。她说，这世上，只有阳光是干干净净的。

她的眼睛里有一层眼翳，阳光一照，就射出一道灰淡的光。

告诉你一件事，她看着我说，我这两天内可能要走了。

你要去哪里？

你说呢？

我忽然明白，她说“要走了”的意思。

有一句话，我只对你说，不许你跟任何人说，能答应我？

什么话你尽管说。

你的老伴，她，不是我的亲侄女。

我沉默了许久，说，对不起，我之前没跟你说实话。

你不说，我也能猜想得到了。可我已经把你们当作了自家人。人是讲缘分的，我第一回见到你，就感觉面熟，好像我们以前真的见过。

没错，我们以前见过的。

这话又怎么说？

我九岁那年来过这里，是我爹带我来的。我们住了一晚，第二天中午，我们就在司机指点的南门桥上车。刚坐上车，我爹就拍了拍脑袋，说自己竟忘了带上你爹赠送的一套县志。可我们没料到的是，就在车子发动的时候，你骑着自行车，朝我们使劲地挥动着手。原来，是董老先生让你送来了那一套书。你还记得吗？那时你梳着两条长长的辫子，穿着一件当时很流行的布拉吉连衣裙。那天中午的阳光很明亮，全车的人都隔着玻璃看你。那一刻，我就觉得，你是世上最美的女人了。

好像有这么一回事。

我那时还小，但我一直记得。

我正要问起，那三张照片是从哪里来？

偷的。那天，你骑车朝我们过来的时候，我坐在车上，捂紧了口袋里的三张照片，感觉手心都快渗出冷汗了，后来才晓得是虚惊一场。我那时只是觉着这三张照片很美，并没有把偷东西看作是一件可耻的事。

唔，你是从哪里找到的？

那晚，董老先生——啊，我现在还记着董先生的样子，他比我想象中要苍老一些，留着山羊胡，嗓音低沉，看上去像个抱病的人——他跟我爹在书房里聊天的时候，我就在楼上随意走动，对，就在骑楼中间那一个房间，我翻到了一本书，里面掉出了三张照片。

三张照片幸好被你拿走，否则在那个年头，也免不了要跟字画一起烧掉。

你是怎么会想到我们这边？

我们租住的那个小区就要拆迁，老伴生病，我们一时间都没处可去。前阵子，我整理家中的物什，无意间看到照片里这栋老房子，就想，如果老房子还在，也许能认个亲借住一阵子。我只想让老伴安安稳稳地过完最后的日子。这下子，我把真相都说了，你还会赶我们走？

怎么会？你们不嫌憎就一直住下去吧。原先我还担心，我这一走，老房子迟早要被人拆掉。现在好了，我放心了，有你们在，董家的房子也许还能存留几年。那些器物家什你若是觉着受用就留着，不想要就扔掉。可房子不能扔，一块砖头都不能扔。

放心吧，我会帮您守好这扇门。

董老太太点了点头，做了一个摸索什么的动作。我笑了。她也笑了。

董老太太临走之前，给自己梳好了头，换了一身新衣裳，连布鞋也穿好了。她说，树叶落了一地，可我没元气扫地了。我说，你躺在家里面，怎么晓得树叶落了一地？她说，昨晚刮了一夜的风。

有一件事，因为太细碎，我不曾跟别人说起，包括老许。

六十多年前的一个午后，我跟随父亲坐长途车经过这座老县城时，汽车出了故障，在半途抛锚。我们静坐着，等待司机把车修好。时间过得很慢。眼见得日头西沉，橘红色的霞光返照蒙尘的车窗。父亲望着满天红霞，忽然说了一句，黄昏红霞，无雨烧茶……明天还是个大晴天哪。我正待问他这话是什么意思时，司机带着满脸油污和歉意上了车，对乘客说，这车要拖到城里面修，今晚就安排大家在这里的车站旅馆住一宿。乘客都纷纷下来，不停地抱怨着。父亲对我说，他认识一位忘年交，曾在杭州一个土地测量部门共事过，他退休后就回到这座城里居住，这番顺便去拜访一下，也许还可以借宿一晚。说完，我们就提着行李向城里走去。我们过了一座桥，天就黑下来了，这座老县城湮没在黑暗中。在我感觉里，它跟一千年前的城郭一样遥远。远远地望去，一片老房子的灯光稀疏而温暖。我们在月下走着。灯光由零星数点变成虚淡的一片。父亲说，一千六百多年前，有人为避战乱，从中原逃到这里居住。后来，这里也发生了战乱，一场大火把所有的房屋烧成一堆灰烬，跟泥土混同，变成了农田；不知过了多少年，有个读书人又在这里挖泥土，建房屋，偶尔拾到土里面埋藏的瓦片或陶罐残片，也只是感叹一声，扔到一边。这件事，就写在他的一首诗里。这个写诗的人就是父亲那位忘年交的祖上。父亲说，一千六百年间，这里的房子建了又毁，毁了又建。人哪，就是这样过来的。

黄昏红霞，无雨烧茶……

我那时还不晓得父亲讲的这句话就是本地谚语，也不晓得它的意思，但我感觉这些个词儿念来着实好听。

再过半年，老伴也走了。她走得很安详，脸上还带着微笑。我独自一人守着这座老房子。房子会一天天旧下去，我也会一天天老掉。

老许还是像从前那样喜欢喝酒，午后，多饮本地烧酒或米醽琼。邻里喝酒，他也能闻到酒香。如果有人招饮，他还是会故意装出一副慢条斯理的样子，然后，就倚在窗前，隔窗问，我能用自己的一个故事换你手中的一杯酒？对方自然说好。于是，他就真的讲了一个故事。老许讲的都是过去的事。

史玥琦，1996年生于长春，武汉大学文学学士，复旦大学创意写作硕士，现为北京师范大学文学创作博士研究生。小说、诗歌见《收获》《诗刊》《小说月报》《作品》《北京文学》《星星》《长江文艺》《青年文学》《红豆》等；获第二届京师-牛津“青年文学之星”金奖、第四十七届香港“青年文学奖”、第十届“光华”诗歌奖、第四届“红豆”文学奖等。南京市青春文学人才计划签约作家，创办有猫头鹰小说社、野草莓观影会。

亲爱的啊喔呃　史玥琦

导演手记

2017年8月1日

我不能像要求自己一样要求演员，同样的，我的愤怒、多愁善感、执行力、表达欲也只独属于我，离开监视器，我拿着喇叭强调故事时是在传递一种注定的误解，镜头运动是语言的逻辑，镜头表达是精神/意志的逻辑，运动的可说在于能指和所指的差距不大，特写就是脸，没有特别标明，就是人脸，当我和妻说，我们上床吧，在彼时的语境里就是床笫之欢，而床戏能否因暧昧的留白而省略全取决于审查机制，表达的损失也正在于此，观众会否因删减掉的床戏误解两人关系，会不会在一些人的想象中，他们只是抱着枕头背靠背各自踏实地睡了一觉，或者只是睁眼看天花板，呆呆地等着下一个镜头扫过脸庞，如果这样，我该怎么做？把观众当成傻子还是洞穿我的禅师，在这样的剧组，误解之外有什么真正的沟通，我能做一个专制主义者吗？

我的电影似乎是幼稚的杂音，以后也会一点泡沫没起地消失吧。形式总是大于内容，我貌似陷入自己鄙夷的魔沼。我西化的程度真高，连接词用了“同样的”，我干脆用洋文说“the same as”得了，以后要用文言记事。

和妻上床并非易事，她不爱出声，从我认识她以来就没出声，她知道我喜欢听，可她从来不出声。

2017年8月9日

天朗而月圆，风爽而籁发，组散后，同摄影诸君及在地经营酒业之同窗畅饮，不期而醺，忆余大学之葱岁，光影共志之同侪，或迫于阿堵累俗，或接蝇利短片糊口，盈余则远游，尽无命运之叹、大作之期，方电影为逐利争名物久矣，人尽以电影人标榜，为座上宾，而败絮紧裹，顾盼东西，倘一小子来前，存电影为一己生命之实现之调，必喧闹骤起，贻笑大方，予之必要打击，实而行业混混，力图分羹。今余虽持此批评，仍无一称心之艺术实现问世，实为惭愧，愿此劣等宣传片后，潜心为一诚心之作，掷以身家在所不惜，剖心以立影像之功，期迫近中年之小成。

2017年8月16日

杀青。昨天送别两位助理导演，深夜飞机至家。妻没给我机会，抢了我的台词，说自己太累了。

2017年8月17日

马凯《中邪》，中国的《鬼影实录》。

似乎是个好机会，从年轻人爱玩的鬼屋切入，做伪纪录片。

2017年8月27日

看到妻在沙发上百无聊赖地看剧，刷手机，我大脑也总是空白，无论是不是夫妻，同居不是什么好事，或许我该和她生个孩子。

2017年9月1日

别拖延了。在日常生活里投降是无声无息的。我在床上如果得不到，就要在更为社会化的影像中得到点什么，这已经是年轻时候就想好的所谓生命的意义了。还记得那部英国电影吗？讲那个爱在摄像机背后杀女人的疯子摄影师。偷窥——自体反思，我需要在摄像机背后有所收获，我得到想要的，观众也会目不转睛。

2017年9月11日

能给我最真实反应的，只有纪录片。

2017年10月15日

这是我俩毕业后第一次见，老张不算是电影学院里最熟络的同学，但也时常和其余的朋友有交集。他还是那么瘦，下颚骨的弧线极其明显，戴着更能摆明年龄增长的圆框眼镜，他经营的鬼屋是我在朋友圈里时常见到的，和那些拍广告片发家的不一样，他似乎还有些自己的追求，有时候我不太会点赞，那些频繁更换的主题暗示着可供装修的庞大利润，加上楼租、员工、宣发，他似乎切换到另一种“剧组”模式，好吧，我还不敢承认他可能买下了这栋楼。

老张出乎意料地欢迎我，言谈间几乎是“抢”着做制片，我得相信这一点：一个朴素的，穿着甚至有点破的创作者是可以和迎着潮流市场发家的人平起平坐的，我谈艺术，谈可操作性，他谈钱，谈实现的方式，应该这么简单，也只能这么简单。我俩坐在顶楼刚招商进驻的火锅店，吞云吐雾间定下事来，要做真实内的虚构，虚构中的真实，他饶有兴趣地抽象总结，感觉我们以前对影史经典品头论足的劲头又提上来，三杯两指宽白酒下肚，他脸色无恙，又下了一整盘虾滑，异乎寻常地拍我肩膀说，太好了，真的太好了，我们要在一段故事里面捋出另一段来，我这的演员，不光会演鬼，什么都会演，人物弧光说来就来（这大概是原话吧），场地更不用言语，我当时选这个楼……他过于激动以至于并不在乎我的初心如何，扯开白衬衫的上纽扣，能露出军绿色的底衫，我却一直在想刚刚进电梯时一个古怪的女人，她白了我一眼，进去等电梯门快合上时又突然伸出手，令门猝不及防地缩回去，便离开了，他喋喋不休起创业维艰仍有梦，这是个珍贵的机会，和我再次相遇是缘分，是某种纪录电影创作本体意义上的“天意”，天意就要拍这个“杰作”，可以说是中国的“新浪潮电影”，改变当今庸俗影像短视频的格局，醉意是不会在这类修成的酒仙脸上显现的，而是渗进话里，随着咕嘟的发烫汤泡氤氲到镜片前，我大概赔笑一会儿，试图扯回来，说勘景问题，剧本思路要根据鬼屋的形态，鬼屋本身的故事搭配调整，他恍然大悟般地拍了下脑门，头发瞬间成绺地和汗珠粘成浪状，柔软无力，像洇湿的纸币，他跟我抱歉，唠着唠着就形而上了，他打了个电话，不一会儿一个二十出头模样的小伙子递来一本红色封皮的夹子，他倒过来声音清晰地指给我看，我们目前在做十几个主题，恐怖系列比较好的有返校、咒怨、精神病院、末世丧尸……场景变换很快，有结实的隔音移动墙，故事都经过更还原的本土化处理，即鬼的名字带有本土特色，目前已有两个顾客因为隐瞒病情刚开始进便心脏病犯，密室内配备了相当即时的急救报警系统，而让人又爱又恨的“鬼”基本找的是有职业表演经历的“特殊”人才。“特殊”是指他们心理过硬，倒和健康与否无关，有些人天生就是不信也不怕鬼的，更不烧香拜佛。我犹豫半天，觉得哪个都挺合适，他自告奋勇一样地指了指“咒怨”，这个，这个不一样，我们还有特型。

2017年10月16日

特型是什么意思？《演员的自我修养》说演戏要让人信以为真，规定最高情境，抓住最高任务，老张领我进员工休息大厅，里面四五把青色圈椅，横七竖八地撂在那。这是一种奇观，与《无敌破坏王》开头类似，各位漫画和游戏的反派缔成同盟，抱怨一天坏人角色的劳累，他们横七竖八地歇着，血色迷离，其中一个“丧尸”双腿劈开，大约只有颈背的一小块靠着座位，由我们走来的方向看略为惊悚，身体是悬空的，他头发留得略长，几乎是蓬头垢面，无所适从地耷拉在那，所有人都像经过激烈的马拉松，东倒西歪，了无生机。那人没走出角色，膝盖内扣站起，极不自然，旁边几个“死尸”“怪兽”“女鬼”也别过头看向我们，我竟然有点害怕地嗫嚅，问这些都是特型吗。老张摆摆手，带我走到他身前，“丧尸”略微鞠躬道，张总。小徐，这是我昨天讲的大导，一会组织下特型的展示，今天人齐吗？我心里预备推辞两句，自己只是个从业者，尚未摸到门路。那人接话，他们刚做完那个精神病院的特典场，出去吃饭了，我一会叫他们过来吧，张总。好，尽快过来，这两天我们要定一下拍片的人选。身旁几个“鬼”也凑过来，妆半花着留在脸上，应该还没来得及洗，几个脸色惨白的顾客正在导引的护送下从另一边离场，我们身后正对着一个幽暗的长廊，应该是“鬼魅”们的进场处，红绿变换的微光正从黑暗里氤出，小徐正用企业员工特有的嗓子喊集合，他丢掉方才的头颅，拿着一只断肢，手臂截断处有夸张的血脂凝固塑模，又一些杂七杂八的“鬼”凑过来，在小徐半严肃的神情中排成三四排，我和老张则不苟言笑地坐着，他让我稍等，端详着手机，正机械地给朋友圈每一条动态点赞，喧闹间突然人群音量降下来，都朝着我们身后看，老张仍专注看手机，向远处周围的玻璃幕墙看去，一团黑影正从长廊拥来。

2017年10月18日

差点没命，妈的。或许是天意。

2017年10月22日

奇怪的女人，皮肤比妻还白，顺着纤细的奶河偷瞄下去，左脚还是右脚，系着一圈红线，她在为昨日的闹剧道歉，而我死活想不清昨天是否有女子的身影。老张倒出空来周日过来探望，单人靠窗的病房是他一手安排，他仍絮叨着好在没伤到骨头，只是抻到筋皮，休息一月就好，这倒像说给趴我膝盖上摆弄手机的妻，重申他公司的人道主义，我早平下惊悸，问起正事，他身后小徐递来平板，说这是昨天大部分出场人物（真是意外之喜），屏幕里尽是恐怖的第二印象，浑身腱子肉的秃头男，可以将脸上五官随时歪曲缩成一团的老头，有人在两颊打洞，使烟雾可在嘴间随处通转，最后老远瞅是个小男孩，他正在“面试官”前翻着跟头，每翻一个在起身瞬间都做一个不同的鬼脸，尽管努力做出可怖的样子，仍不失可爱，他的脸慢慢憋得通红，看着并不轻松，我称赞其功底不错，老张在一旁提醒我，看清，这是侏儒，四十二了。我愣了一下，问那天我看见过这小孩吧，不，这人比咱俩都大，他们不就是体型小吗，还能鹤发童颜不成。老张回说，保养得好，但他是个哑巴。沉默的女人从角落里冒出来，突然插嘴，都是平常人，都有想喝想玩想胡闹想放肆的时候，不行吗？老张没看向她，说，那你们放肆，你们来赔偿？她不吱声，转身跑走了。我才发觉根本不清楚她长什么样，声音更像平浮在屋内的气泡，很快破掉，她擒着头，抽泣起来不卑不亢。老张没搭理她走，说这人精神不太正常，你别见怪，她算是密室试验员。我问这是啥，密室还能搞科研？老张点头，说看她简历里的论文都是关于恐怖片的，还有关于密室逃脱叙事的论文，挺好玩的。我说这怎么个试验法？老张讲，准确来说是游戏体验师，其他城市的分场会有一些还没打磨和装修好的布景、本子，会请她过去玩一遍，在具体流程上提出不足，比如氛围如何递进，NPC的出场方式。我惊讶还有这一行，他补充道她也拍些密室的短视频，获过不少流量，她来这也算是被聘请，不过和老张交际总是脱节，两人保持礼貌，但总要给对方捅娄子，不是预支超标，就是她嫌待遇不公，可迟迟没有挪窝的意思，他讲到她接的私活，有专门探秘鬼屋的，有请她来给自己家辟邪提装修意见的。我提出巫女之类的怀疑，让他当心，他笑着说你看看就知道了，她可算是唯物主义者，你再翻一页，下面都是我们形象不错的演员，你导演，随便挑。

2017年10月25日

挺有意思，就是她了。

出院，事实是在这待烦了，不停地看一个场景、一种天花板是容易生病的，至少审美迟钝。

我犹豫了一天，决定电话骚扰老张，约她见面。

2017年11月20日

准备开拍，我的构想基本可行，剧本只有简单的十页，对纪录影像而言，越少越清晰，让不经意的发生成为日常，这是我反复强调的，剧组基本由老张人脉撑起，设备还是妻同学那边出，我们合计了几天，他决定本地关店一个月，电商的预约按键全部变灰，而其他城市场次则在工作日增多，弥补一定的利润，我表达了不痛不痒的关心，他说没事，这样到了年前反而更火爆，不怕同行竞争。

故事线一：上海近郊有一间阴森的鬼屋，原为租界内的英国别墅，后被查封，荒废，传说所有到访者均会离奇毙命或神秘失踪。当年别墅主人林俊是跨国船商，在一次为期三个月的赴澳洲出差间染上怪病，睾丸肿胀，奇痛，就医查出自己是弱精症，诊断其很难生育，又觉察出从事新闻行业的妻子粟佳早出晚归，与西装革履的同事们过从甚密，突然狂性大发，斩死妻子后自杀，六岁儿子也从此失踪，至今下落不明。鬼屋内怨念冲天，恐怖笼罩着每一个到访者。大学女生佳佳因做义工无意间闯入大屋，偶然间竟发现一个神秘诡异男孩，突然现身却又随即消失。此时，她开始遇到怪事，其身边众人也受到牵连，恐怖事接二连三。

故事线二：佳佳和三个同学约好周末玩“密室”，是最近很火的密室“吃人”机制，即移步换景，同伴便挨个掉进事先设计好的机关鬼屋，他们从花园走到客厅，解谜后进入卧室，不时有男童的身影闪过，经密码解锁后，打开偌大的衣柜，唯一剩下的男同学也被不知什么揪着胳膊抓走，佳佳只剩一个人，立刻叫了事先工作人员叮嘱好的紧急暂停，而游戏仍没有结束，她听见不断有人叫唤着让她推开衣柜，她慢慢推开后发现了后面的暗道，可怖的卧室开始摇晃，从天花板的顶灯处掉下来沾满血的布娃娃，她立即爬入暗道，往尽头的未知去。（只给他们讲这么多戏，后面要一些真实反应，毕竟她只能演被吓到。）

注意：人物行动的连贯，逐渐揭开“真实”，照明度低，场景还原度高，便做足“戏中戏”，剪辑时要在半小时左右再揭露这本是一场密室游戏，从相信到不信，以至“鬼”娃出场，再到相信。

2017年11月25日

开机。

2017年12月25日

各位，希望我们能继续下去，希望都好好活着。——妻代转告

长颈鹿拉斯特

亲爱的米木：

点了三炷香，来回踱步，凉水冲头，甚至涂风油精到太阳穴，还是昏昏然，不知起笔第一句该说什么，你恨不得这样犹犹豫豫的人马上出门被车轧死，是吧？但还是鼓起勇气，跟你写一些话，听说七年是一段周期，有部纪录片叫《人生七年》，过去也有“七岁看老”的说法，对你，更多的是“七年之痒”，抱歉要打破“老死不相往来”的约定了，毕竟不能以长久的颅内高潮换取你沉默的和解，那时你说你是有罪的，永远无法原谅自己，其实所有人、所有生物都有罪，只不过有些惩戒得迟些，使人误以为它们是圣人圣物，这样说，确不是开脱，人们活着，总好像闭眼走路，

错误是在新鲜的尝试下诞生的，总要有人摸索向路的边缘，哪怕是断崖，也有一群先驱率先挑战重力，顺着大多数的经验，自然方便地寻迹至光明，可罪过如同冒险，又大多不致命，至少为生者提供忏悔的可能——突然想起为什么一定要跟你讲话了，你知道吗？拉斯特病了。

昨天一早去园区，它罕见地越了栏，空荡的场地，顺前夜雨淋成的泥印能走到寝区后身的尽头，老魏还在收发室睡觉，它一定是跑去南边桑园了，跑去拧观光车钥匙，沿路向那开，还有未干的泥渍崩到裤脚上，你挑的水洗不掉色的牛仔裤，快十年了，开到一半，便见惨象，大部分树都七扭八歪，那棵百年老槐旁边，两三堆刚栽土的树苗软趴趴地被撞倒，一片死寂，却又新鲜，从蹄印来看，它刚离开犯罪现场不久，往东再开，又见苹果园也沦陷，遍地的汁液使迎风全是果香，又跑了三四分钟，终望到它在百花园附近，摇头晃脑地搞破坏，用光秃的头角作犁地状，从远处看，凸起一处处土拨鼠的洞穴，雨这时候又尿急般淋过来，你猜怎么着，它突然愣住，朝疾驰向它的车这边看，见面而后，丝毫不动，无声地（它当然是无声的沉默的）鞠躬，三次，一共三次，弯下长脖，之后伸舌头来示好，当然舔到已湿的头发，你觉得神奇吗？上次它这么干的时候，还是你送来一箱红心芭乐慰问它。

它开始不吃东西了，有时站着面壁，不知在想什么，要么不停跺脚，好像特别想跑出去。还记得有次吃火锅时，听老魏说拉斯特刚出生的样子吗，它刚出生时就比你高，一米八的大个子，三个月后直蹿到两米往上，艾莉母性不强，奶水在后腿间倾泻而下，并不找准拉斯特的位置，有时啃叶子就不由自主地流下来，它从小就开始人工喂养，据老魏描述上一个饲养员是个刚毕业的兽医专业女生，比后来的都细心，不仅给奶瓶消毒，还给羊奶温到合适的火候，才喂给茫然踱步的小拉斯特，半个月后，它可以在饭后尝试吃一点苜蓿草，渐渐地才能完全断奶，天气晴好时，老魏他们带它散步，熟悉大自然，小家伙却每每跑出几步就即刻回到人身边，将脑袋嵌到他们身后，怕生的男孩。

你也怕生吗？第一次接吻时，你躲到树影里面，野生动物园的外区人行道，有花里胡哨的动物形立牌，那时你走到长颈鹿旁边，拂过月色的牌子上书幼稚体：人家不是哑巴，可以通过次声波交流。你开始比画着瞎编的手语，诱引对面的饲养员过来，这魔力有谁抵抗得住呢，任何一个成年男人，都会对一个不怕鬼的女生产生好奇，就像第一次和拉斯特面对面，纤细白嫩的手试探着又缩回去，你偌大的眼睛盯了好久，说，它睫毛好长啊。

后来领证拍照，六月初八那天，排了一个半小时的长队，汗涔涔的面孔在摄影师的单反背后泛着白光，你从休息室补妆回来，手上拎着一兜通红的富士，说要带给它，你反驳了“这不够打牙祭的”的论调，说这是冲喜，第二天上午，你又像每个女孩订婚时尽可能展现出惊喜状般，从连衣裙上身披的夹克内怀掏出一圈浑白的手镯，这不协调的夹克终于派上用场，令人恍然大悟，拉斯特自然垂头等你轻抚，甚至毛发倒刺的弧度也降下来，从棕黑相间的丛林间默生出顺从的爱意，在老魏睁一只眼闭一只眼的默许下，冒犯的夜灯照向野生动物园的长颈鹿园区，你捧起白玉镯子，仿佛它能困住光晕而独自发亮，顺着拉斯特头角圆润的弧度戴下去，契合异常，只在观喂台下方传来一阵闷响，从黑暗中四只硬朗的腿攀援而上，你从没那么美地笑道，是不是刚刚给你喂饿了。

穿婚纱的老米是有魔力的，轻盈的身姿间平添稳重的架势，众人散了，你也不肯脱下，要把租金穿“回本”似的直接躺倒床上，疲惫如归鸽，你也在这趟世俗的归途间微醺，觥筹交错后晾开斑驳而新鲜的羽翼，平铺到柔软的你挑选配色的“笼”中，安逸得像画，任何萌生的触意都瞬间收回，记得和你提过，对拉斯特而言，手掌的力度轻于抚摸，接近蚊虫叮咬，它南非的母亲艾莉曾和老魏较劲，轻撞他胸口，也是病床躺一个月才缓过来的，拉斯特是较晚生的，艾莉的倒数第二个孩子（也算最后一个吧），接生那天大伙在围栏扒看，从巨大的豁口间挤压出湿漉漉的脑袋，落汤鸡一样的小家伙，那时正值外国专家驻园，一个美国佬叼着烟背向生产的母亲，吐出个不圆的圈，轻声道了个“拉斯特”，背后正喝彩到半身现世，以前问老魏，那人到底是说“lust”还是“last”，或者“rust”，他拍着自己半秃的脑门说，这么多年了，谁记得住，反正听他叫唤就是拉斯特。

艾莉本是健硕少病的，身形高大如雄鹿，而当她再次怀上时，却连日蹬踹护网，这无异于其他动物的惨叫，她肚子鼓囊着下垂，不见进展，有人怀疑是脐带缠脖了，自己拧巴不过来，园里专家最终动用麻醉枪放倒，研究决定上剖腹产手术，十几个人一齐切口，观察，测温，给养，小鹿终沾满羊水地被拽出来，奋力地起腿，却总站不住，两小时过后，当艾莉渐渐苏醒时，她最后的孩子已侧瘫在地上，呼吸渐弱了。记得你和别人打趣过，丈夫是个能护理大型动物但连自己都照顾不明白的“兽人”，现在想来，也不无讽刺的意味，你说，过去的就过去吧，别再提了，请你再次接受叩首，或者当作受骗，给一次直面事实的允许，有的时候，人就和拉斯特一样，什么都明白，只是没说，或不能说。

事情是七年前的，对你而言，应该仍如昨日吧，父母那边的唠叨与悔恨自不必说，怕你走不出来，他们叮嘱说要每年一封信，你不收就伪装成快递送过去，可每次你都敏锐如豹，拒收了给你的一切东西，再过一阵，也不知你的住处，发出去的邮件原封不动退回，想来也不该打扰，毕竟无可弥补，可一定有蛛丝马迹的，有天老魏终于透露，说好像看见你了，你独自矗在离门口不远的幼儿区（你命名的，还记得吗，其实叫“小动物村”，专门给小孩喂小兔子小鸭子的展区），远远地望着，不一会儿又转身离开，其实如你所料，大家讨论过，说别等你了，你会去另一个城市，找不同的鬼屋探险，或者国外，语言不通，对你而言更新鲜，你是个敢尝试的人，这从来都是好事，要是有你十分之一的胆量，也不至于天天抱着编织菜筐撅树枝喂拉斯特，可能去西伯利亚吧，那不再有高高的需要仰望的物种，等给拉斯特“养老送终”以后就行动。能猜到一些后遗症，至少也算生活的禁忌吧，你应该不再听圆舞曲了，睡觉时将门敞开着，租住的房子都在一层，阳台一排高耸能拦住人和长颈鹿试探的绿植，阴郁了整间屋子，又总勃起生机。而人又始终无法活在先验里，是无数既注定又无法成为预言的选择构成那天的命运，你从后面抱住刚洗一半碗的丈夫，男孩正在晚餐鸡翅的添补下用助步车释放活力，落灰的唱片机突然响起舒伯特华尔兹，男人后退两步，整个地抱起你，似乎重拾新婚过后久未复苏的激动，你递送着回应，如归家的小兽兴奋，被饲养员抱到柔软的一处，快到酣时，小兽瞬间出了会戏，双足奔跑着去合门，留下男孩疑惑的眼神，却只一秒，他便向更远处的无人机灯光表演望去，蹒跚着靠近，屋内正是某种狩猎，到处升腾着既如日常又像终点的神韵，四肢轻微颤抖，不对不错的，不足的满足，木门是从苏南一处家具厂定制的，隔绝世界，也呼应房内屡战屡胜的欲望，而屏障造出来就是天生的野性，有立到两人之间，永不相通的志向，如磨平的头角，仍不战而威，你的声浪传过去，全被接纳，外部，小男孩的呼喊亦然，他或许在五层看见遥远的巨兽向它走来，带着人类科技的光晕，挣开松弛的助步车绑带，他伸出小手，和你一样，和男人一样，去探，去摸，去尝试，尽管一瞬间幼小的身体败给重力——他到底掉下去了，我们的孩子，没来得及和我们告别，因为好奇便去另一个远方旅行了。而巨兽总会俯身来视，一动不动的一小只，甚至叼走他去疗养，扮演一个年轻爸爸妈妈，谁都是第一次，苦苦忏悔，都难以避免某种自然，如果这是自然，你还会相信它吗？如果自我毁灭是它的选择，你还会再看它吗？

我们若认自己的罪，神是信实的，是公义的，必要赦免我们的罪，洗净我们一切的不义。

因为，凡世界上的事，就像肉体的情欲、眼目的情欲，并今生的骄傲，都不是从父来的，乃是从世界来的。

饲养员　2016年冬

墙，墙，墙

他文质彬彬，下意识地和人礼貌点头，举手投足间有派头，有格调，含笑又不失礼，至少在米木眼中，是个浪子的化身，他身着卡其色西服衬衫，坐姿时，下摆荡到牛仔裤的膝部，只看面庞，很难不被其俊俏挺拔吸引去，米木不知道，他卧室的桌上摆着张自己的照片，那是他前几年在话剧团演出，为数不多的特写照，平日多是远景内小小的一只，微不足道，或给高大的男主角作底衬，那张相片，眼睛略大，毫不走神，眉宇扎实，艺术黑白照里平添一抹勾人的黑，往下走是开阔的鼻翼，棱角又在颧骨边陡然昂起，上唇微翘，却和厚实的下唇辉映，正好地勾出鹅蛋的弧线，又有偏向圆国字的颅型，英气十足。米木凑过去时，他正来回扬头使刘海的形状更自然，在旁的人看，难免不像一个单亲妈妈凑近孩子，她轻拍下他肩膀，他报以微笑，跳下吧台的木椅，示意她坐，身形一下便矮半截，这曾令来玩“咒怨”的顾客“闻风丧胆”，通常，这类小鬼都是纸糊的或毛绒玩具厂定制的布偶，而这么一个鲜活的“孩子”睁着画着黑眼线的圆眼瞪人，从场景内的方木桌下钻出，很难不代入情境，以为小小冤魂索命，全然忘却自己所历经的真假，便连滚带爬鬼哭狼嚎大惊失色地撤退，一些男人抛妻弃子，比谁跑得都快，大喊着，救救我吧，我不玩了。

米木知道，眼前的男人是难料情况的，他只是“奉旨办事”，拿钱走人，自从话剧团不再上演有什么侏儒戏份的本子，他退到幕后，只得承担半个人的工作，不过戏似乎也只能演半个人，除却一些需求浮夸表情的默剧，她也说不清他能做什么。屋内鼎沸的吵闹间，她食指指着吧台桌前浮着冰块的半杯酒，有少许的泡沫在杯壁内蜉蝣而生，一手伸直，左右摆动几下，又迅速聚拢，五指虚握，如拿杯子状，然后放在嘴边作喝水状，又五指伸开、微曲，微微抖动几下，转而再次伸出食指，在两人静默又喧闹的空气间书写“了”字，对面随即回应，手速要比她快两倍有余，那是一种更坚执的回应，有耐心又爽朗，米木劝他不要喝多了，吧台下方，他说，没关系，今天要给那帮人好看，他轻笑一下，友善地摩挲她的上臂，她下意识打了个激灵，知道是善意而后的退缩。对米木而言，笑是不多见的，当她从民政局戚戚的秋日走出，已是收缩一半又长不完全的人，丈夫，哦，前夫和她并排在马路对面走着，她不说话，也不像男人一般噙泪，只是倔强地走，路过一家烤鸭店时，她毫无预备地走进去，也不说话，只指向墙上的招牌贴纸，对面男人赶过来，坐到对面，她也没有任何反应，重复着这三个月一以贯之的神情吃着卷饼，又塞一口鸭肉，再叨一筷子甜面酱，泪无声地滴到她虎口侧方，又顺流到鸭肉上，被送进肚中，他们都知道这是《天下无贼》，刘若英吃饭那段，真实，也很应景，可没人再说什么，两人之间什么也没有，却像看不见一样，这是她和饲养员的最后一顿饭。

那帮人是指临时工，大伙叫他们临时工，也是从特型们的偏见中叫起来，作为正式员工，健全人总和奇形怪状的残疾人有隔阂，时而在“报点”时故意使绊，黑黢黢的密室内，令通风口放“鬼”的木板格挡提前落下，砸中脑袋，或者对监控前的示意视若无睹，让一些胆大的顾客对特型“小鬼”进行围殴，后期的赔偿总令张经理头疼，他清楚两伙人的对立，但对下一步的行动了解并不尽然。侏儒身后，“大头怪”正领着其余长着“丧尸”脸的残疾特型们商量方案，他们有些脸部是深度烧伤，一些器官部位凹陷下去，又因长时的愈合表面光滑，令酒吧内的人甚觉可怖，再或有肢体残缺者，正举着断臂欢呼大头想的主意妙，成本低，可操作性强，关键能震慑住这帮不怕鬼却怕他们残疾人的人们，大头的颅骨甚宽，天生是个畸形儿，眼眶延展出很远，使他眼距奇长，他曾看过一个印度大头畸形儿被全村人奉作神仙转世的新闻，正心想着攒够一笔钱到新德里去。和他们在一起，米木总归不再如前两年行尸走肉般吃饭睡觉发呆了，因为这些“可怖”的面庞，虽拒人千里，总能在相处一段后给她惊喜，令她有生活美好、此生不可负一类她曾鄙夷的念头，他们出去玩，有时她是中心，被罚喝酒、唱歌、扮鬼脸，到了打烊的点，火锅店老板也不敢吱声，但更多的是侏儒，他的眉间有种吸力似的，用天真及充满魅惑的目光盯着她，尽管他发育不全的声带无法振动，但至少和他约会两次，看了两场无聊恐怖电影后，她有想贴上他小巧嘴唇的冲动。

事故突发是一致通过的主意，米木读手语的能力进步飞快，看清并翻译侏儒的话，给新加入的特型“战士”们讲解，按计划，大伙从特型备场的暗门处突进，拿着“武器”，直接闪电战，出于混战的准备，大头提前一晚已经解开所有消防栓的锁，大家打起精神，直击目标，米木觉得这句话有点好笑，还是直译过来了，侏儒的手略显沧桑，手指侧边全是老茧，大概和人嘴巴起皮一个道理，米木这样想着，握紧双拳，用力一顿，大家也报以同样鼓舞的眼神。行动在两个小时后展开，一声巨响，暗门被哐地踹开，“丧尸们”抱着灭火器冲过来，而先头部队的干粉和泡沫已应声而至，一片浑白世界，糊住小徐为首的人们，大伙发出侏儒般的沙哑而怪异的尖声，在模糊的敌人面目中，看戏的米木好像看见了张经理和昨天身边的客人。大厅内全是咳嗽声和叫骂声，而大头曾买通一鬼锁住了消防出口，冰冷的水凝二氧化碳窜出来，从几个“丧尸”手中旋舞到陌生人脸上，即见那人扑地，而武器仍喷射不绝，只听见张经理熟悉的低声转向愤怒，别闹了，快死人了。

导演就是在特型们跑掉，哀鸿遍野只留下一地灭火器，自己也住进医院，半个月后加微信找到她的，她听不懂他说的真实和影像的辩证关系，而他脑门上因冻伤而贴的三处并排的创可贴属实好笑，她坐在他对面，摆弄着昨天侏儒和她商量离职对策时好奇凝视的美甲，她拔下来一片黑的，回答说，有钱就行，导演好奇地问道，要钱干嘛呢？她说，我也不知道，我也不攒钱，也没有别的欲望。火锅煮沸了，导演不动筷，只遵医嘱吃他认为清淡的日本海草。她指的欲望应该并非宽泛，大概有建成一座世界高塔那么长时间，她没有过高潮，包括拉斯特，一点雄性都没沾过，昨天她跟换了一套衬衫的侏儒保证说，我离职之后，一定出家，我家楼下就有个尼姑庵，我去报名，你监督我。讲着讲着她愣一下，脸红了，期盼他读不懂唇语。而他下半身荡在空中，像不存在，一个半身鬼，他也演过的。在外人看来，仿佛他没有什么特别的目的生活，或想持续保持神秘。两人饭毕，导演提议坐摩天轮，就在她工作的大厦旁边，从窗边看过去，十分矮小，米木推辞不过，跟着去了，斑红的巨箱顺着自然下坠的弧线落到面前，米木低头看自己搭配的黑裙，有几处落叶的渣滓附着，导演伸手向前说，请，她本来要等一位，只得先迈进去，铁门缓慢合上，他忽地一下撞进来，差点被夹住，傻笑着，你要足够真实，也得足够虚假，至少在我面前，你得同时有两种感觉，咱俩得交心，这片子才拍得下去。

张经理并没刁难他们，甚至都没装模作样地开检讨会，电影事宜如火如荼，开拍的那天，米木扮上佳佳，站在熟悉的暗道前，挂着各式自拍设备令她有些打怵，生怕自己出洋相，特型们也紧张兮兮，他们还挺想给张经理“长脸”，这个单位，对他们而言与其说是体面工作，不如说是慈善，或者张经理极力灌输的时代红利的概念，他们隐没在黑暗中，准备应时而动，又不能主动表现，导演已强调过，纪录片不同于其他剧组，一切要自然，自然就是一切。一场一镜一次前的一分钟，米木转头问导演，那我到底是佳佳，还是粟佳，导演说，你谁都不是，你要演你自己，不是粟佳，不是佳佳，也不是米木，米木说明白了，假意笑着和旁边几位“同学”“害怕”地走进暗道中。

拍电影像煎饺子，一遍又一遍怀疑，换个姿势，推倒重来，得将自己折腾得剥骨蚀皮，煎熬到对表情动作熟出油水来，对不时冒出来的特型朋友们的反应也要真实，而虚假地扮演真实，诚非所愿，妈的，米木开始在反复而无聊的重拍中暗骂，而导演仿佛乐在其中，尤其看到自己惹米木厌烦，更激起斗志般兴奋地摘下帽子，喊着再保一条。在张经理的假期利诱和导演反复刁难下，她对一周便想开溜的剧组下足耐心，甚至头回对人事产生相应的情绪。侏儒的戏份不多，只在密室开始不久在客厅从天花板向下看，随即溜走，而后便是众人到粟佳卧室时，他要和佳佳最后一个同伴四目相对，血水会自眼眶流出，将那女生吓晕，而后被他拖走，最终他要在一片血海走廊间与佳佳四目凝视，佳佳想逃出去，取消密室游戏，呼喊但无济于事。米木正为了这一场景坚持下来，细想时有些激动，她想跳出常规女人的眼光审视侏儒，每天拍摄他都在监视器后或实拍地晃悠，昏暗的采光间婆娑的人影，正是导演想要的“鬼影”感，剧组总能看见他，可特意找又总找不到，只有不想他的时候才能看见，这对米木也尤为适用，拍摄以来他俩的羁绊日益成熟，昨天他提出送她回家，云朵凑到一起，越挤越完整，在蓝黑的天空中形成一整片亮块时，雨水毫无预兆地洒过来，他竟伸出小巧的胳膊挽她的腰往小区她住的楼跑，可毕竟够不到，温柔的手只能滑到穿着“戏服”——大学生牛仔裤上，在她的大腿后侧稍作愚蠢地停留，她没吱声，只是心猛烈地动了一下。她到楼门进口的雨遮里，摆手示意他来家避雨，他定着看了一会儿她，转身走了。

平安夜是最后一个拍摄日，张经理管辖的两层密室员工都挂着张灯结彩的神情，导演也长舒一口气，面向监视器，准备导最后的绝望场景，经过无数次NG和调光，磕磕绊绊地，她终于独自缩在最后一间密室的角落中，喊着终止游戏，而灯光并未变亮，她走到摄像头面前，可怖的面孔苦苦哀求，可无人回应，在室内回响的强烈包裹住耳膜的恐怖声效中，缺眼少腿的布娃娃偶尔颤动，她需要爬进那个敞开的暗道，通向一处已“血刷”好的长廊，那正是米木期待的，他们相约演好对手戏去吃一次肆无忌惮的火锅，只点自己爱吃的料猛加，侏儒正在候场，从监控室看去，他在

B监控下脱掉上衣，露出与他十分相配的学生装，颈部内外翻领，而在美瞳的处理下，他的眼球已是漆黑一片，监视器前拿着对讲机的导演正指挥着，好，走，进A场准备吓人，侏儒在指引下走到黑暗当中，突然室内一阵晃动，而A监控的镜头只是摇了几下，并没有人影。怎么回事，人跑哪去了？先卡掉，找人。所有人打开手电在场景内默默寻找，喊是没用的，不知这家伙能躲到哪去。她仍在漫长的暗道间向红亮处爬去，最开始是铁皮质地的，后来在特型们的要求下加了软垫，发出咣啷咣啷的阵响，鼓动着她的身体，即将爬出，却只听见有人在叫喊，不知内容，爬到终点，她站立到长廊，没有人，她对着对讲讲话，怎么回事，男孩呢？外面仍是混乱的喊声，没有人回应她，她环顾四周，轰隆轰隆连缀的响动逐渐靠近，她拨开横在头前的自拍设备，黑暗间，长廊从前端开始坍塌，她逐渐听清外面的喊声，快跑，墙体不稳定了，先不找人了，米木缓过神来，向出发的大厅暗道边跑去，所有人乱成一团，那些方整的围墙，布满各式熟悉的机关和暗道，正成排地坍塌，没有光亮，她几乎以本能反应地跑向钢筋水泥的消防通道，一瞬间好像感到男孩正在更远的窗外注视他。

同时也能感到，圣诞节的雪正从窗外缓缓降落。

最后一夜

电视机报导一个月前的写字楼单层墙体坍塌有26人受伤，其中4人重伤，围绕在总办公室区域，还有一男孩失踪。是男孩吗？还是男人？女人问自己，也没有回答，她关掉电视，翻箱倒柜地找到一本八年前的日历，应该是这天吧，她有些健忘，随即放入新拆封的唱片，她心力消耗过大，不愿去想和她自己有关的事。她开始躺平，完整地将身子嵌入床内，手慢慢地向自身延展，从颈部到锁骨，从胸部向胃部……蛇的信子般摸索着，她不知道终点在哪，忽然想起什么似的，连忙跑去拉开窗帘，外面是泥土仍湿润的花园，这是一楼，已是冬雨最密的时刻，她打开炽热的房灯，仍恢复起不自然的抚摸来，感到一种前所未有的激动正包裹着她，像一只蝴蝶返老还童的最后一步，她正吮吸着，感受着，紧缩着，忽然卧室内墙体振动，发出震颤的声响，她紧闭双眼，感到一个人的面目在贴近她，墙体开始出现裂痕，那声响也逐渐清晰，如哭笑，如怨泣，和她一样，久未声张，仅发出啊——喔——呃的元音，越来越响，越来越响，这震动似曾相识，好像有人叫她，叫她妻子，或者妈妈，她别过头，看向七年前为自己挑选的后院花园，为了它多花了一倍的租金，如今它正长成自己期许的样子，有温热的绽放，红且艳，新鲜而坦诚，震动，震动，那源头正向这里生长，四根活动的棕黑立柱正向这里走来，花园萦绕着崭新的棕榈气息，多汁的叶子正待消化进黑暗之间，而黑暗正像千万吸盘，将自然之物的伤疤紧紧裹住，她不停地抖动，从底部迅速渗出的生命之泉涌出，新鲜的汁液快将她淹没，整个城市开始像这个坍塌的巨兽，她知道他来了，他来了，等他俯下身时，黑洞般的眼睛好像看到一切生和死，她终于颤抖并快乐地大笑，大叫，亲爱的，亲爱的。直到那立柱也塌下来，以深邃的眼神看向她，予以一切造物主都该有的回应，啊，喔，呃。

非虚构

·茶山系列·

南糯山　王单单

王单单，原名王丹，生于1982年，云南镇雄人。系中国作家协会会员、中国诗歌学会理事、云南省作协诗歌委员会副主任，第13届首都师范大学驻校诗人。获《人民文学》新人奖、《诗刊》年度青年诗人奖、华文青年诗人奖、扬子江青年诗人奖、艾青诗歌奖、云南文学艺术奖等。入选《钟山》《扬子江文学评论》“新世纪二十年青年诗人20家”，2020年中国作协“深入生活、扎根人民”主题实践先进个人。云南文化名家。出版诗集《山冈诗稿》《春山空》《花鹿坪手记》、随笔集《借人间避雨》等。现供职于云南省文联。

南糯山　王单单

1

我想象着这午夜的森林
有什么别的东西还在活动
伴随这时钟的孤寂
和我手指摩挲的这张白纸

透过窗我看不到星星；
暗夜里有什么东西
趋近却更幽深
正挤进这孤寂：

一只狐狸的鼻子，冰冷似暗夜的雪
小心精细地触碰着枝条和叶；
两只眼随之而动，一下
再一下，时断时续

在林间雪地里留下整齐的印迹，
在树桩旁小心地落下跛动的影子，
在空洞的躯体里
大胆地穿过

一片片开阔地，一只眼
一种不断弥漫并加深的绿，
闪耀着，凝聚着，
自顾自地成形

紧随着一阵突然而剧烈的狐狸热臭
它进入头脑的黑洞。
窗外依旧看不到星星；时钟滴答走动
而纸上，有了印迹。

这是美国女诗人普拉斯的丈夫，也就是英国二战后最重要的诗人特德·休斯的诗，名为《思想之狐》（曾静 译）。它将抽象的“思想”赋形于一只白狐，蛰伏在人们的身体里。谁也不晓得，要在哪天，基于何种情景，这只白狐才会俟机而出。于我而言，狐狸挣脱牢笼，冲破我的身体，是发生在我探访南糯山的日子里。碰巧有一个与诗中所述相似的夜晚，我借宿南糯山丫口新寨，房间位于森林之中，北面和东面，有着巨大的落地窗，这意味着我与南糯山中12000亩古茶园、1100487株古茶树，仅一层玻璃之隔；这意味着古茶园的伴生乔木层麻楝、山乌桕、勐海石栎、红木荷、细毛润楠、合果木和绒毛木姜子等都能从不同的高度看着我睡觉，灌木层野牡丹、毛杜茎山和地桃花等都会发现我梦里的牵蔓与芜杂，草本层植物马唐、荩草、毛轴蕨菜、狭叶凤尾蕨等都能窥视到我内心的顺从与安分。身处丛林，这注定是个难眠之夜，我把窗帘全部合上，阻绝了雨林深处所有可能的监视，甚至关闭了灯，依然没能入睡。辗转反侧间，究竟是我在孤寂中心灵失守，还是提前感知到了来自古老森林的野性呼唤，我的“思想之狐”骤然纵身，沿着时间铺就的野径，穿行在人鬼同住的南糯山中。南糯山，位于西双版纳勐海县格朗和哈尼族乡，平均海拔1400米，是澜沧江外有名的普洱茶产地。“南糯”系傣语，“南”有水和酱之义；“糯”意为竹笋。“南糯”二字，可译作笋酱。相传，古时有位傣族土司来南糯山巡视，山上哈尼族头人设宴招待，众多食材中，南糯山的笋酱让土司赞不绝口，遂令哈尼族头人每年都要为其进贡笋酱，南糯山因此而得名。

2

勐海本地，流传着这样一种说法，“西定的风，巴达的雨，布朗山的路，南糯山的鬼。”前面三句都好理解，后面这句“南糯山的鬼”，本地人曾牵强地将其解释为“南糯山号称气候转身的地方，树大，林深，天气诡异。”也是夜晚，睡前窗外一片墨黑，半夜气温遽降，冷醒了，我竟然在落地窗帘触及地板的缝里，看到了白银般的光芒，这让我心头一紧——窗外黑压压的大森林，何处来的光？此时再次想起“南糯山的鬼”，不禁让人寒毛直竖。可最终，我还是在好奇心的驱使下，壮起胆子，起身探个究竟。刚一掀开窗帘，夜空随之裂开，一枚皓月似乎被我从黑暗中突然翻找出来，窗外亮堂堂的，倦鸟投林，狗吠不惊，清澈而又宁静。这是哈尼族的嘎汤帕节期间，算起来是农历十一月二十日，月亮出得晚。从房间里望出去，目光越过黑森林，山下30多公里的地方，我看到了一座灯火通明的城市，那是景洪城，它矗立在无边的夜色中，越是辉煌，就越显得孤寂、冰冷。景洪，古称景咏、景陇，旧称车里、彻里，傣语里意为“黎明之城”——这个称谓贴切极了，世界好像真是从那儿展开的。南糯山上现有30个寨子，除了小巴拉寨是拉祜族外，其余全是哈尼族。所以，站在南糯山上看景洪城，容易让人联想到哈尼族祖先们横渡澜沧江，一步步来到跟前的历史。

我曾拜读过杨忠明先生专著《西双版纳哈尼族简史》，这是一部有热血与温度的史书，字里行间，皆能感受到哈尼族人杨忠明先生对于自己的民族深入骨髓的热爱。在繁芜与浩瀚的史料中，我认真梳理过南糯山哈尼

穿过公路的藤蔓

族的演变与迁徙过程。哈尼族起源于羌族，古老的羌族群曾经散居在云南省北部、东北和西北部，大约在公元前2世纪后，其内部发生了较大的分支，形成了史学界所称的“叟”（白族先民）和“昆明诸种”等部落。哈尼族就是从“昆明诸种”中的“昆明人”分支出来的，并在公元三四世纪，受到晋王朝政治与军事的挤压，为求生存被迫向南迁徙，直到公元五六世纪，才形成了现代意义上的哈尼族。公元10世纪，哈尼族较为集中地散居在礼社江、元江流域的哀牢山、无量山中部地区。公元10世纪中，随着当地傣族先民力量的壮大，他们与哈尼族先民之间发生了一场战争，哈尼族战败，被迫离开“加滇朗”（即元江坝子附近），退而朝红河流域和澜沧江流域迁徙。这是哈尼族历史上第二次大的迁徙分支。哈尼族迁徙史诗《噶章噶》记载：“祖先们生活遭了难，/家族相争六畜分厩，/部落酋长相争结仇，/安定的村寨开了锅。/西边的部落抢东边，/北边的部落抢南边，/相争中部落没了主，/先民们从此南迁北移。/ ……”每一次迁徙，都是哈尼族“血泪史”的翻页与“悲叹调”的重唱，我甚至看到了一群失魂落魄的人，他们穿过废墟，翻越绝巘险壑，衣衫褴褛，挈妇携幼，既要躲避恶劣环境的侵袭，又要防备别的部落与猛兽的攻击。据史学界推断，公元960年到980年，哈尼族的一支——僾尼人（又叫阿卡人）抵达澜沧江东岸的达戈（达戈系傣语，意为“哈尼族渡口”），达戈对面就是傣族人建立的勐泐王国。隔着滔滔江水，看着富庶辽阔的勐泐王国，棕榈森立、佛塔高耸，哈尼族祖先们既惊喜又惶恐，这场面就像《出埃及记》中的摩西，带领以色列人穿过红海后，看到了应许之地。哈尼族祖先们虽然还没有渡过澜沧江，但至少看到了命运的转机。

据傣族史料记载，大量的哈尼族祖先到达戈时，把当地傣族人吓坏了。傣族人竟然到了难以分清他们是人还是鬼的地步。从未见过这样的民族，只见他们身上披挂着少许的布匹、兽皮或树叶，说着无人能懂的方言，嘴里嚼着“妈罗”（类似于槟榔），唇舌之间，似有血涌。他们背着弓箭，女的头戴花箍（哈尼族女性头饰），腰间还冒着火烟（为了保留火种，在腰间佩戴的火筒）。勐泐王国首领听说后，到江边巡察，看到这些貌有异相之人，不敢收留，于是组织了军队攻打他们，双方死了很多人。哈尼族头人为了带领族人，找到新的生存希望，他独自过江，与傣族首领谈判，最后彼此妥协，勐泐王国答应收留哈尼族祖先们。当时，勐泐王国正处于奴隶制阶段，由勐龙首领接收哈尼族祖先们作为奴隶，将他们带到勐龙地界。关于这次渡江的情景，傣族的一些诗歌里面有过描述，说哈尼族来自北方，不习水性，船一摇晃就害怕，傣族祖先在一旁指导他们。据哈尼族人口口相传，哈尼族祖先们渡澜沧江时，头人刚拉用一把金勺子给了船夫，他才将哈尼族祖先们从达戈摆渡到勐龙去。渡江时，每人发一根棍子，用于领取口粮，总共发了1200根（相传为12000根，但是根据哈尼族人口的发展情况，杨忠明先生认为，应为讹传，1200根才符合实际）。也就是说有1200个哈尼族人渡过澜沧江，进入勐泐王国。

哈尼族人来到南糯山之前，布朗人就在南糯山上种茶了。布朗人以前称为“濮人”，史书上“濮人种茶”的说法早已是不争的事实。哈尼族人接管南糯山茶园，也开始在山上种茶了，具有八百多年历史的南糯山人工栽培型大茶王树就是很好的证明，哈尼语称其为“沙归拔玛”，“沙归”是人的名字，“拔玛”是大树蓬、大叶种、大茶树，“沙归拔玛”的意思就是沙归家的大茶树，有名有姓地交代了这棵树的归属。但也有一些南糯山上的哈尼族老人讲到，是阿培披散的儿子散威带领寨子里的人们种茶的。其实，这并不矛盾，因为古代哈尼族没有自己的文字，记事全凭口耳相传，“沙归”和“散威”发音大致相同，其实所指皆为同一人而已。哈尼族称茶为“诺博”，翻译为汉语，“诺”为“祭祖”，“博”为“神树篷”，“诺博”连起来可理解为“用于祭祖的大神树”，如此一来，哈尼语中的“茶”也就并非单向地指“植物的叶片”这个形象，还暗含着祖先崇拜与万物有灵的寓意。南糯山至今保存着祭茶的古老传统，每逢春茶、秋茶发芽或开采之际，都要祭拜茶树，祈求茶叶生长旺盛，感恩祖先功德。多依寨的“贝玛”卓伍是勐海县非遗传承人，他讲到祭茶过程：祭祀的时候，族人都要穿上哈尼族盛装，队伍从寨子里出发，走在最前面的是德高望重的老人，他端着茶叶、酒水、糯米饭团和熟鸡蛋等祭祀贡品，怀里抱着一只大红冠子公鸡，带着大家缓缓走进茶园，围坐在提前选好的大茶树前，气氛肃穆庄严。然后开始杀鸡仪式，长者抱着公鸡绕神树转一圈，并将鸡血涂抹在古老的树干上，伴着滴洒酒水的动作，《祭茶歌》便时而低沉时而高亢地从长者的口中响起：

天之王，地之王，天神地神最通灵，天王地王茶树王，树神阿祖孔明先生。春风吹绿南山坡，万物复苏送吉祥，一炷心香祷上天，唤醒茶神人兴旺。头上冠帅七台壮，脚下雄爪七寸钢，大红公鸡真圣洁，姜巴皮菜供奉上。一曲老调随风起，茶酒蛋饭满园香，天地祖魂神灵万事大吉，一切美好在茶山飘荡。树王根深傍大地，树枝茂盛万万芽，茶枝叶是金银花，金花银花万里香。您为人类送健康，四海五洲美名扬，天长地久永长青，茶祖恩德千秋传颂万世流芳。

3

从半坡老寨徒步去多依寨的路上，我曾多次在森林中迷路，落叶铺满山坡，不时有多人合抱的古木连根倒下，森林上空的云天因此敞开一块，阳光毫不吝惜地从那里涌向大地，许多阴生植物密集地枯死在一起，形成森林内部的一次集体殉葬。哈尼族人信奉“万物有灵”，对森林和大树向来都是充满敬畏的，这些大树倒了，也没谁会来将其占为己有，而是遵循道法自然的原则，让它静静地腐烂，献身于泥土，成为生物道场中伟大的空无。我曾访问过格朗和乡帕沙村老人，他讲过一个关于山神树的故事，传说古时候洪水泛滥，人们纷纷逃亡，有五家傣族和七家哈尼族人来到了黑龙潭附近，住在一棵古树上，形成了一个“树上寨子”，人们和睦相处，共同狩猎，平均分配食物，后来随着人口逐渐增多，大树住不下了，树上的人们逐渐迁往别处，但无论走多远，还是会不约而同回到山神树下欢聚。久而久之，就形成了特定的山神树祭祀日，属狗的日子通知人们，属猪的日子举行祭祀活动，南糯山、苏湖、帕真、帕沙、大小巴拉、勐混等地的哈尼族都会来参加，祭祀产生的费用由所有参加者平均分担，祭祀山神树的活动一直延续到20世纪50年代初期。从哈尼族迁徙史诗可以得知，大树一直提供给他们居所和庇护，哈尼族的坟山上有“祖宗树”一说，不知是否也包含了对大树恩典怀有的敬奉。

我没有像罗伯特·佛罗斯特一样，选择了人迹更少的路，而是朝着人

丫口老寨一栋哈尼族旧房子

修缮后的南糯山茶厂

半坡老寨 800 年树龄栽培型茶王树

半坡老寨的秋千

语细响的方向走去。穿过一片古茶园，我在路边上遇到几个女孩子，说着一种我不懂的方言，以为是本地人，我赶忙上去打听多依寨怎么走，她们先是一愣，然后笑嘻嘻地说:“不知道”，边说边向“茶王树”的方向跑去。幸好那地方信号畅通，开着手机导航，我顺着公路走，途经一处路边茶摊，便坐下来喝免费茶。摆摊泡茶的是一位哈尼族大姐，名叫甘培，她家是旁边寨子里的，从她那里得知，刚刚那几个女孩是来自东南亚的哈尼族。西双版纳哈尼族族群，确有一部分迁往缅甸、泰国、老挝等国，最近有很多回南糯山过嘎汤帕节。嘎汤帕节是西双版纳哈尼族的重要节日，相当于汉族过年。“嘎汤”系哈尼族语，意指纪元年号，也代表着万象更新或万物复苏。在和甘培大姐寒暄时，有一对五十多岁的澳大利亚夫妇从我们身边经过，走得热气蒸腾，毛发张扬，带路的导游是一位住在景洪城里的哈尼族青年，边走边和甘培大姐打招呼，似乎在说回家过年之类的话题。原本已有几分疲乏，喝了甘培大姐的茶后，我很快又满血复活了，起身谢过她，兜兜转转，我又走了一个多小时，终于在路边的草丛里，看到多依寨陈旧的寨门了，门头上插满了红色的木刀木剑，还挂着许多当地人祭祀时编织的吉祥物，门口的人形木雕，还保持以往的风格，由两根人形树杈依势削成，男女生殖特征明显，私处均被涂成极为抢眼的大红色，还有几道已经散架的老寨门，歪歪扭扭地倒在一旁。哈尼族自古以来都有立寨门的规矩，他们相信“人鬼各居其界，相安无事”。即便有了寨门，每年祭过祖宗后，都会重立一个寨门，一年一换，代代相传。多依寨的“贝玛”卓伍介绍，假如遇到粮食歉收或人畜猝死的时候，人们就会认为是有鬼进村了，全寨男子组织起来，在雨季来临时开展撵鬼活动。此时“贝玛”会念着咒语， 将鬼驱走。这样的寨门和今天南糯山上当地政府立在各个寨子的寨门不一样，后者所立寨门是用钢筋混凝土做的，更加牢固，雄伟，且门柱上的对联均有欣欣向荣、幸福美满的期待和愿望，比如石头新寨的是“山美茶山迎客人，人勤地灵聚财气”、半坡老寨的是“千年茶树冠天下，万缕清香逸幽谷”、丫口老寨的是“良操美德千秋寨，绿水青山总是情”等等。据说根据当地有关部门的要求，几乎是一夜之间，南糯山上所有寨门前的男女雕塑，都统一穿上了哈尼族服饰，趴在大门口的猎狗雕塑，也温驯了很多。

真是一步越千年，随着茶叶的兴起，这几十年，南糯山上哈尼族人的生活发生了史无前例的变化，这是哈尼族祖先们提前为子子孙孙打下的基业。多年前南糯山山深雾大，条件艰苦，部分山中的茶农把几十亩茶园与坝区人家几亩地就换了，据说现在肠子都悔青了。

4

多依寨是南糯山上海拔最高的寨子，平均1700米。哈尼族人进入南糯山后，第一个建寨的地方是姑娘寨，后来，威朗阿谷家族从姑娘寨搬出来，建立石头老寨，一部分人又从石头老寨搬迁出来，在一个野生多依树密集生长的地方，建立了多依寨。多依寨是1953年国家为了开展民族工作特意用汉文字命名的，当地哈尼族不叫它多依寨，而是称其为铺威铺，或者威朗阿谷铺威铺。传说当年山上神泉倾泻，白鸟飞来，人们认为这是吉祥之兆，遂来此建寨。 我在南糯山中迷路时，好几次走不动了，给作散大哥发信息，让他骑车去接我，可他对我的信息总是置之不理，反而一味地给我发他在抖音上宣传南糯山茶叶的视频。当我气喘如牛，来到多依寨，在他的家里找到他时，问其为何不理我发的信息，他一脸无辜地告诉我，“王老师，我不认识字，不知道你说了些啥子。”我先是一阵惊愕，随即忍不住为他的质朴和真诚开怀大笑。真的想不到，这个号称云南第一个搞茶业专业合作社的人，竟然不识字，而且还不影响他带着几十个员工，将合作社的事业搞得风生水起。作散大哥今年六十五岁了，长得黝黑，仍然还很壮实，他1983年从大家庭里分家出来，在多依寨最低处，一个名

南糯山公路边随处可见的茶摊

南糯山茶厂旧址

叫“海格搞角”的地方，建盖了杆栏式吊脚竹楼，1994年创办了小型酿酒厂，1998年创办了小规模茶业初制所。2000年从“海格搞角”搬到现在的住处“卡日压董”，卡日压董系哈尼语，意思是一种用大木头做成能压死老虎或豹子的高压架（机关）的地方。作散大哥介绍，早年间这种高压架就曾压死过一只红色老虎，挂在旁边的多依树上三天三夜，供大家围观，后来虎豹很少来寨子里了，高压架才被拆除。居所固定后，他将全部精力投入酿酒和茶业初制所加工两个项目中，直到2012年在家门口成立了“多依寨茶业专业合作社”，至今一门心思以茶叶制作和销售作为唯一事业。从个人的奋斗经历来看，他身上的顽强与坚韧，与哈尼族祖先们在漫长的迁徙过程中所呈现出来的精神品质是一脉相承的。凭着这股冲劲，他的合作社毛茶年产量能达到60吨，作散大哥被西双版纳茶业协会评为“西双版纳茶业推广大使”，还曾经登上电视台，以茶人身份接受著名演员、和珅的扮演者王刚的采访。他把在电视上接受王刚采访的镜头洗成很大的相片，挂在家中最为显眼的位置，一旦家里来了客人，第一件事情便是将对方引到照片前，什么话也不说，就指指照片，让客人自己看。

作散大哥的合作社外墙上，画满了壁画，内容是哈尼族在南糯山上的种茶制茶历程，以及手持白羽扇的巨幅诸葛孔明相。南糯山又叫“孔明山”，千百年来，山上一直流传着“孔明兴茶”的说法，甚至将茶树称为“孔明树”。这一说法的起源与真伪，已无从考证，但丝毫不影响孔明作为智慧的化身，成为思普地区哈尼族心中的神灵这一事实。由于做茶的缘故，作散大哥每天和很多外地人打交道，他的普通话里有着极其浓重的哈尼腔调，很多表达都不太清楚。他指着多依寨茶业专业合作社告诉我，“这里以前是南糯山上茶业交易的地方，茶马古道就从旁边经过。”据说以前内地汉人赶着马帮，从景洪到嘎洒，途经南哒大梁子山到多依寨收购毛茶，后来泰国、缅甸等地的商人也知道南糯山不仅有茶叶，品质还很好，于是通过缅甸小勐拉、经过打洛到勐混，从而进入佛海，取道大巴拉，抵达南糯山进行茶业交易。马帮一到，下了马鞍，让马在周围饮水吃草，过一夜，第二天清早便收购茶叶，附近寨子里的茶叶都会拿到多依寨这个地方来出售。马帮将茶叶驮到思茅等地贩卖，很多大的马队甚至将茶叶驮到了东南亚，很长一段时间，多依寨作为南来北往的茶叶主要集散地，带动和促进南糯山及周边地区茶叶的交流与发展。作散大哥介绍，“自从1938年，南糯山上建了茶厂，马帮就不再进来了。”这地方就在十字路口上，人流量大，现在南糯山旅游业逐渐兴起，作散大哥家门口每天都有来自不同地方不同身份的人经过，有的还会停下来买茶、问路或闲谈，作散大哥为人厚道，因此交了很多朋友，家里餐桌上，很多客人他都叫不出名字来，当然，他也懒得问。

作散大哥想带我走一段当年的茶马古道，正合我意。我们沿着合作社背后的小路，朝森林深处走去，作散走在前面，不停用竹竿打掉拦路的蜘蛛网，在地埂或坡沿，爬上跳下，丝毫看不出这是一个年近古稀的老人。哈尼族人进入森林，就像回到家里一样，整个人都会焕发出一种常人难以理解的笃定和自信。我担心林子太大，找不到返回的路，作散大哥看出我的隐忧，指着周围那些大树，哪一棵是爷爷栽的，哪一棵是父亲栽的，哪一棵是自己栽的，就像是介绍家庭成员一样熟悉。其实，森林里已经没有了路，所谓茶马古道，早已经被荒草占领，只有几处坚硬的路面遗迹，隐藏在深深的腐叶之下。为了向我证明茶马古道的存在，作散大哥扒开脚下的树枝和枯叶，将路面刨出来，用棍子杵了几下，这条茶马古道，竟然像一条沉睡的巨蟒，我似乎感到，它在人迹罕至的森林中，紧缩了一下身子，落叶纷飞，草木摇晃。

5

迁二老先生骑着三轮车，经常在南糯山上漫游。他今年78岁了，身形干瘦，着装整洁，看起来仍然很精神。我们在作散家火塘边，听他讲南糯山上的故事，那是一间常年烟熏火燎的房屋，四面墙上贴着多年前的旧报纸和领袖的照片，火塘上方，悬挂着一个木炕架，长期经受柴火烘烤和烟熏，已让炕架变得黢黑并泛着油光。即便南糯山近些年变化大，绝大多数哈尼族人家里都建起了高楼，有的甚至开起了民宿，但看得出来，有火塘那间屋子，仍然是生活的中心，人们聚集在火塘边，抽烟、喝酒、闲谈，更多时候，还会在火塘的三脚架上置一土锅，煨煮毛茶，边喝边聊。有一瞬，我凝视着火焰，神游远古。我想，既然哈尼族的火塘不会熄灭，他们迁徙的路上都随身携带火种，那我眼前的火焰，想必已经燃烧千年，有多少森林木柴在它的火光下接力燃烧，有多少黑夜接受过它的光照，有多少哈尼族祖先捉襟见肘的身体获得过它的温暖，有多少哈尼族人生死攸关的选择在它的摇曳中得到了决断，逆溯哈尼族迁徙史，时间撤回出发的地方，第一个点燃火塘的人，早已去到祖先村，仍然高举手里的火种，在另一个世界，照着这个民族前行，火焰的身世里，藏着哈尼族的过往与今生。

迁二老先生讲了一个故事，我印象很深。他说以前听哥哥热香讲过，1904年，勐混南麻寨发生了老虎吃人事件。那只老虎是一个胎儿变成的。有个孕妇，临产时死了，寨里的人没有将她肚子里的死胎解剖出来，囫囵埋了，十多天后，人们发现，她的坟头上坐着一只小老虎，像是刚从坟里爬出来的，这种事人们头一次见，都很害怕，寨子里瞬间谣言四起，陷入慌乱，很快就被恐怖的气氛笼罩着。大人们把全寨男人组织起来，持棍围攻这只小老虎，小老虎一动不动，再用火烧，也烧不死，这只打不死也烧不死的老虎一天比一天长大起来，离开坟墓到处乱窜，见到什么咬什么，见到人就吃人，见到猪鸡吃猪鸡，寨子里很多人都跑了，离开了南麻寨，留下走不了的老人和小孩，不少都被老虎咬伤或吃了。南麻寨还有姑妈当给、德朗、香边几家人。姑妈当给父母双亡，家里只剩当给、当朱、当热三人，还好当苗早几年已出嫁到帕沙中寨。姑妈当给十三岁时为了逃离虎口，跑到勐海街上寻找亲人，她不知道多依寨在哪里，不知道这边亲人的名字，也没见过这边的亲人，找了很久都没找到。姑妈当给再次去勐海街上找亲人，她小小的个子混迹在人群中，有一天，有位年长的大人告诉她，“你看看，前面不远处走着的那个大哥就是你要找的亲人”，姑妈当给跑过去，拉着大哥生差的手失声痛哭，她向大哥生差诉说了她们遭遇的悲惨事情，并请求大哥生差将她们带回安全的多依寨。大哥生差听了小妹的经历后，回到多依寨将这件事情讲给了寨老们听，几天后，寨老们派大哥生差带着人马到南麻寨，将姑妈当给家、德朗家、香边家接回多依寨。就这样，姑娘当给回到了亲人的怀抱，总算彻底脱离了虎口。姑妈当给为了抚养年仅三岁的弟弟当热，拒绝谈情说爱，也不嫁人，每天像男人一样，扛起斧头大刀砍木料，抬来木头盖房子，砍来竹子破成篾片，编筐、编竹箩箩、编蔑芭等等生活用具，姑妈当给是个女强人。有一年，当热十五岁了，和姑妈当给在地里干活，有只鹿子从森林中跑出来，被当热一枪打中，还没死，将要逃跑，姑妈当给冲上去，手持砍刀，几下就把鹿子砍死了。她俩将鹿子背回家，剥皮洗干净，煮了一锅肉稀饭，招呼全寨子的人饱饱美餐了一顿。其实，这就是一个高山民族和动物在丛林中争夺生存空间的故事，也从侧面反映了哈尼族丛林生存的艰难，同时也体现出哈尼族女性的伟大。像这样在南糯山及周围寨子老虎吃人的故事，迁二老先生讲了很多，大都不乏荒诞与离奇之处，但我却不去怀疑它，因为在如此恶劣的生存环境里，哈尼族人能够走到今天，并且越来越强大，本身就已足够神奇。

还有一个故事。1850年的一天，时任南糯山叭罗（傣语叫帕雅龙，掌管一方事务）的藏干指派桑则替自己去景洪宣慰司开会，因为桑则傣语好，并且刚刚上任叭管一职。出发那天早上，桑则故意到藏干家里说：我没有一件好衣服穿，请借给我一件吧。藏干很不想借，但还是说：前几天我用茶叶黄片换来的傣族筒裙在外边篱笆墙上挂着，你穿它去吧。就这样，桑则心有不甘地带着几十个随从，走出多依寨竜巴门（即寨门）。路上，桑则指桑骂槐地说，“我家有头肥猪，等开完会后杀了招待大家。”意思是开完会他要收拾一下藏干。桑则边说边飞身上马，拔出长刀，啪啪啪地在一棵红毛树上砍了三刀，到现在，那棵红毛树还在。会议开了几天，最后那天下午，召片领（傣语，意为“广大土地之主”，相当于地区行政长官。）让大家表演各自带来的节目，轻松娱乐一下。此外，他还安排了四个节目，看看谁能挑战。第一个节目是倒立行走30多米长的田埂；第二个节目是光脚上下有着十二把锋利尖刀的尖刀梯；第三个节目是看谁头顶倒栽着的长矛时间最长；第四个节目是看谁最快，光脚爬到槟榔树顶上又倒立着爬回树根。大家表演完各自的节目后，等了很长时间，都没有人表演召片领安排的四个节目，这时桑则站起来，双手合掌，施礼，用流利的傣语说，“我来试试吧，献丑啦！”桑则出场后，四个节目一一过关，仅受了点轻伤。当时掌声响彻了宣慰司府，响彻了勐巴拉大道，桑则也因此获得“第一能人”的称号。掌声结束后，召片领说，我什么都不会演，只会劈石头，话刚说完，便手起刀落，将身旁一块长方形石头拦腰砍断。当天晚饭后，所有人都休息了，午夜时桑则却突然喊肚子疼，随从们给他吃了草药，不见好转，这时恰逢召片领的手下来查房，见此情况，便去禀报召片领，并取了药回来给桑则服用。可这药一点效果没有，服用后肚子反而越来越痛，没过多久，桑则就断气了。第二天，随从们就把桑则抬回多依寨，按照正常的死亡安葬了他。后来专管南糯山的叭罗前来收取门户钱，他告诉寨子里的人们，“几年前你们的叭管死在召片领的大堂，是召片领给他服了绿孔雀苦胆毒死的。召片领说桑则的本事高过自己，不应活在世上。”从这个故事可以看出当年哈尼族人在南糯山上立足，受尽了压迫与屈辱。迁二老先生讲完这个故事，特意强调说，“这是桑则的曾孙车包2010年9月16日早上在纠所家讲述的。”

有关南糯山，迁二老先生似乎有讲不完的故事，作为故事本身来听，情节并无太多跌宕与惊奇，但作为南糯山哈尼族人的经历，却让人不禁感叹与唏嘘。此外，他还讲了“角刁格角”（哈尼语，意为尖峰的山头）系列怪事，以及鬼神将女童康秀抱来藏到瀑布大塘的灵异事件，其间，讲起在寨门口为康秀喊魂，迁二老先生还模仿着“贝玛”的动作和腔调，喊了几句“叫魂经”，经文大致意思，《红河民族语文古籍研究》中有过记述：

……
康秀来吧！
快回来！
慈爱的姑妈在叫你，
亲爱的姐妹在叫你，
敬爱的舅舅在叫你，
同族的伙伴在叫你，
同龄的伙伴在叫你，
邻居的好友在叫你，
寨中德高望重的老人在叫你，
叫你你要答应，

作散大哥带我在森林中走茶马古道

喊你你要跟来。

你像山脚的白雾打回转，
你像树前的大风折回头，
渴了，抬水给你喝，
凉了，送衣给你穿，
冷了，点火给你烤，
饿了，抬饭给你吃。

半坡老寨一棵路边的古茶树

叫魂魂要答应，
叫魂魂要跟来，
一人有十二魂，
缺少一个也要叫来。

冤屈鬼住的地方，
你不要待在那里；
别人诅咒发誓的地方
你不要待在那里；

叫魂魂答应了，
叫魂魂跟来了，
跨进堂屋门，
来到火塘边。

走访南糯山期间，我还听过几位老人讲述南糯山或者哈尼族的故事，我发现，同一件事，换个人讲述，发生的时间就变了，有的相差几百年。

以前哈尼族没有自己的文字，历史或记事都是口耳相传，这中间如果口传的人发音不同，时间久了，也难免出现谬误，甚至事件主角都有张冠李戴的时候，迁二老先生讲述的故事，也有类似的情况。1950年之后，南糯山上的哈尼族就开始有认识汉字的人了，并渐渐成为这个族群最早的“知识分子”。迁二老先生读过小学，认得且能写不少汉字，闲暇里，他会歪歪扭扭地记下几个哈尼族口碑资料段落，或者有关南糯山的一鳞半爪，它们虽然语句别扭，粗糙笨拙，但却真实、动人，令人充满敬意。为此，当我在一个自印的小册子上看见迁二老先生的简介时，就有想要把它录下来的冲动，我想告诉朋友们，南糯山上，有位老人，长期以来，在以一种近乎抓铁有痕的方式，讲述着自己民族鲜为人知的故事，而这一切，皆源于爱：

迁二，哈尼族，1946年出生，南糯山多依寨人，小学文化，中共党员。参加过三次工作。（一）1964年6月至1969年3月在部队服役，期间任过副班长、班长、副排长、党支部委员。（二）1970年12月至1984年3月在南糯山大队工作。期间任大队长、团支部书记、党支部副书记、民兵营长等职。（三）1991年8月1日至2002年7月1日在格朗和哈尼族乡政府工作。期间任过政府出纳员、伙食老总、党委组织干事、乡纪委委员、党委委员、乡机关党支部书记、副主任科员等职。2002年8月24日至今退休在家。现任南糯山老龄协会理事长、勐海县民间茶文化研究学会会员、勐海哈尼族学会会员。

6

粉红色的野樱花开满山谷。也不知道，这是它第几次绽放。

我进入石头老寨，在一座空荡荡的厂房边停下来，只见几栋红砖白墙的二层楼房，伫立在草丛中，倾斜的瓦顶泛着灰白的光泽，周围竹木生动，芭蕉舒卷，蔓草披挂着青绿，工业文明的遗迹，埋葬在热带雨林中，留下几层石阶，接住时间里爬出来的青苔。站在那些拴着链条或挂锁的大门外，你会对“人去楼空”这个词有着更深层的理解，人已去，带着各自的故事，搬进另一个世界，留下“楼空”，成为历史的驿站，“空”是为了回响，等一个人走近，将他卷进往事的漩涡里。这座厂房，就是1938年白孟愚建立的南糯山茶厂旧址。出发之前，我已做好准备，打算采访曾经担任过勐海茶厂南糯山分厂厂长的杨开当老先生，他是南糯山茶厂的见证人和参与者。遗憾的是，当我向路旁一位本地女性打听杨开当老先生住处时，却被告知，杨开当先生已于去年仙逝，这位女士，名叫杨丽（哈尼名叫当丽），正是他的女儿。所幸作家雷平阳先生曾经深入南糯山中，采访过杨开当先生，那段生动有趣的《杨开当先生回忆录》才得以记入其《勐海茶厂记》中，从亲历者的角度，为我们复原了一段破碎的往事或记忆的裂口。

我择其梗概，记述如下：

白孟愚，生于1893年，回族，云南个旧沙甸人。少时就读于云南省政法学校，后曾在故乡创办教育。1932年被当时的云南省政府派往思普地区办理盐务和税务，此间深感大力发展边疆少数民族地区生产的必要。1935年，他到西双版纳地区考察茶、矿、农等情况，看到该地大片荒山平坝土地肥沃，物产丰富，更加坚定了他开发边地的志向。1936年到1937年间，他考察了全国22个省份，并前往日本学习茶业及农作物栽培技术。回国后，他上书当时的云南政府，力陈富国强民之策，筹建“思普区茶业试验场”。1938年，白孟愚带着建筑师和地质专家来到南糯山建茶厂。茶厂机器全部从印度加尔各答（英国殖民地）运来，他的队伍历经千辛万苦，先是海运到仰光，然后又运到缅甸景栋，再从景栋用牛车拉到南糯山。1941年，南糯山茶厂投产，主要做碎红茶，专销英国伦敦。与此同时，佛海片区还活跃着另一支制茶队伍，它就是代表着当时中央政府的范和均的佛海茶厂。当时南糯山有9个哈尼族人寨子，一天可收鲜叶七八千斤，最多时可达一万斤。为了争夺原料市场，代表省政府的白孟愚与代表中央政府的范和均之间展开了激烈的竞争，结果是，范和均假借老同学勐海部队的李师长之手，挤走了白孟愚。1948年白孟愚将茶厂交给了当时的思茅专区专员，被迫离开南糯山，直到1965年，病死在异国他乡。白孟愚离开后，茶厂机器被当地村民当黄金盗卖，一度荒废。1953年，南糯山茶厂恢复重建，最后由勐海茶厂管理。

即便后人作了大量的论证和梳理，某些真相，或许只能永远地藏身于历史的黑洞中。比如，我总觉得“白范之争”，导致1948年白孟愚败走之说就存疑，因为有资料显示范和均1944年就已任复旦大学茶叶系教授。并且《勐海县志》曾记载：“他（白孟愚）还组织厂游击队，配合国民党第六军九十三师防守边境。厂队常埋伏丛林中，注视日军。日军每来侵扰试探，均被击退。”由此，我们再试着联想一下白孟愚年轻时的个人抱负与远大志向，他是否真的只甘愿做个茶厂的厂长呢，这让他的真实身份变得更加扑朔迷离了。俱往矣，时至今日，回顾白孟愚在南糯山上的举动，他供给南糯山上的哈尼族人茶种，大力传播先进的栽培技术，他带来的揉茶机、烘茶机、切茶机、分筛机，以及他在厂区周围建起来的球场、职工医院、娱乐场所等等，是当时生活在森林中的哈尼族人见到的世界上最先进的文明，他最早结合南糯山实际，让村民懂得依托茶叶发展经济，是带领哈尼族直接从原始部落跨越到现代社会的先驱，当地人称其为“孔明老爹在世”，白孟愚当之无愧。

白孟愚离开南糯山后，南糯山茶厂一度成为废墟，但是南糯山作为普洱古茶第一山的影响力却与日俱增。茶界周知，1951年12月，科技人员进入南糯山考察，在当地哈尼族猎人的带领下，发现了一棵高8.8米、主干直径0.83米的古茶树，两年后，云南省农业科学院茶叶研究所的周鹏举先生实地考察了这棵茶树，初步猜测其为“茶王树”，1954年，在周鹏举的陪同下，植物学家蔡希陶先生深入南糯山考察了“茶王树”，直到1957年，经过综合多种学科考察论证，最终推断出这是一棵树龄达800多年的栽培型“古茶王树”，论断一出，茶界震荡，很多人慕名而来参拜“古茶王树”，为了科研方便，南糯山简易公路也于这个时候修通。1960年，中国农业科学院茶叶研究所创始人之一陈文怀先生不远千里，从杭州坐火车到昆明，再坐班车到版纳，从景洪坐牛车到南糯山再次实地考察了这棵“古茶王树”，并就此次考察结果向茶界做了详细汇报和推介，南糯山因此以古茶山身份进入了世界视野。后来，当地政府沿山路修建了800级台阶，蜿蜒而上，抵达这棵茶王树跟前。1988年，山里来了一个台湾茶艺观光团，众人俯首弓腰，以虔诚之姿，一步一叩，直至最终跪在茶王树下，行“朝拜”之礼。这一举动的影响力冲出茶叶界，加速了茶王树在民间的神话与传说，不仅普通百姓将其奉若神灵，甚至迎来了90年代全国政协原副主席、全国佛教协会会长赵朴初先生，他亲自参拜茶树王，并提笔手书，留下“南行万里拜茶王”的佳话。“神灵倏忽，弃我遐迁。”（曹丕《短歌行》）只可惜，1995年，在万众瞩目之下，这棵茶王树与世长辞了。

我和杨开当先生的女儿杨丽从废弃的厂区走出来，似乎也没有太多话讲。临别时，她遥指厂区上方一间飞檐翘出丛林的别墅说，那是她的家，欢迎我们有空去坐坐。白孟愚离开南糯山那年，杨开当先生只有十二岁，而现在，二人皆已作古，在旧厂区旁边听杨开当先生的女儿说话，就像是在感受历史深处飞出来的一个回声。南糯山上哈尼族人的日子一直很苦，因为茶叶，近些年他们的生活发生了历史性改变。走出山谷，站在高处遍览漫山樱花，不由得想起日本俳句“婆娑红尘苦，樱花自绽放”，它将世道之艰与樱花之美放在一起，构成一种凄清寂然的氛围。红尘之苦没有尽头，樱花花期却是短暂的，可即便如此，它还是每年都要绽放，转过头来看，又似乎所有的苦楚都被造物主安慰着，就像有着“南糯白毫”之称的南糯山茶叶，本味乃苦，却有回甘。

7

从214国道分叉往南糯山上走，进入标有“全球古茶第一村”的山门后，沿途所有路牌，最吸引我的就是“姑娘寨”，若把这个名字放大一点，容易让人想起“女儿国”。姑娘寨是哈尼族祖先们来到南糯山建立的第一个寨子，现在南糯山上所有的哈尼族寨子都是从这里分出去的。据说，寨子以“姑娘”为名，是为了纪念一个名叫“阿批玉乐”的姑娘，她平时骑马拉弓，终身未婚，把一生都贡献给了自己的寨子。南糯山上不乏歌颂杰出女性的故事，比如前面迁二老先生讲到的姑妈当给，总让人想起歌德在《浮士德》中说的“永恒的女性，引领我们不断上升。”

事实上，哈尼族以往的文化中，“重男轻女”的思想还是比较严重的。勐海县文联主席依腊也是位哈尼族女性，她讲过，以前家里的女性都不能和男人坐一桌吃饭，进屋都得走后门，甚至寨子里生了儿子和只有女儿的家庭建房都不一样，生了儿子的家庭，房顶上有牛角。或许，正是因为生存环境的压迫才激发出这些女性身上深藏的光芒。这不禁让我想起现任南糯山村党总支书记勒阳，她也是位雷厉风行的哈尼族女性，经常独自开着越野车，在南糯山中爬坡上坎，查勘村情。有一次，大益文学院组织采风活动，作家雷平阳、翻译家姚风、我，以及勐海本地的诗人门图、梦阳等来到南糯山，勒阳支书将我们带到大巴拉寨子里，数十人聚在一起感受正宗的哈尼族美食和文化，在场的哈尼族男子都有些羞涩、沉闷，蹲在火塘边默默地烤肉，不停地给大家上菜和倒酒，而能把气氛推向高潮且能成功表达哈尼族特有文化的，反而是几位哈尼族女性，她们的热情和朴实，能将五湖四海的陌生人瞬间变成朋友，在她们接二连三的歌声中，有一种难以拒绝的真诚总让你按捺不住地想要开怀畅饮。这与应酬毫无关系，她们歌唱，完全是出于灵魂与身体的需要。在我们喝得酩酊大醉之时，两位哈尼族老太太声情并茂地唱着歌，从黑夜中走到灯光下，不由分

在多依寨采访迁二老先生

说地要给大伙献歌和敬酒，其间有人试图打断，两位老太太抱怨说，“我俩还没得到歌唱呢。”说完继续引吭而歌，唱的是原生态的哈尼古调，座中鲜有耳闻，个个都竖着耳朵，坐在竹椅上，听得目瞪口呆。一曲唱罢，大家起身鼓掌，纷纷举杯以示钦佩。雷平阳先生十分激动，当即提出一个大胆的想法，若有机会，要将两位老太太的歌声带出大山，搬上更加宽阔的舞台，让更多的人感受到她俩歌声里穿透时间的质感与钝击生命的力量。

沿着上山的公路，走五六公里，左侧山坡上突然出现一座气势雄伟的“城堡”，名为“九路马堡”，那就是著名作家马原的家。站在墙根下，仰观“九路马堡”，只见它直插云霄，高耸于层林之上，似乎每天都可抢先承接日月之光。马堡大门的挂锁是朝内的，说明主人在家，但我不会冒昧打扰一位深居城堡中的人，只与院中花木隔门相望，继而转身离开。一路上，我时不时会想起马原定居南糯山后，以魔幻现实主义笔法，写就的精神自传体小说《姑娘寨》，这是马原呼吸着南糯山的空气，沐浴在姑娘寨的阳光和雨露中，经受过肺癌穿刺的身体如有神助般地痊愈后的一次灵魂之旅，开篇便借主人翁的口吻讲述了自己2011年2月9日初次走进南糯山姑娘寨的情景。马原笔下的姑娘寨，是一个万物有灵，到处充满敬畏的地方。哈尼族建寨之前，首先要选好坟山，马原在小说中没有太多直接描写姑娘寨的笔墨，但是，却有一段细致地描写姑娘寨坟山的文字，“这里的树更高，树径更大，每棵树下都有一个几平方的土台。这里完全没有那些杂乱无章的小树，山势逶迤向上，每一个土台都比下一个要高一些，一直延伸到视线不及的远处上方。这里头上方的树冠也比这一路上稠密了许多，几乎完全看不到头顶的月光了。这一定就是坟山了。” 马原说，“生活在别处，别处就在姑娘寨。”

茶业带动了旅游业，近些年，姑娘寨乃至整个南糯山，游客与民宿，皆如过江之鲫，正在这片安静的水域，掀起更多的波纹。不少大城市中的金主，在名利场上征战半生后，突然彻悟，回到热带雨林中的乌托邦，想假半亩绿荫遮盖后半生。此外，也有不少文人墨客，回归南糯，隐居乡野，朝汲甘露，暮尝百草，闲云野鹤般地自绝于红尘之外。

8

“丫口老寨始建于1892年，至今已130年的建村史，1892年祖先张干带着七户族人（克且、克金、克罗、生则、生和、认康、当美）从多依寨分离出来建寨，定居在多依寨对面的山坡上。建寨后担任第一届领导的人：当美、批何、给康、纠苗（女），搬迁建寨后第一个接生的小孩叫克服（女），第一个安葬在坟山的人叫考元（男）。从1892年到1992年一百年的时间里，寨子从七户发展到五十五户。村民发展到二百六十六个人。1992年，因饮水问题，在纠门、批且、批桑（龙头人）的领导带领下，全体相关人员一起搬迁到现在的位置。1992年搬迁建寨后，寨子里喜迎接生的第一个小孩叫王建华（男），第一个安葬在坟山的人叫当修（女）。……”这是记录在丫口老寨寨门口石碑上的碑文。它提醒了我，我已经穿过了丫口新寨和老寨，来到丫口老寨的寨门口了。按照哈尼族人的说法，出了寨门，就是“鬼”的地界了。看着前面遮天蔽日的森林，和已经西斜的太阳，我并不打算继续前行，或者说，我没有勇气走在幽暗的森林中，这些千年古树，枝蔓缠绕，张牙舞爪的，若说它们已修炼成精，我也会相信。丫口老寨寨门地势稍高，从那里往回看，可将整个丫口老寨和新寨收于眼底。这是我见过最美的寨子之一，家家门口都开着各种花，有马蹄莲、血叶苋、猩猩木、洋紫荆、光棍树、红绒球、黄秋英等等，热烈而又孤单。游客已返程，加之大多数的人家都关门或者跑到外地过节去了，寨子反而很安静，远处的茶业初制所里，隐约传来邓丽君甜蜜的歌声《我只在乎你》，草木因此含情，姿色婀娜动人。

新寨是从老寨分离出去的，两个寨子几乎连在一起。这天我留宿丫口新寨，正值哈尼族嘎汤帕节。早上房东散三家就杀了一头猪，还不到中午，院子里已经摆满各种车辆，从车牌可以看出，客人来自不同的地方，有的是西双版纳各种寨子或族群里的亲朋，有的是散三外省的老友——都是来南糯山买茶认识的，像我这种素昧平生，只因在他家住宿而突然冒出来的“客人”，应该也不在少数。大家三五一群，七八一伙，围着铁皮桶炉子吃柴火烤肉，边吃边烤，一会儿烤肠子，一会儿烤排骨，一会儿烤三线肉，一会儿又换成烤猪尾巴、猪耳朵、瘦肉，客人们只管大快朵颐，主人家看着砧板上的肉瞬间去了大半，盘算着可能不够，遂召集寨子里的人，又杀了一头猪。食肉者中，外地人大多不知道，烤肉只是消遣，相当于零食，真正的宴席还在后头。

寨邻帮忙招呼着，将不同的人引到宴席上，确保每桌凑足十人。很多人光吃烤肉就已餍足，但看着满桌子奇异菜品，忍不住又举箸投食。总有好奇的客人对着眼前的菜提出各种天真的问题，同桌的哈尼族人都会耐心解答。最具特色的，要数鸡肉粥、红血肉，以及包烧肉。鸡肉粥是哈尼族接待客人必不可少的菜品，它将米淘洗干净，放入鸡肉汤锅里熬成粥，为了表示对客人的尊重，主人通常会先给客人盛上一碗鸡肉粥，当然，没有鸡肉的时候，用猪肉炖烂充当也可以；红血肉外地人难以下咽，以前主要用于烹制狗肉或鸡肉，将肉块焙干后，放入油、盐、佐料炒熟，将猩红的生血倒入肉中搅拌均匀，现在主要是用生猪血和半熟的猪肉片搅拌而成。吃红血肉的时候，一旁的哈尼族朋友笑眯眯地“怂恿”我们喝点酒，他说这样可以边吃边消毒；包烧肉是用芭蕉叶将已经拌好佐料的肉泥包好，置入明火中烧熟食用。当被问及为何哈尼族菜里有好几道都是和“肉泥”有关的，包括他们从傣族那里学来的“牛撒撇”也类似，同桌的哈尼族姑娘解释说，哈尼族自古以来尊老爱幼，把肉做成“泥”，就是为了方便老人和小孩食用。客人走了一批又来一批，散三跑前跑后，一会儿迎客，一会儿送客，忙得不可开交，黝黑的脸上却始终挂着笑容。直到下午三四点，客人才差不多散尽，零零星星还会有几个来，围着铁皮桶炉子，慢条斯理地烤着肉吃。

当我再次回到散三家时，已是傍晚，院子里只剩他单独坐在铁皮桶炉火旁，翻烤着几块焦黑的肉，见我从院门口进来，散三招了招手。我俩重新将火烧旺，刚刚加进去的木柴，一会儿就蹿起数尺高的火焰，火光照着对面这条哈尼族汉子，他和白天笑眯眯的样子截然不同，冷峻坚毅，让我想起了迁徙史诗中，那些火塘边伟大的身影，对于哈尼族来说，故乡是一条跟在身后的“路”，身体走到哪里，哪里就是这条路的尽头。散三主动给我讲起了南糯山或者哈尼族的故事，“迁徙路上，走在前面的人砍掉沿路的芭蕉树，给后面的人做标记，但是芭蕉树几个月又长出来了，记号因此消失，一部分族人就这样散落在途中，建立了自己的寨子，就是现在墨江那边的哈尼族，被称为‘噶多阿卡’。”谈话间，几辆摩托车在暮色中轰鸣而至，那是散三的大哥，他在城里水务局工作，刚从勐海坝子上来，约着几位同事回家过年。他们和我俩随便打了个招呼，径直去了摆宴席的那间屋子，不多会儿便有行酒令和歌声从黑夜中频频传来。散三接着讲，“小时候，跟随寨子里的大人们在南糯山上打猎，打死了几只，就用牛角‘哦啰啰啰’地吹几声，如果捕获到大的动物，比如野猪、野牛、麂子等，大家就会一边敲打着竹筒，一边发出‘库咔库咔’的声音，通过这种方式将消息传递到寨子里的，家家户户就会忙着烧火，煮饭，晚上尽兴饱餐一顿。分肉的时候，如果家里人不在，可以派猎狗去，去几条猎狗就能分到几份，分量和人一样多。”据说散三的祖先是哈尼族的王族，南糯山上几十个寨子，唯独多依寨、丫口老寨和丫口新寨三个寨子的哈尼族和其他寨子的叫法不一样。谈到南糯山这些年最大的改变，散三想了想说，“小时候，我们一年去一次县城，每次要去之前，兴奋得一个星期睡不着觉。二十年前，我是第一批少数民族出来卖茶的人，凌晨三点过就起床走路下山，那时大家都叫我们这种人为茶贩子，我就是把南糯山上的茶收起来，拿去城里找老板收购。做了12年之后，认识了很多茶叶界的人，才开了自己的初制所。你看看，今天来我家过年的客人，很多都是卖茶叶的客户。我们山区的所有少数民族，如果不是茶叶，都是最贫困的，最近四五年茶叶价格好，加上国家政策的鼓励，所有人都修了楼房。我想，南糯山以后会像浙江的莫干山一样，民宿有前景，我们哈尼族不乱砍树，南糯山的森林在我们的照看下生长得很好，这就是生态保障。”散三一边讲，一边将剩在烤架上的几块肉翻来覆去地拨弄着。一个身材瘦小，颧骨很高的女人，怯生生地来到我们跟前，夹走其中一块，她眼珠子骨碌骨碌转着，总是给人一副惊魂未定的样子。散三说她是从普洱澜沧县过来的拉祜族，专门在南糯山上帮人采茶。我似乎在史书上或者某个小说中见过类似的人物，出于好奇，不时会在夜色中搜寻着她的身影，尽管她已经走出路灯灯光的范围，我还是会在黑夜中找到她更黑的影子，她在远处的森林边缘上晃动，像一个黑色的瓶盖儿正在夜色收口的地方被拧紧。

随着火焰渐渐收拢，铁皮桶炉火里的灰烬被风一吹，卷起些许白屑，寒意也慢慢裹紧我们的身体，别过散三，我回到了房间，倒在床上，却无心睡眠。夜很静，散三的大哥和同事们还在喝酒，歌声从楼下飘到南糯山森林上空，只听得女的唱：茶树茶芽等人采，阿妹长大盼哥来；阿哥想采茶一片，翻过山坡这山来。男的合：阿哥采茶上山来，不采茶叶采妹心；好茶要用开水泡，哥的痴心日子磨……

2024年1月27日，宝象河畔

译文

·高兴专栏·

·罗马尼亚诗选　高兴　译

·猎狐　［美］威廉·福克纳　作　李寂荡　译

高兴，诗人，翻译家，博士生导师。曾长期担任《世界文学》主编。出版《米兰·昆德拉传》《孤独与孤独的拥抱》《水的形状：高兴抒情诗选》等专著、随笔集和诗集；主编《诗歌中的诗歌》《小说中的小说》等外国文学图书。2012年起，开始主编“蓝色东欧”系列丛书。主要译著有《梦幻宫殿》《托马斯·温茨洛瓦诗选》《罗马尼亚当代抒情诗选》《水的空白：索雷斯库诗选》《尼基塔·斯特内斯库诗选》等。2016年出版诗歌和译诗合集《忧伤的恋歌》。获中国桂冠诗歌翻译奖、蔡文姬文学奖、单向街书店文学奖、人和期刊人奖、越南人民友谊勋章、捷克杨·马萨里克银质奖章等奖项和奖章。

罗马尼亚诗选　高兴 译

图道尔·阿尔盖齐诗选

图道尔·阿尔盖齐（Tudor Arghezi, 1880—1967），罗马尼亚二战期间代表性诗人和散文家。出生于布加勒斯特。他早年丧父亲，十一岁离开家庭，开始独立谋生。1896年，走上诗歌创作之路，受到诗人和文学理论家马切东斯基的赞赏和提携。1899年，他进入修道院，五年后回到文学界。1905年，前往瑞士进修神学，并靠打工所获得的微薄收入游历法国等国家。第一次世界大战期间，他因言获罪，被投进监狱。他后来创作的组诗《霉花》便取材于监狱生活。1943年，由于撰文讽刺德国驻罗马尼亚大使，被法西斯分子关进集中营。他曾任罗马尼亚科学院院士和罗马尼亚作家联合会名誉主席，多次获得国家文学奖，被尊为民族诗人。

在七十余年的文学创作生涯中，阿尔盖齐出版了三十多部作品。他最突出的文学成就体现在诗歌创作上。题材丰富、手法多变、语言新颖是他诗歌的主要特点。他在诗歌中探索人生的意义，勘探存在的价值，讴歌世间的美好，揭露生活的幽暗。人生，爱情，孤独，死亡，社会，自然等等都是他经常表现的主题。诗人十分注重语言和手法的创新，不同主题使用不同的语言和手法。比如，在他表现监狱生活的诗集《霉花》中，他大量使用黑话、俚语和俗语，使得诗歌风格异乎寻常，被称作罗马尼亚的“恶之花”，甚至还在罗马尼亚评论界引发了一场有关“丑之美学”的大讨论。而在童诗集《玩具库》中，他的诗歌语言纯真、风趣、透明，充满了童心和情趣，深受孩子们的喜欢。难能可贵的是，诗人努力向各种文学流派学习，但又始终保持自己的风格。

阿尔盖齐的代表作还有《和谐的词语》《黄昏小诗》《木头圣象》《黑色的大门》等。

歌唱

防卫节节失利，我从战斗中脱身，
手持折断的长矛，在白色的月影下。
你放上土和水，空隙，在我们中间，
无论何时何地，我们总是形影不离。
整条路上，我都会遇见你，等候着，
我的总是一声不吭的忠诚的陪伴者。
在石头和时光之间，你出现，从泉水中
掬起波浪，递给我，没有言语。
你解开衣裳，手捧着双乳，问我
到底想用乳汁还是泉水来解渴。
你将你的嘴巴和我的嘴巴对着冰凌，

想同我一道猛地饮下冰凌中的火焰。
你如影子和思想，融于万事万物中，
光明携带着你，土地养育了你。
每一声动静中，都能听见你的静默，
暴风雨中，请求中，足音和琴声中。
我分明感到，你在遭受难言的痛苦，
面对一切的诞生，面对一切的消亡。
你离我那么的近，同时又那么的远，
永远与我订婚，但始终没和我结婚。

两夜之间

我将锋利的铁锹插进房间。
窗外，风在吹着。窗外，雨在下着。

我在地下继续挖掘着房间。
窗外，风在吹着。窗外，雨在下着。

我将坑里的土抛在窗台上。
黑色的土：蓝色的帘子。

窗台上，土堆到了高处。
当然是峰顶。峰顶上，耶稣在哭泣。

挖着挖着，铁锹断了。瞧，那道卷口，
撞上了石头圣骨，也就是圣主本人。

我慌忙从自己走下的时间中返回，
在空空的房间里，重又陷入厌倦。

那一刻，我想登上峰顶，住在峰顶。
有颗星，在九重天中。天上，时辰已晚。

雪

晶莹纯洁的雪花
我正等候着你飘临，
栽种在蔚蓝中的
朵朵花瓣。

蔚蓝正在凝结，
为冬天制作项链。
整个天穹中一片忙碌
要把你打扮成洁白的天使。

可当你同星星，同月亮
一起来到我们中间
总会不断踏上尘土
并陷入泥潭。

眼泪

眼泪是神圣的，女孩，
它把心交给你，
当语言停止，
沉寂，过上隐修生活，
唯有眼泪言说，
用静默而神圣的叹息，
与世隔离。

但它又会同夜晚一起
对你道一声晚安。
你，眼泪，难道来自月亮？

后来的时间

在天空，
铜和铁的钟点敲响。
在一颗星辰，
天鹅绒的钟点敲响。
毛毡的钟点敲响，
在城堡尖顶。
在羊毛的钟点
古老的时光回响，
纸的钟点
碎裂。

在宫廷墓志铭边上，
灰尘的钟点敲响。

昨夜，姐妹，
没有任何钟点敲响。

我不知道

我害怕。
我不知道我为何害怕，妈妈。
我害怕影子和太阳，
于我，黑夜过于漫长，白昼过于盛大。
一个个钟点慢腾腾地走过，践踏着土地，
犹如病夫，又好似醉鬼，
全都在我面前停住，
瞪大眼睛望着，就像一些怪异的面具和人形。
盘查我，审问我，没有招呼，没有言语，
把我当作一个隐瞒者和说谎者
无论是我还是它们，
我不知道究竟谁在说谎。
我说我出生过，我活过，
这难道是说谎吗？
我出生过吗？我活过吗？
没有证明。
我更像是在捏造，
说干葡萄冰草

像梦魇，出发去清扫蓝天。
我活着，总是在爬楼梯，
探出世界之外的楼梯，
总是背负着沉重的包袱，
可感但不可见的包袱。
我数了数台阶，一百个，
一千个，几千个，此刻我还在数着，
我可不能半途停步。
假如我停步，我可是血肉之躯，
楼梯超负荷，会弯曲，断裂
我害怕自己会坠落，
掉进不知什么地狱。
每个台阶上，那些钟点，那些面具，
都在等着我，
漂亮或者变形，
我预感某个罪孽正在追踪我，
并将指控我，审判我
自从我尚在黑暗中时，
自从我尚在襁褓中时。

维尔吉尔·特奥杜莱斯库诗选

维尔吉尔·特奥杜莱斯库（Virgil Teodorescu, 1909—1987），罗马尼亚著名超现实主义诗人。出生于康斯坦察县谷巴丁乡。曾就读于布加勒斯特文学和哲学系。毕业后，创办先锋派杂志《中学》，并发表了不少诗作。这份带有一点游戏色彩的杂志团结起一批超现实主义诗人，成为罗马尼亚文学史上的珍贵文献。特奥多雷斯库的诗歌，从一开始就带有浓郁的超现实主义色彩。他以及他周围的诗人塔西库·格奥尔久、杰鲁·瑙姆、盖拉西姆·卢卡、保尔·波乌恩、D.特洛斯特等被公认为罗马尼亚第二次超现实主义浪潮的代表性诗人。

超现实主义诗人大多支持革命，拥护革命。特奥多雷斯库也不例外。正是由于他的革命姿态，罗马尼亚共产党夺取政权后，特奥多雷斯库先后担任过《金星》杂志主编、罗马尼亚作家联合会主席和大国民议会副议长等重要职务。

超现实主义源于法国，是达达主义的某种延伸和发展。法国诗人安德烈·布勒东被公认为超现实主义的领袖人物。超现实主义借鉴弗洛伊德的心理分析法，把潜意识运用于诗歌写作之中，认为只有梦境、幻觉、本能、呓语等“超现实”的东西才是创作的源泉，主张“无意识书写”，强调对幻觉、梦境等的记录。特奥多雷斯库在追随超现实主义的同时，也有意识地修正了超现实主义的某些极端做法。他在诗歌创作中，并未完全排除读者，也未完全排除意义，而是在相当程度上考虑到了读者的接受能力和诗歌的表达作用。他常常用曲折、隐秘的方式表达自己的情绪、心理、状态和思想。因此，罗马尼亚评论家阿莱克思·斯特凡内斯库认为：“诗人并未像遵守法律文本那样遵守超现实主义纲领。他从青年时代起就悄悄地背离了它。这一点在他后来的创作中愈发明显。”

在几十年的创作生涯中，特奥多雷斯库出版了《钻石引导着手》《海洋的皮毛》《白纸黑字》《权利和义务》等几十部诗集。

当天空隐藏的时候

当天空在你眼里隐藏，既不是
黑夜，也不是白昼，而是紫色的
天鹅绒矩形，仿佛一只雀鹰
刚刚从利爪中松开它的猎物，

当你的长发是天窗中一片倒置的天空
就像大地上每月的风暴，
当闪电只是一支蜡烛，
而杯中的酒散发出冬日的气息——

我依然在这空荡荡的房间等你
（多少次我必须说出）
毛脚燕般从窗户飞入，犹如
最后的排炮，轰击我的胸膛。

白色武器

这些肯定将成为
未来的武器，
但会比现在更白，
白似夏日中央的
苹果树，
宛若一座新粉刷的乡舍
可听见孩童的欢笑声

从里面传出。

以你的名义天在下雨

我将是你的情人带着死神丁香直到五点直到你的胯部
因为你的名字始于风的玫瑰始于脊梁里一个钩子
因为无论我怎么翻转它都轻声呻吟
像片蓝色的鱼鳞像只装满骨头的袋子
因为丁香密谋以你的名义
亲爱的女皇穿上幻影以你的名义
因为以你的名义蝴蝶死神之首爱恋半明半暗
以你的名义天在下雨当马鹿弄混头角
以你的名义船头在早晨拉响汽笛
渔民们将钩子掷向鲨鱼脊背
以你的名义人们在索要香烟和水晶地图清澈得令人惊讶
敲在内里的钉子在锈蚀
刺杀幽灵在磨擦匕首
在睡眠那些长长的廊道里晃荡

浸析

洗完衣服后，
她开始洗手，
手其实也是衣服，
她将它们伸到太阳下，
再将它们挂在钩子上，

结果如此：
没有手，
她比维纳斯更美。

天鹅绒

当你再来时，夜晚在正午降临
鼹鼠们通过牛奶馆
为我带来新月萝卜和鼹鼠巴天酸模
当作食品
当你再来时，水獭皮毛
从我的铁床上跃起，你爬上床
犹如一道古老的香水瀑布
旅途劳顿的骑手们纷纷到来
房屋开始静静燃烧
从冰冷的地窖到顶楼
就像油菜在田里燃烧那样

你的手

你的裙子好似一只在城里
疯跑的猎犬
我们谁都同它毫无关系
可我们中间夹着这个淫荡的物件
就像锃光发亮的靴子上的一点
不可能擦掉的血迹

人们聚拢被口水颠倒的圆石
堵住嘴巴直至窒息
在我们尖锐的注视下
女人们编织着黑眼圈般的裙子
夜深时，穿上又脱下
就着朦胧的月光。

斯特凡·奥古斯丁·杜伊纳希诗选

斯特凡·奥古斯丁·杜伊纳希（Stefan Augustin Doinas, 1922—2002），罗马尼亚当代代表性诗人，出生于阿拉德县卡波拉尔乡一个富裕人家。1941年考上克卢日大学医学系，1944年转到语言文学和哲学系学习。毕业后，主动要求回到家乡当乡村教师。在乡村生活和工作的七年时间里，广泛涉猎文学、哲学、艺术等领域的著作，同时又大量接触了民歌民谣。1955年，离开家乡，定居布加勒斯特。1969年起任《二十世纪》杂志编辑和主编。1989年罗马尼亚剧变后，当过罗马尼亚议会参议员。2002年5月25日，诗人在布加勒斯特去世。仅仅数小时候，他的妻子在寓所自杀，跟随他到了另一个世界。这一事件当时轰动了罗马尼亚全社会。

杜伊纳西1939年开始诗歌创作。由于政治原因，曾在文坛沉寂十余年。1964年以后，相继出版了《潮汛之书》《持罗盘的人》《拉奥孔的后裔》《面貌》《另一自我》《纸莎草》《谨慎的季节》《一首诗的内部》等几十部诗集。诗歌外，还涉足文学评论、美学、儿童文学、戏剧和小说等领域，并出版过不少这些方面的著作。此外，还翻译过大量的外国文学作品。

深厚的文化功底和宽广的诗歌视野使得他的诗精致、优雅、厚重，充满神秘气息，异常的迷人和动人。他还曾长期致力于罗马尼亚民谣体诗歌的革新，力求为民谣体诗歌注入新的活力。长篇叙事诗《长着银牙的野猪》就是他在此方面的代表作。诗人通过民间传说成功地塑造了一位理想主义者坚韧不拔的形象。此诗已成为罗马尼亚诗歌中的经典作品。1989年后，诗人在保持自己风格的前提下不断拓宽创作之路。在诗集《一首诗的内部》中，读者便可看到诗人创作中的一些变化。但总体上，他始终保持着古典主义的创作倾向。

词语

布满砾石的天空被雷电穿透。
我们站着，背靠路边的林子。
某处正在下雨。任何动静在我们
听来，都仅仅像是烟尘的印刷声。

刹那间，雨水增涨又消隐。
树木在风中微微颤栗。
滴落在绿叶上的雨点
发出清澈的回响，犹如词语。

我虽然听见，但并不理解。
闪电划破灰色的天际，
用炽热的字母书写着
那个神奇而又陌生的词语。

情诗

我鼓满了风，像柳树那样，
当你来临时。我并没想到
怎么会有这么多金子，
这么多歌声，漂浮在波浪深处。

仿佛曾经出现过一片沼泽，
你沐浴其中，直至赤裸的腰身，
而那深深的足印在灵魂里
如此清晰可见，宛若在泥泞中。

此刻，当风即将重新吹起时，
当太阳即将在山谷沉入梦乡时，
我们不再知道：究竟是水和土
抑或只是我俩已用烈焰相互点燃？

瞬时

我喜欢那些照片——在它们
变成老虎的瞬间：每只
都衔着一大块时光。
我们游泳——在它们眼里：微笑，
再做些幅度很大的明媚的手势
在开花的天空下……
但最最深处，

没有影子的水，流着血，
将我们投进一道阴郁的漩涡。

变形

我在小路上遇见了一只马鹿，
想在林中空地迅疾将它捉住。
哦，燃烧的岁月，宛若
鞘中剑，当灵魂同花鳅赛跑时！
此刻，那棵野生梨树在清澈的
穹顶发出沙沙的响声，梨树边，
一只野猪，鼻孔呼呼哼着粗气，
獠牙一闪，挡住了我的去路。

我们在讶异中站住，面面相觑，
就仿佛我们从不认识，生活啊……

在镜子中间

在镜子中间，总是在镜子中间！
漫游经历在风景中书写。
而你，变换着面具，随处游荡
像尚未写出的书页的内在蕴含。
影子背负着你。那些同你相似者
模仿着你。而那些不相似者
则在窃取你。死亡——那是什么？

最后的脸上露出古老的微笑。
有人会——或者不会——从水面
采集这些晦涩难解的象形文字吗?
你，今日的你，与那个从数十种
形象中脱身的人，是同一个你吗?
比什么都痛苦的是，生命仅仅以
蒸汽的形式，以光束的形式来临，
在你身上看到了它们神圣却又
扭曲的面容——并没有感到恐惧……
或者也许，这宣告了命运本身，
亦即某种密谋者，就像天使
乔装打扮，四方转悠，从世界
借来一副又一副面具?……

证据不足

斗士持剑跳进圆圈，
用钝剑头将圆圈刺穿。
于是，圆圈开始缩减;
随后化为一道地平线;
它的影子则变成黏土
和血花瓣——海湾，海洋。
任何一点痕迹都不愿留下，
作为这一事件的见证。

因此，今日，谁也不再相信

阿基米德被剑所杀。

镜子里的女人

镜子的背面，一连串的镜子穿越
一个个世纪，将你朝我扔来——瞧：
你脱下希腊无袖袍，褪下五颜六色的
羊毛编织的村妇服饰；
钟形女裙水汽般从腰身下
滑落，而面纱消失得无影无踪；
从瘦小的连衣裙中，你抽出
一个肩膀，宛若苦涩秋天榅桲的象牙；
你返回，炽热的乳房上印满了
吻痕，嘴唇上写着同样的文字，
那些文字，很久以前，曾将圣人引入
诱惑，窃取他们的光环，今日依然神圣；
你以庄严的手势，在峰顶漫步，
慢慢靠近，呼吸冲击着我的面容，
比温柔的狼的吼叫更加炽热，
比风更加轻盈，比花朵更加纯洁；
深深的，在阴郁的时间之井中，
唯有烈焰和石头在言说，
你用一种奥林匹克女神忽视的语言，
重新呼唤我，就像克里奥帕特拉召唤那样。
世纪的伤口上，今日的灼痛
犹如一把剑，在毫发无损的铠甲上游荡：

我摆脱你，朝你大喊大叫，而这时，
你面带同样的微笑，已遁入一面新的镜子……

分离时刻

我们之间的距离化为闪电。
一群鸟儿飞过发烫的灰烬，
发出微弱的鸣叫。迅速经过的
异邦人，像奔跑者那样，
没有听到哎呀一声，胸膛折断了
一根细带子，那根细带子
曾绝望地闪烁，在我们眼睛之间……

界限

狮子
蹲在
大都市的入口处；
出口处——
是它的复制品。

我曾想占领广场：
柏油路
已疲倦于
双轮战车和教义。
我曾想做爱：

在污垢的床单里
我首创
发霉的动作。
我曾想言说：
我的众多真理
耸了耸肩膀
返回原地。

姓名
守在任何诗的开头；
结尾则是——
笔名。

语言的春天

一切简单
而又残酷——你必须命名！
但那个不想杀戮的人
出现在事物之上，
犹如蝶蛹。

罕见，
过于罕见，
在大年的辐条之间
语言的春天返回。

名字开始飞翔。

伟大的残疾者

你们还能
怎样摧残我？
我的胸口
已变成树洞

心脏——凝乳酶

我的眼睛已瞎
我的耳朵已聋

通过追忆
夏天，我又蹦又跳
在粉红色的软骨上

用臂膀的节瘤
我驱赶前额伤口上的
苍蝇

用丧失嘴唇的
恐惧
我对着一只硕大的蚂蚁
微笑

核

偶然中
我发现了
吝啬的语言
一件难以置信的产品

我来为你朗读——

那是一首诗歌

现在，请告诉我：
你觉得核
属于
哪种水果？

贝德莱·斯托伊卡诗选

贝德莱·斯托伊卡（Petre Stoica, 1931—2009），罗马尼亚当代重要诗人。出生于蒂米什县。曾在布加勒斯特大学语言文学系日耳曼语学专业学习。毕业后当过一段时间校对。曾任《20世纪》杂志编辑。后自我放逐，离开都市，定居乡村。1989年后，回到布加勒斯特，以极大的热情撰写文章，捍卫民主，抨击专制。没过多久又返回故乡，在宁静中写作和生活，直至去世。

斯托伊卡在大学期间结识了不少诗人和文学青年，同他们一道参加各类文学活动，并开始文学创作。1957年，出版第一部诗集《诗选》。之后又先后出版了《奇迹》《祖母坐上沙发》《事物的灵魂》《无上光荣》《修辞学问题》《唯有玉米的甜蜜》《探戈以及其他舞蹈》等诗集。诗歌创作外，还翻译过特拉克尔等外国诗人的诗集。

斯托伊卡在诗歌创作中始终将目光投向生活日常。表面上看，他的诗就像日常记录。但只要细细品读，读者会发现，诗人极善于从日常中提炼诗意和寓意。他的诗简练、朴实、形式多变，在幽默和反讽中散发出表现主义气息。罗马尼亚文学评论家阿莱克斯·斯特凡内斯库认为，斯托伊卡的诗集几乎每部都有着“令人信服的美学价值”。

晌午

一根树枝贴近另一根树枝
亲吻的簌簌声
空气纹丝不动
一个水圈
松鼠跳跃
随后，新的痛苦
空气纹丝不动
手指间遗忘的薄荷清香

反抒情

你们并不在欧洲
公元一九九〇年七月十五日
维亚纳，一位女士对我说
我哭了起来，随后，为她

背诵了几首卢齐安·布拉加的诗歌
女士沉思片刻，接着说道
抱歉，你们曾到过欧洲

瓜德利尔舞

在荣耀和虚无之间
耗子乐队正在排练
无论如何，我的冬天尚可忍受

某种东西

花园里
在萝卜和生菜叶中间
在玻璃碴和烂鳞茎中间
在石头和燕雀羽毛中间
有一天，我找到了
某种一辈子只能找到一次的东西
某种没有形状，没有味道和色彩的东西
某种像太阳字母那样在水面融化的东西
某种比情人的睫毛更加美丽的东西
某种如遥远的乐曲一般温暖而疼痛的东西
某种……
花园里
某种你一辈子只能找到一次的东西

原创文明

五十码的胶靴
挤压着我的打字机
趾高气扬地向着城堡行进
结巴的字母表随即投降
而蝴蝶被宣布为诗歌之敌

以波尔卡舞曲的节奏

这么多精疲力竭的日子之后，
门铃声响起，以波尔卡舞曲的节奏
我来到门口，迎接幸福，
一个女孩站在街上问道：
先生，请问您是
殡仪馆馆长吗？

无题诗

我梦见了鳄鱼
一些正在剔牙
另一些正在观望巡航导弹

我梦见了鳄鱼，直立着，那么忧伤

我记得

我记得那道薄荷色的光
我记得那缕青春期的微笑
我记得第一支烟的味道
我记得你那条放在椅子上的连衣裙
我还记得其他许多简单的事物
这自然已经足以
让我忘记如此多如此多的更加重要的记忆
但我喜欢橙子的芬芳
而非它的果肉

命令式

拆除假冒的齿轮传动系统
驱逐被任命为磨坊主的
干旱传道者

从此，你们的面包将散发出
太阳的香气。

爱情诗

就像孩童那样
我用彩笔
在墙上

画满你的面孔。
可为何让风亲吻你？

假期

这么多玻璃碎片掉落在沙滩上
这么多空罐头丢弃在岸上
这么多喷雾器这么多书籍散放在床单上

可没有一只帆船
从阿蒂卡驶来

赞美你的身体

你的身体在我双手间流淌，
宛若一条甜蜜的种子之河泛滥成灾。
你的身体用血液和阳光
将我淹没，我的时日
从冬季的黑暗中走出，
砸碎石头，让它开花。
我生命中所有的根
都通过不断诞生的嘴畅饮着你
直到大地为我充盈，
直到一个崭新的季节
向我发出通告。

米尔恰·格尔特莱斯库诗选

米尔恰·格尔特莱斯库（Mircea Cartarescu, 1956—），罗马尼亚当代代表性诗人和小说家，出生于布加勒斯特。1980年毕业于布加勒斯特语言文学系。毕业后，当过一段时间中学老师。1989年至1990年，在作家联合会工作，同时在《批评》杂志任编辑。1990年起，在布加勒斯特大学任教。1978年开始发表作品。已出版《灯塔，橱窗，照片》《含有钻石的空气》《爱情诗篇》《一切》《利凡特》等诗集。罗马尼亚文学评论界认为“他是尼基塔·斯特内斯库以来诗歌语言最现代化的诗人，词语想象力异常丰富，无穷无尽。”他本人表示：“我在日常生活中的所思和所感构成了我诗歌的基本内容，这比形式要重要得多。”他希望自己的诗歌新颖、质朴、开放，富有感染力，没有任何面具。

从20世纪末开始，他转向小说创作，目前已成为罗马尼亚国内最具国际影响力的小说家，诺贝尔文学奖热门候选人。

石印术

多么宁静。唯有铁轨
窄化为盯视的眼睛。
上帝在校正活字盘上的女人
他的世界模型在建筑竞赛中
获得三等奖。
真冷。闪光灯在闪烁，
水渠的金眼睛睁开
一只经验丰富的耗子在二号水渠上
讲述它的迷宫记忆

乒乓球上的铃声叫个不停
身穿皮衣的明星从黑色的凯迪拉克里走下。
广告即灵魂。
冷。肉挂在骨上
就像百科全书的书页。我们将翻阅
印有国旗的那页，
印有奖章的那页。

多么宁静。唯有铁轨
窄化为盯视的眼睛。
绿色的雪从袖子里掏出一块块头巾，头巾。
一张撕碎的黑白照片，落在沥青路上。

空间

别把我从这个宇宙驱除
别把我从这些花冠丝线间驱除
别把我从瞄着世界目标的高筒皮鞋下驱除
别把我从内脏照相机配图的爪子下驱除
就让我咯咯咀嚼断头台上传来的潮汛
就让我变成彩带里的木乃伊
就用我的手指为我编织
一件毛衣，套在我脖子上，
以防棺木中
冰冻的真空
别把我从脸颊的水晶化核心中驱除

别把我从星星挖掘的视网膜里驱除
瞧，死者们在挖地道，从一些人通向另一些人
用机枪扫射充血的鱼的下腔静脉
面对着雪之星
真有魔力
别把我从这个宇宙驱除
就让断头台滚烫的玻璃留在我的胃里
就打开我的头盖骨，用绞合线缝上
制服花瓣，报纸花瓣，子弹夹花瓣
就用带子系上我，用铁带和神经带
就让我穿上血背心，但别把我从这个宇宙
驱除，别把我从这个宇宙驱除，别把我
从这个宇宙驱除
别把我从这个宇宙驱除
别把我从这个宇宙驱除
别把我从这个宇宙驱除

哀歌。仿卡图卢斯

死神即将来临。嫩茎将会变成黑色的。
相片将会保持黑色的呼吸。
河流将会蔓延至昆虫身躯。
时光瞬间将会指甲般捻拧
胸上的乳头。
水晶眼，没有做爱场所
你可如何是好，唯有石头

将会让云朵膨胀并且爆裂
在一张沉默的脸上那黑色的汗水中。
我们将挥洒，爱情，在血压计
和铝制弩弓的黑暗中，在鱼儿张开
饥渴的嘴巴，朝向用螺栓和风
铆接的水层里。我们将露出
黑色的笑容，在充满嘴唇的手指间
当我们将抽出针和脸皮
爱到不能爱，同带格子的床单
分离的时刻。在乙炔喷嘴的吹拂中
在化石黑色的探照灯
幽暗的血流下，
我们将如何是好？
相片将慢慢地掰开风中的
花瓣，散落在车轨
雪地和挥霍的器官上

你拥有各式各样的电器

你用不同于我的模子造出。你令我恐惧。
你是个怪物。我怕你。
你有我所没有的东西，比如，你有乳房，
你有胆量。
你有一大摞连衣裙，你有上过大学的亲戚。
哦，天哪，你的长发披落至腰间，
柔软，幻影一般，像一辆水果出口专用卡车，能从宪兵身上驶过。
你有美臀，你有情人，你会发神经……

你的无意识一定如此强大，
以至于仅用一个手势，或者一点面霜
就可以独自缩减城乡差距，
就可以消除色情和暴力浪潮。
不，假如你有一部关于化合价的文献片，
而我有一块仓库房顶的铁皮
我们就不会如此陌生，在与雅典娜宫
卡贝耐红葡萄酒以及轿车关联的现实中。

你触碰我时，我会颤栗。听到你打电话时，我会恶心。
为何必须存在一个像你这样的生物？
为何此刻又必须不再存在？
野兽，满脸雀斑的妖怪，轻浮的女人，
披在铁皮罐颚部的纱巾，
蠢鹅！

伊昂·艾·博普诗选

伊昂·艾·博普（Ioan Es.Pop, 1958—）罗马尼亚当代著名诗人，出生于玛拉莫雷什县沃拉伊乡。1983年，毕业于巴亚·马雷大学语言文学系。当过六年老师。后来到布加勒斯特，长期从事编辑工作。三十六岁时，作为一名成熟的诗人，登上罗马尼亚诗坛。已出版《没有出口的耶乌德》《波尔切克》《潘特利蒙双一一三号》《桥》等诗集。他的诗大多以叙事为主，就像一则则寓言，阴郁、荒诞，却又诗意，揭示了人类景况的悲哀和无奈。在他的诗作中，我们可以明显地感觉到存在主义和卡夫卡的影响。此外，他还有两个个人偏好：其一，常常将自己诗歌的第一行用黑体突出，就算标题了；其二，诗歌中全部用小写字母，哪怕是地名、人名和专有名词。

像只苦涩的、硕大的海鸟，
不幸漂浮在位于奥尔戴茨街十五号的
单身宿舍上方。

此处，只住着像我们这样的人。此处，
生活令人沉醉，死亡被人遗忘。

而且从不知道谁对谁，谁和谁，
什么时候，做了什么。
唯有风有时吹来烟味和兵器的碰撞
从卡塔卢尼亚平原。

当你爬楼来我们这儿时，朋友，你可得当心：
圣何塞的虱子将会迎候你。它是这里的门卫，
它会奉承你的双腿，它会说，大叔，给我五列伊，
让你通水，门关着，这些家伙总是让我待在外面，
将我囚禁在外面。别信他说的，朋友，你可不知，
昨天，管理员来了，任命它为整个楼梯平台的头儿，
眼下，它掌管着这个房间，这艘该死的帆船下面的水
都抽光了，就僵尸般停泊此地，在三楼。
因此，付他钱，朋友，他是舵手,总是摇晃，

就像古时那样，当船在水上跃动的时候。
如果它骂娘，你就乖乖听着：骂娘的时候，
它在祈祷。这里所有人都这样。
用不了多久，你也会这样。

此处，只住着像我们这样的人。
此处，生活令人沉醉，死亡被人遗忘。

仅仅在罕见的悔恨和信仰的时刻，夜晚，
墙壁会变薄，伸长，增高，
就像快颤抖的裹尸布，裹着一具非人世的肉身。
但谁也不会醒来。到了早晨，宿舍再一次成了
一件揉皱的衬衣，只有我们从衬衣口袋里钻出，
就这些，只有我们，就这些。

此处，只住着像我们这样的人。
此处，生活令人沉醉，死亡被人遗忘。

有一天，我们活着醒来，不知道我们怎么了。
我们对着什么说话，他们说你们明后天
将拥有第一个形象，你们必须要准备好说话，
不过说什么可要当心，不管你们说什么，
都对你们不利。这里是雅得。不管你们
跑到哪儿，都是雅得。

他在庆祝生日，他很开心。桌上
摆着蜡烛，盘子，酒杯。
他很开心。打从出生以来
他已死了整整三十年了。

空白

待在家庭中央，并长到了外面。
当你发现它迁徙到内部时，已经太晚，
因为它已夺走你的外表。
一口饮料总是有利于将它填充。
不管怎样，过去如何，未来仍将如何。
然而此刻此地，多么愉快，一直到昨天
都是夜晚。哪儿都比不上！

想到儿子终将死去，父亲惊恐万分，
第一天，就将他杀死了。

那些信的人更加美丽，即便
高处，无人回应他们。
那些信的人更加自由，即便
高处，无人回应他们。
那些信的人更加圆满，
即便高处，无人回应他们。

威廉·福克纳（1897—1962），生于美国密西西比州新奥尔伯尼。美国文学史上最具影响力的作家之一，意识流文学的代表人物。对世界文学有重大影响的作家。

福克纳以小说创作闻名于世，他一生共写了19部长篇小说与120多篇短篇小说，其中15部长篇与绝大多数短篇的故事都发生在他虚构的约克纳帕塔法县，称为“约克纳帕塔法世系”。

1949年因他“对当代美国小说做出了强有力的和艺术上无与伦比的贡献”获得诺贝尔文学奖。主要作品有《喧哗与骚动》《我弥留之际》《八月之光》《圣殿》《押沙龙，押沙龙!》《去吧，摩西》等。

李寂荡，生于1970年，贵州福泉人。曾就读于长春师范学院历史系和西南师大中国现当代文学专业。1999年，获文学硕士学位。现为贵州省作协副主席，《山花》杂志主编，贵州省期刊协会副会长。中国作协会员，贵州省美协会员。在《诗刊》《十月》《中国作家》《作家》《上海文学》《世界文学》《文艺报》等报刊发表有翻译、诗歌、小说、评论、散文、绘画等作品，诗作入选多种选本。出版诗集《直了集》、翻译小说《喧哗与骚动》。获第七届贵州省文艺奖、贵州省青年作家突出贡献奖、百花文学奖·编辑奖、第三届尹珍诗歌奖、第二届海内外华文文学期刊“人和青年编辑奖”等。第三届贵州省德艺双馨文艺工作者。主编《新世纪贵州十二诗人诗选》《在写作中寻找方向》等。翻译作品《月亮与六便士》即将出版。

猎狐　［美］威廉·福克纳　作　　李寂荡　译

天亮前一个小时，三个黑人马夫提着灯笼走近马厩。其中一人打开门锁，将门拉开，提灯笼的那个人将灯笼举起，把光束转向黑暗中，一丛松树的枝条穿插过围场的栅栏。黑暗中出现三对隔开的大眼睛，温和地闪烁了一会儿，然后消失了。“嗨，”黑人喊道。“你过来？”没有回答，黑暗中没有声音传来；骡子的眼睛再也没有出现。黑人们彼此唧唧咕咕的，走进了牲口棚；突然爆发的一阵笑声从马厩里飘出来，笑声圆润、毫无意义，而且愚蠢。

“你看到了多少？”第二个黑人说。

“只有三头骡子。”提灯笼的说。“虽然不止这些，莫斯大叔大约两点钟回来的，忙着伺候那匹壮马；他说当时已经有两头在等着。爱吃土的家伙们，嚇。”

牲畜栏里，马儿开始嘶叫，跺脚；在刷白的门板上方是高高的、长长的口鼻，移动着，投下摆动的、急切的影子；气味是浓重的、温暖的，含有氨气的，而且显得干净的。黑人们开始把饲料投进专门的食槽里，从一个牲畜棚到另一个牲畜棚，动作像猴子一样灵活，发出短促的、圆润的、没有什么含义的吆喝：“吁。站那边去。今天抓住那只狐狸。”

在那丛松树枝穿进围场栅栏的那个黑暗的地方，十一个男人蹲着，十一只拴着的骡子围着他们。这是十一月份，这个早晨十分寒冷，这些男人歪东倒西地蹲着，一动不动，也不说话。从牲畜栏里传来马儿吃食的声音；就在破晓之前，第十二个男人骑着一匹骡子赶来，他从骡子身上下来，一言不发地蹲在其他人中间。天一亮，第一匹安好马鞍的马牵出了牲畜棚，草叶的边缘结着霜，在银色的天光中，马厩的屋顶看起来像白银似的。

这时可以看见，蹲着的男人都是白人，都穿着工装裤，那群骡子除了两头之外，其余的都安着马鞍。他们从松林地周围铺着粘土地面的单间小屋赶来聚集在这儿，他们蹲着，神情端庄、严肃，带着耐心，置身于他们枯瘦的、敷着泥巴的、布满星星点点的毛刺的骡子中间，打量着安好马鞍的马儿，这些骏马拥有比它们的主人哈里森·布莱尔家族历史还要长的血统，一匹接一匹地从蒸汽加热的马厩里牵出来，沿着石子路来到那座大房子前，在房子前一堆猎犬已经在蠢蠢欲动、狂吠着，在大房子的游廊上，穿着靴子和红色外套的男男女女开始在聚集。

穿着工装裤的男人们懒洋洋地、不慌不忙地、一脸的心不在焉地观望着哈里森·布莱尔。他是这栋大房子和这些狗的主人，可能也是一些来客的主人，他爬上一匹大块头的、样子凶悍的黑马，他们观望另一个男人将哈里森·布莱尔的妻子扶上一匹栗色母马，然后自己骑上一匹枣红色的马。

其中一个穿工装裤的男子正慢慢地咀嚼着烟草。

在他的身旁站着一个年轻人，也穿着工装裤，异常瘦长，留着柔顺的须茬。他俩在说着话，头一动不动，嘴唇几乎也是一动不动。

“就是那个？”年轻人说。

年纪大的那位故意吐了口唾沫，还是一动不动地，“什么那个？”

“他妻子那个。”

“谁的妻子那个？”

“布莱尔的妻子那个。”

另一位注视着大房子前的那一群人。就是说他看起来是这样。他的目光高深莫测、茫然，而不着急；谁也说不清他是否在瞧那对男女。“你所听见的都不要相信，你所看见的也不要相信超过一半，”他说。

“你觉得那是怎么回事？”年轻人说。

另一个故意地、小心翼翼地吐了一口唾沫。“无话可说，”他说。“又不是我妻子。”然后他说，声音没有提高，语调也没有变化，虽然他现在是对着来到他身边的马夫头目说。“那家伙没有马。”

“哪个家伙没有？”这位马夫说。白人指着那个将枣红色马匹控制在栗色母马一侧的人。“哦，”马夫说。“高特里先生。要是他有，马儿就可怜了。”

“他要是有，马儿也可怜，”白人说。“什么落在他手上都可怜。”

“你说的是哈里森先生？”马夫说。“这儿的这些马看起来它们也需要你的可怜？”

“嘘，”白人说。“对的。我估计那匹黑马一定喜欢被人骑，就像喜欢他骑一样。”

“难道你不可怜布莱尔的马，”马夫说。

“嘘，”那个白人说。他显得在凝视那匹生活在蒸汽加热的马厩的纯种马，凝视着穿着靴子和粉红色外套的人们，以及骑上后腿站立的那匹黑马上的布莱尔。“他一直在努力抓住那只母狐狸，到现在都有三年了，”他说。“他为什么不让你们这些小伙子去射杀它或者打死它？”

“射杀它或打死它？”马夫说。“难道你们找不到一种抓狐狸的方法？”

“为什么找不到？”

“不是玩儿，”马夫说。“到现在你们和他们待在一块儿够久的了，应该知道打猎的乐趣。”

“嘘，”白人说。他没有盯着这个马夫看。“很奇怪他作为大伙所说的有钱人，”他又吐了一口唾沫，动作有点轻微，但并没有故意侮辱的意思，就当他竖起一根手指指向布莱尔，“怎么会那样花时间去恨一个衰老的小狐狸婊子。甚至不想放狗去抓它。他竭力想赶在狗的前头用棍子将它像蛇一样打死。每年大老远地跑来这儿，全部带上这些家伙，供他们吃供他们住，就为了去追一只又老又臭的小狐狸，带上一把斧子和一只捕猎负鼠的狗，我就能抓住它。”

“那是另外一种你永远不懂的体育运动，”马夫说。

“嘘，”白人说。

山脊是一溜长长的松树林和沙地，其中一侧裂开了几个缺口，通过这些缺口能够看见一片休耕的稻田，差不多有一英里宽，尽头是一道长满荆棘的堤坝。那两个穿着工装裤的男人，年长一点的和那个年轻的，他们坐着骡子，置身于其中一个缺口，俯瞰着那片田野，沿着山脊往下，大约半英里的地方，那群狗显得很困惑；狂叫声传到山脊上来，那是感到迷惑的声音，响亮，极其急迫。

“你以为经过了三年他就明白，因北方佬城里的狗是抓不到加利福尼亚的狐狸的，”年轻人说。

“这点他是知道的，”另一个说。“他不想让那些狗抓住它。他甚至不能忍受一只纯种狗走在他前头。”

“不过它们现在就在他前头。”

“你是这样想的吗？”

“那么，他在哪儿呢？”

“我不知道。但我知道他现在并不比那只狐狸离那群愚蠢的狗更近。无论狐狸现在蹲在哪里，嘲笑着那些狗，那都是他前往的地方。”

“你意思是告诉我，即便一只城市的狗辨别不出狐狸在哪儿，这世界上的男人也能嗅得出来它在哪儿。”

“那边那些狗嗅不出一条笔直的追踪路线是因为它们不恨那只狐狸。一只优秀的捕猎狐狸或者浣熊或者负鼠的狗是一只优秀的狗是因为它恨狐狸或者浣熊或者负鼠，并不是因为它有一个异常优秀的鼻子。引导它的不是它的鼻子，而是它的仇恨。当我看见那个家伙骑着马走哪条路，我就能告诉你那只狐狸朝哪条路跑了。”

年轻人从喉咙里和鼻孔里发出了一个声音。“一个成年人。恨一只讨厌的又老又脏的狐狸。我赌咒，如果当一个富人不遇到大麻烦的话，我愿受诅咒。如果不是的话，我愿受诅咒。”

他们俯瞰着田野。从山脊的远处传来那些狗急切的、困惑的狂吠声。最后一位穿着靴子和粉红色外套的骑马的人走上来，从他们的身旁经过，继续往前走。两个人骑着骡子，沉浸在深深的、有酒味的、阳光灿烂的沉默里，他们倾听着，枯瘦蜡黄的脸上带着相同的、阴郁的、讥讽的表情。然后年轻人把骡子调转头，望向山脊那个追猎的队伍所来的方向。这时年长的男人也调头，一动不动，一声不吭，他们又看见两个骑马的人走了上来，并从他们身旁经过。他们是骑在栗色母马上的那个女人和骑在枣红色马上的那个男人。他们从身边经过，像一只野兽，像一个双身的或者雌雄同体的两只头八条腿人首马身怪兽。女人手里拿着帽子，在倾斜的阳光照射下，她那细密如云、柔顺的、未剪短的头发就像栗色马的侧面一样光亮，就像温柔的火焰，这团头发对于她纤柔的脖子似乎太沉重了。她坐在母马身上，带着一种优美的笨拙，身子前倾，好像她在努力超越它，带着一种在飞奔中飞奔的姿态，她的飞奔像是与母马的速度无关而且超越了母马的速度。

那个男人全速奔跑，控制枣红色的马与母马并排。他的一只手搁在那个女人握着缰绳的手上，他慢慢地、但是稳稳地将两匹马往后拽，让它们速度慢下来。他俯身向那个女人；骑在骡子上的这两个男人，看见他弯腰的侧影像一只俯冲着的鹰一样冷酷无情地从身旁掠过；他们看见他正和那个女人说话。他们这样飞奔而过，就像一只画眉和一只鹰在半空中保持着惊人的纹丝不动，就像幽灵似的东西突然出现：一阵蹄声在枯干的针叶上轻轻掠过，然后消失了，男人弯着腰，女人向前倾着身子，就像在闪电上飞奔和追逐的场景。

然后他们就消失了。过了一会儿年轻人说，“那个人似乎也不需要牵狗来。”他的头仍然扭向那两个骑马的人。另一个男人没有说话。“是的，先生，”年轻人说。“就像一只狐狸。要是让我看见那个细脖子女人，我会生气的……就像你看到一只狐狸，你奇怪像它这么一个小怪物怎么会在灌木丛里钻来钻去，有一次我听见他说，”轮到他指示了，但并没有带着吐唾沫的轻蔑，他指的是骑黑马的那个人而不是骑枣红色马的那个人，他说的那个人说——“当众对她说了些男人不该对女人说的话，她的眼睛先是变得像狐狸一样的红色，然后又变成了狐狸一样的棕色。”另一个没有回答。年轻人看着他。

年长的男人骑在骡子上，身体略微前倾，他俯瞰着原野。年轻人也往下看。从他们下面的林子边缘传来沉闷的马儿疾奔的蹄声，然后是一阵灌木丛的哗啦声；然后他们看见布莱尔骑着黑马从林子里飞奔而出。他飞奔进稻田，像乌鸦飞行一般，以一种稳定的、坚定的速度前行，沿着一条测绘员的线一样笔直的路径奔向田野另一端的堤坝。“我告诉过你什么来着？”年长的男人说。“那只狐狸就躲藏在那道堤坝上。而且，他们还不是第一次和它眼瞪眼地面对过。两年前有一次他靠它足够的近，他将皮鞭扔向了它。”

"嘘，"年轻人说。"这些家伙不需要牵狗来。"

紧接着山脊的峰顶是一条模糊的、沙地马路，对面另一个在林子里的缺口能够看见一块馅饼状的稻田，在猎狐队伍后面一定的距离，停着一辆轻便卡车车身的汽车。在方向盘下坐着一个穿制服的司机；在他的旁边，龟缩在黑色外套里的是一个戴圆顶窄边礼帽的男子。他有一张光滑的、松弛的、长期生活于室内的脸，他正抽着烟：那张脸带着讥讽和镇定，这时还带着一点疲倦和蛮横，就像一个在室内长大的有教养的人，在面对某些大自然的严酷，比如寒冷和潮湿而屈从和无助。他正在说话。

"当然。这一切都是她的房子和一切。在他们搬到纽约发家致富之前，这里是他老爸的，布莱尔在这里出生。他把它买了回来，作为结婚礼物送给她。他想留住的就是这个他一直在努力抓住的不管是什么的东西。"

"他抓不到，"司机说。

"肯定的。每年都来这儿待上两个月，没有什么东西可看，没有地方可去，除了这些吃泥巴的家伙和黑鬼。如果他每年想和一群黑鬼一起生活两个月，他为什么不去勒诺克斯大道住一段时间呢？你不必喝杜松子酒。但是他必须买下这个地方，把它作为礼物送给她，因为她是这些南方人中的一员，她也许会想家什么的。的确，很不错，我猜的话。但是十四街对于我来说，就太南边了。不过，如果不是这里，也许就是欧洲或什么地方。我不知道哪儿更糟。"

"他到底为什么要娶她？"司机说。

"你想知道他为什么娶她吗？绝不是因为他爱她，即使这块俄克拉荷马的印第安油井的确让他赚了一笔……"

"印第安油井？"

"是啊。政府把这个俄克拉荷马州划给了印第安人，因为没有其他人要，当第一个印第安人到达那儿，看到它，倒地而亡，他们试图埋葬他，当他们把铲子插进地下时，石油冒出来将那个家伙手中的铲子冲走了，于是白人就来了。他们是乘着一辆崭新的福特来的，开车的是车行里找来的一个人，他们来到一个印第安人的跟前说，‘嗨，约翰，你在你的前院取了多少臭水啊？’这个印第安人会说是三口井或者十三口井或者多少，这个白人会说，‘太糟糕了。白人父亲[1]欺骗了你们这些小伙子，太糟糕了。好吧，别担心。你瞧见这儿的这辆新车没？好吧，我会将它送给你，你就能够装上你的亲人，去到一个地方，那里地下不会冒出臭水，白人父亲不会再欺骗你们。’于是这个印第安人将他的家人装进汽车，车行找来的那个人将汽车往西开，我估计，然后指给那个印第安人看油杆在哪个位置，随后就跳下了车，拦了他看见的第一辆车回到镇上。明白吗？”

“哦，”司机说。

“就是这样。有一次我们在英格兰，正忙着自己的事，这时有个老太太和红头发的女孩从欧洲或者那个女孩要去读高中的地方一起来，还不到一个星期，布莱尔说，“唉，欧妮，我们结婚吧。你对这事到底是怎么想的？”他就是这样一个家伙，整个一辈子什么也不干，除了躲着女人整晚地喝酒，整天骑着一匹马疯跑，现在一周不到就打算结婚。我一见到这个老太太，我就知道她和她的丈夫其中有一人就是从印第安人手里夺走油井的人。”

“她一定很厉害，竟然把那事托付给布莱尔，而且很快速，”司机说。“不过对她很苛刻。我不希望我的女儿属于他。当然，这并不是说他坏话。”

“我曾反感我的狗属于他。有一次我看见他杀死一条狗，因为它不听他使唤。是用一根拐杖将它打死的，只一抡。他说‘喂。叫安德鲁斯来把这个东西拖走，’”

“我不明白你怎么受得了他，”司机说。“给他开车，只是一件事。

---

① 指美国总统。

但是你，白天晚上都要和他待在屋里……”

“我们解决了那个问题。他过来喝酒的时候常常骑在我身上。有一天他把手放到我的身上，我告诉他我会杀了他。‘什么时候？’他说。‘当你从医院回来的时候？’‘也许去那儿之前，’我说。我的一只手插在口袋里。‘我相信你会的，’他说。所以现在我们相处得很好。我把鞭子收了起来，他不再骑我了，我们相处和睦。”

“你为什么不辞职？”

“我不知道。这是份好工作，即使我们总是待在这个地方。天啊！有一半的时间我都不知道下一班火车是开往蒂华纳还是意大利；有一半的时间我都不知道我身处何处，甚至不知道第二天早上我是否能读到报纸。但我喜欢他，他也喜欢我。”

“也许他不骑你是因为他有别的东西骑，”司机说。

“也许如此。不管怎样，当他们结婚的时候，她这辈子还没骑过马，直到他给她买了这匹和她头发般红的栗色的马来。我们大老远地跑到肯塔基去买，他回来时和那匹马待在同一个车厢。我不会这样做的；我说我愿意为了他做任何事情，但是我不会去乘拉马的车厢，哪怕它是空的，更别提已经装有一匹马在里面。所以我返回时坐的是一个低一些的车厢。”

“直到马儿进了马厩，他才把买马的事情告诉她。‘但我不想骑马，’她说。”

“‘是期望我的她能骑马的，’他说。‘你现在并不在俄克拉荷马。’”

“‘但我不会骑，’她说。”

“‘你至少可以坐在马背上，这样他们就会认为你会骑马了，’他说。”

“于是她去找卡拉汉，他让她跟孩子们、歌舞团的女子们一起练习行进，她们骑着马正准备从布鲁克林和新泽西郊外的丛林行进到大道或中央公园。她讨厌马儿就像讨厌蛇一样，因为当她还是一个孩子的时候，有一天她坐旋转木马坐得恶心。”

“你怎么知道这些？”司机说。

“我就在那儿。我们过去常常停留在那儿，下午时不时地会看她如何骑在马上回来。有时她甚至不知道我们在那儿，或者也许她知道。不管怎么说，她会在孩子们和一两头奇格菲尔德骏马中间转啊转，她从我们身旁经过，并不看我们，而布莱尔站在那儿，一张黑脸就像地下隧道，好像他一直都知道她不会骑马，甚至连旋转木马也不会，好像他并不在乎她学得会不会，他只是为了观察她努力没有努力。所以最后连卡拉汉都走到他身旁告诉他这没有用的。‘很好呀，’布莱尔说。‘卡拉汉说你也许能够坐在一匹杂色马上，所以我要给你买一匹卸了垃圾车的马儿，将它拴在前廊上，当我们回来的时候，你至少可以坐在它的背上。’”

“‘我要回妈妈那儿去，’她说。”

“‘我希望你能行，’布莱尔说。‘我老爸努力了一辈子才把我变成一个银行家，而你老妈用了两个月就做到了。’”

“我记得你说过他们赚了一笔，”司机说。“为什么她不花一些？”

“我不知道。也许印第安人的钱在纽约兑换不了。不管怎样，你会把她当作百老汇一辆地面车辆的售票员。有时在早饭前，她甚至等不及我将布莱尔弄到淋浴下之后再见人。所以这位女孩就去找老太太（她住在公园大街），这位女孩……”

“你也在那儿？”司机说。

“大哭……什么？哦。那是个女仆，一个娇小的爱尔兰孩子，名字叫布可；我和她过去偶尔会出去。就是她告诉我那个家伙的，那个耶鲁大学的小伙子，那个印第安情人。”

“印第安情人？”

“他们上的是同一所区办学校，在俄克拉荷马或什么地方。还交换了共济会戒指什么的，后来，女孩的老爸在鸡舍发现了三口油井，然后倒地而亡，那个老太太便带着女孩去了欧洲上学。于是那个男孩去了耶鲁大学，去年他所做的事就是娶了一个恰巧在镇上举行的一场脱口秀上表演的女孩。好哇，当她发现卡拉汉放弃教她骑马，便跑去找住在公园大道的老太太。她大哭。'我开始还以为，也许对于他的朋友们来说，我看起来很滑稽，当时他赶到了那儿，打量着我。他什么也没有说，他只是站在那儿打量着我。'"

"'我该做的都为了你做了，'老太太说。'给你找了一个纽约的任何姑娘都想抢的丈夫。他所要求的只是你学会骑在马背上，不在他好朋友面前让他丢脸。我该做的都为你做了，'老太太说。"

"'我做不到，'她说。'我不想嫁给他。'"

"'那你想嫁给谁？'老太太说。"

"'我谁也不想嫁，'女孩说。"

"于是老太太提起了那个小伙子，那个叫艾伦的小伙子，女孩……"

"我记得你说过他的名字叫耶鲁，"司机说。

"不是。叫艾伦。耶鲁是他上大学的地方。"

"你说的是哥伦比亚。"

"不是。耶鲁。是另一所大学。"

"我以为另一所叫康奈尔什么的，"司机说。

"不是。是另一所。这些大学的小子都来自那儿，当这些浑小子赌徒被洗劫一空，他们都被马车拖去了市中心。你没看报纸吗？"

"不经常看，"司机说。"我不关心政治。"

"好吧。所以这个耶鲁的小子的爸爸也发现了一口油井，他也讨厌这个油井，另外，惹老太太生气的是因为布莱尔愿意让她和他们住这栋房子，我们去哪儿也不带她去。所以老太太要他们三个——她，布莱尔和这个耶鲁小子——公平地处理这个事情——后来那个女孩跳了起来，她说她会骑一匹马或者什么蹩脚的东西，布莱尔告诉她去骑，如果她看中我们大老远从肯塔基带回的这匹栗色马。‘我不想让你毁了这匹好马，’布莱尔说。‘那匹马我叫你骑你才能骑。’”

“于是她就从后门溜出去，动身试着去骑那匹马，这匹好马，这匹肯塔基的骏马，先学会怎么骑，然后给他一个惊喜。第一次没有伤到她，但是第二次摔断了她的锁骨，她很害怕布莱尔会发现，后来她才发现他一直都知道她在骑它。当我们那年第一次来到这儿，布莱尔开始追猎这头羚牛什么的。”

“狐狸，”司机说。

“好吧。我说的就是这个意思。于是当——”

“你说的是羚牛，”司机说。

“好吧。就当是羚牛吧。不管怎样，她骑在了那匹栗色的马上，努力地跟着，布莱尔已经跑到了狗群和其他人前面，两年前就像这次一样，他从狗群中冲了出来，非常接近了这头羚牛，用鞭子抽它——”

“你说的是狐狸，”司机说。“一只狐狸，不是一头羚牛。说吧……”另一个男子，他是男仆，秘书，或其他什么的，正点燃另一支烟，把脖子缩进他竖起的衣领里，帽子斜搭在他的脸上。

“说什么？”他说。

“我在想，”司机说。

“想什么？”

“骑马而去，将她落在后面，是不是和他想的一样难。那就不用看她如何毁了这匹肯塔基骏马。是不是他非骑得像他想得那么快。”

“怎么讲？”

“也许他今年不用骑得像去年那样快，就可以从她身旁跑开。你认为呢？”

“认为什么？”

“我在想知道？”

“想知道什么？”

“他知不知道他今年没必要像去年那样骑得快。”

“哦。你说的是高特里。”

“那是他名字？高特里？”

“是的。史蒂夫·高特里。”

“他怎么了？”

“他没事。他会吃你的食物、喝你的酒、骗你的女人，让你还不知道是咋回事。”

“哦，这话是什么意思？”

“没什么。我说他不错。他对我来说很好。”

“对于你是如何好？”

“就是好，明白吗？我帮过他一次小忙，他也帮过我一次小忙，明白吗？”

“哦，”司机说。他没有看对方。“她认识他多久了？”

“六个月，也许一个星期。我们去到康涅狄格，他在那儿。他和她一样讨厌马，但我和卡拉汉也很好；我也帮过卡拉汉一次小忙，所以从康涅狄格回来后大约一个星期，我让卡拉汉进来告诉布莱尔关于另一只漂亮的狗的事，没有告诉布莱尔它的主人是谁。于是那天晚上我对布莱尔说，‘我听说范·戴明先生也想从高特里先生手里买下这匹马。’‘买什么马？’布莱尔说。‘我不知道，’我说。‘在我看来，只要一匹马待在属于它的地方，它就和另一匹马没有什么区别，’我说。‘它们对于高特里也是如此，’布莱尔说。‘你说的是哪匹马？’‘卡拉汉跟你说过的这匹马，’我说。然后他开始咒骂卡拉汉。‘他告诉我他会给我买下那匹马，’他说。‘这不是卡拉汉的马，’我说，‘它是高特里先生的。’就这样两个星期之后，他将高特里带回家一块吃晚饭。那个晚上我说，‘我估计你买了那匹马。’他喝了酒，他咒骂了高特里和卡拉汉。‘他不会卖的，’他说。‘你要逼着他，’我说。‘男人什么都能卖。’‘怎么追着他，他一个价也不听？’他说。‘让你的老婆去谈，’我说。‘他会听她的。’就在那时他打了我……”

“我记得你说过他只是把手放在你身上，”司机说。

“我意思是说，当他说话的时候，刚好挥了一下手，我恰好这时转头向他。他决不会想打我，因为他知道那样的话我会收拾他。我对他这么说过。我的手一直在外套里拿着一根棍子。”

“所以在那之后，高特里可能每周回来一次，因为我告诉他我有一份好工作，我不打算为了任何人而放弃它，也许除了我自己。他一周来一次。第一次她不让他进屋。然后有一天，我正在看报纸（你应该时不时地看看报纸。至少你应该知道这一周这一天发生了什么），我读到，这个耶鲁的艾伦小子和一个搞表演的女孩私奔了，他们将他从大学开除，因为他不好的名声，我猜。我猜，他终究离开了大学，这让他疯掉了。于是我将这篇报道剪下来，给了这个叫布可的孩子（我和她也很要好），那天早上她把这剪报放在了早餐托盘上，那天下午，高特里碰巧回来，她把他留在屋里，这个叫布可的孩子碰巧带着东西突然走进这个屋子——我不知道她带的是什么东西——高特里和她消隐在屋子中的坛坛罐罐间。”

“于是布莱尔弄到了他的马，”司机说。

“什么马？”

“那匹马高特里不愿意卖给他。”

“他怎么能做到，高特里从来没有拥有过一匹马，就像我一样，除非是去年皮姆利科的拍卖马赛结束后剩下的劣等货？再说，高特里又不欠布莱尔一匹马。”

“不欠？”

“她不喜欢他，明白吗。他第一次一个人来这栋房子的时候，她都不愿让他从前门进来。要不是那个叫布可的孩子碰巧把关于那个大学生小子的报道的剪报忘在了早餐托盘上的话，他第二次也会一样。在那以后，当他来的时候，她又不让他进屋了；就好像他可能是一匹马，甚至是一条狗，因为她讨厌狗超过讨厌马，即使她不需要骑在狗身上。如果是条狗，布莱尔也不会让她尝试着骑上去。所以我不得不跑出去再次催促卡拉汉，把我弄得像一辆俄国马车什么的似的。”

“俄国的什么？”

“是那些连自己的灵魂都召唤不出来的家伙之一。每次我要离开这栋房子去某个垃圾场见高特里，然后去见卡拉汉，拍他马屁，因为他是那种有想法的小伙子，明白吗？”

“什么样的想法？”

“反正有想法。从主日学校的报纸上看来的。说这个是不对的，因为他喜欢她，为她感到难过，所以他想告诉布莱尔，自己一直在撒谎，高特里从来就没有什么马。因为他是一个别人扔五分硬币在他脸上他也不捡的家伙，在别人眼里他绝不是一个大傻瓜，正在对宗教有些了解，遵守来自主日学校报纸的金科玉律的人的眼里也一样。如果上帝不想让人自己割草，他为什么要把星期天定为星期天。”

“我想你是对的，”司机说。

“我肯定是对的。天啊！为了一枚洛克菲勒的二十五分硬币，我告诉卡拉汉的话，布莱尔会割了他和我俩的喉咙，任何一个明智的人都会这么做，我问他，他是否认为布莱尔的老婆都与其他女孩不同；她是不是她们追逐的最后一个。”

“所以他不……”司机说。他停顿了一会儿；接着他说，“瞧那儿。”

另一个看了过去。透过树木的缝隙，他们看见在一块可见的稻田中央，有一个粉黑相间的小点。它大约在一英里之外；它似乎移动得并不快。

“那是什么？”另一个说。“狐狸？”

“那是布莱尔。”司机说。“他跑得很快。我奇怪其他人在哪儿。”他们看着那个粉黑相间的小点继续移动，然后消失了。

“如果他们明白事理的话，他们早回去了，”另一个说。“那样我们也回去了。”

“我想是的，”司机说。“所以高特里并没欠布莱尔的马。”

“不欠。她不喜欢他。那天之后她不让他再踏入那个房屋，这个叫布可的孩子说她一个夜里参加一个派对，提前回来，因为高特里也去了那里。如果不是因为我，高特里也不会被邀请到这儿来，因为她告诉过布莱尔，如果他来，她就不来，所以我只好再去做卡拉汉的工作，让他每天来一次，再次跟他聊那匹马的事情，让高特里获得邀请，因为布莱尔打算弄她回来。”司机钻出了汽车，绕到了曲柄旁。另一个点燃了一支烟。“但是布莱尔还是没有弄到他的马。你泡一个女人，留的长发就像她留的一样，长得就像她扎起来的一样，那就好。但是一旦你弄到她时，她是披头散发的，那就太糟糕了。”

司机在摇曲柄。然后他停了下来，弯着身子，他转过头来。“听，”他说。

“什么？”

“号角。”那银色的声音又传了过来，微弱，遥远，悠长。

“那是什么？”另一个说。“他们非得让士兵驻扎在这里吗？”

“那是他们吹的号角，”司机说。“这意味着他们抓到了那只狐狸。”

“天哪！”另一个说。“也许明天我们就会回到城里。”

骑着骡子的两个人再次穿过稻田，爬上山脊，进入松林。

"好啦，"年轻人说，"我估计他现在该满意了。"

"你估计他是？"另一个说。他骑在那个年轻人前面一点。他说话的时候头也不回。

"他追那只狐狸三年了，"年轻人说。"现在他杀了它。他怎么会不满意呢？"

年长的男子没有回头看。他骑在瘦削、寒酸的骡子身上，一副懒懒散散的样子，他穿着工装裤的双腿晃悠着。他说话用的是一种慵懒的、带有讽刺的轻蔑的腔调。"我估计关于绅士的事情你永远不会明白。"

"对我来说，狐狸就是狐狸，"年轻人说。"又不能吃。也许杀了它，还不折腾那些马。"

"哼，"另一个说。"那是关于他们的另一件事，你永远不明白。"

"关于谁？"

"绅士。"他们爬上山脊，拐进了一条若有若无的沙路。"好吧，"另一个说，"不管绅士不绅士，我估计那是加利福尼亚唯一的被那种方式杀死的狐狸。也许在北方他们就是这样杀狐狸的。"

"我没有生活在那儿，如果我没有因此而庆幸的话，那我就会倒霉。"

"我想是的，"另一个说。"我自己在这里也过了好些日子，过得挺不错的。"

"不过我倒是想去看一次，"年轻人说。

"我不想去，"另一个说，"如果住在那儿会让一个人费那么大劲去杀一只狐狸的话。"

他们骑行在山脊，穿过松林，冬青灌木丛、越橘和野蔷薇。突然年长的那位停住了他的骡子，向后伸出手。

"什么？"年轻人说。"那是什么？"

那几乎没怎么停顿；年长者继续骑行，但他开始吹起了口哨，那声音虽然不大，但却清晰而具感染力，曲调哀伤，像圣歌似的；从他们前面路旁灌木丛那边传来一匹马的喷鼻息。“是谁？”年轻人说。另一个什么也没说。两只骡子排成一列纵队向前走。然后年轻人轻声地说：“她把头发披下来了。它看起来像春天树枝上的太阳。”两只骡子在阳光下踱着步子，亲昵着泥土，它们的耳朵上下扇动着，两个人松垮垮地坐着，没有马镫，两只悬垂着的脚晃晃悠悠的。

那个女人骑在母马上，她的头发像一片明亮的云，一道阳光下的铜色瀑布，披在她的双肩上，他举起双臂，两只手在头发里忙碌着。骑枣红色马的那个男人离她不远。他正点燃一根烟，两头骡子走了过来，孜孜不倦地，摇摇晃晃地，耷拉着脑袋，耳朵不停地扇动。年轻人大着胆子，偷偷摸摸地瞅了一眼女人；年长者便继续吹着他那柔和的、缓慢的、不着调的口哨；他似乎根本就没瞅他们。当骑在枣红色马上的男子对他说话时，他似乎正要不打招呼地擦肩而过。

“他们抓到了它，是吧？”他说。“我们听到了号角声。”

“是啊，”穿工装裤的男子说，语调是干巴巴的，拖声拖气的。“是啊。它被抓住了。它除了被抓住，还能怎样。”

年轻人打量着那个女人，女人正瞅着年长者，她的双手在她的发丛中停留了片刻。

“你是什么意思？”骑着枣红色马的男人说。

“他骑着那匹黑色的马将它踩倒的，”穿工装的男子说。

“你是说，那里没有狗？”

“我估计没有，”另一个说。“它们那些狗从来没有黑马骑。”两头骡子已停了下来；年长者和骑在枣红色马上的男子对视了片刻，他的脸藏在那顶不成形的帽子下面。“它穿过那块老稻田，趁机跑去沟堤，藏了起来，想等他跳过那条沟，然后它就可以原路返回，我估计。我估计它并不怕狗。我估计它将它们哄得团团转，一点不担心它们。我估计它担心的是他。我估计他和它这三年都彼此了解了，正如你对你妈妈和老婆的了解一样，只是你根本就没结过婚呢。反正它就在堤岸上，他知道它在那儿，他径直穿过那块稻田，不让它有一点喘息的时间。我估计你们看到了他的，他骑着马径直穿过那片稻田，他就像鹰一样地能看见，像狗一样能嗅。狐狸就在那儿，它已骗过狗群。但它一点喘息的时间也没有，当它不得不再次奔跑时，它越过了那道沟堤，掉进了荆棘，我估计，它实在是太累了，钻不出来奔逃。他奔了过来，越过那道沟渠，正如那只狐狸所预料的一样。只是那只狐狸仍然困在荆棘丛里，当他飞跃在空中时，他往下看，看到了那只狐狸，从跃起的马上跳了下来，开始就像狐狸一样，他双脚陷入荆棘丛里。也许狐狸躲了一下；我不知道。他说狐狸转身扑向他的脸，他挥拳将它打倒，用那双穿靴子的脚后跟将它踩死了。当时狗群还没赶到。但是一切结束了，他根本就不需要它们了。”他停止了说话，在那匹寒酸的、沉着的骡子背上懒洋洋地、呆滞地坐了一会儿，他的脸被帽子投下的阴影罩住。“好啦，”他说，“我觉得我得赶路了。我一口早饭还没吃呢。再见。”他策动他的骡子，第二只骡子跟在后面。他没有回头看。

但是年轻人回头看了。他回头看着那个骑枣红色马的人，他手里燃着香烟，一缕轻烟平稳地飘在阳光的寂静中，坐在栗色马上的那个女人，她举着双臂，双手在她那明亮的、如云一般的发丛中忙碌着；他自己以年轻人的方式在靠近，竭力靠近那个遥远的、难以接近的她，竭力把那空虚的、难以名状的隔离和绝望的瞬间包围起来，对于年轻人来说，这隔离和绝望非常像愤怒：对迷失自我的女人的愤怒，对那个以他的形象在被她毁掉的、悲惨的、不可逃离的土地上行走的男人的愤怒。“她在哭，”他说，然后他开始漫无目的地、粗野地咒骂起来。

“走吧。”年长者说。他没有回头看。“我估计等我们到家的时候，他们已经把早饭的玉米饼做好了。”

随笔

李敬泽，现为中国作家协会副主席。著有《青鸟故事集》《会饮记》《上河记》《跑步集》等评论、散文。

那座跳伞塔，它还在吗？

李敬泽

——在河北大学莲池文学周开幕式上

在我很小的时候，我认为世界上一共有两个大学，一个是河北大学，因为我当时就在保定；另外一个是北京大学，因为我父母是北大毕业的。对当时的我来说，北京无限远，保定在身边，所以我认为河北大学就是我的大学。现在，我终于来到了河大，来到了我的大学。人间路远啊，对不起来晚了。

1968年，四岁时我来保定，1972年离开这里去了石家庄，今天是第一次回来。对我来说，保定就是故乡。我母亲是保定人，上大学之前，填表的时候，我的籍贯都是填的保定。更重要的是，我最初的一点儿记忆都是关于保定的，我生在天津，但对天津毫无记忆，太小了。但是这次回来，走在街上，感到保定其实也是一个陌生的城市，重来如同初见，直到看见莲池书院，接天莲叶无穷碧，映日荷花别样红，我才认出这是我的保定，岁月流转，人事翻新，莲池的荷花有情有信，年年此时盛开。

保定四年，我在这里开始识字、读书，识字读书寻常事，我都忘了，我只记得一些大事，比如打架。我在保定打完了这辈子所有的架，此后再没有跟人打过。在最严重的、史诗级别的那次大战中，我打破了对面楼上小孩儿的脑袋，血流了一脸。他爸他妈打上门来要说法，我妈给出的说法是，当着他们的面把我打了一顿，打的是屁股。恢复和平之后我妈很得意，自言自语地说：扯平了！屁股和脑袋是平等的。但是我对母亲大人的平等观一直有所怀疑，因为直到我离开保定，那个小朋友见了我还是一副这事儿不算完的架势。现在，茫茫人海里，找不着那位兄弟了，他还好吗？消气没有？那事儿完了没有？

这就是我的保定，可说的实在不多。现在让我们回到文学，可说的话就很多了。现代以来，保定是一个被反复书写的地方，浓墨重彩，我们在文学中见识的北方大地、北方大平原，大多就是保定。梁斌《红旗谱》的保定，李英儒《野火春风斗古城》的保定，还有孙犁笔下的荷花淀，徐光耀的《小兵张嘎》，冯志的《敌后武工队》，还有电影《地道战》《平原游击队》，都是我们保定地区的故事。我们的保定啊，它曾被这么多作家艺术家热烈、生动、精妙地表现，很多人由此记住了这里的平原、山地、湖泊，记住了这里的风声钟声枪声、月光、荷花和人。但尽管如此，放下书本、离开电影院，人们似乎还是不大记得住保定。什么原因呢，我也不知道，我只能说说我个人的感觉。

我刚才说，离开之后再没来过保定，这是不准确的，事实上我不知多少次在京广线上路过保定。“沉沉一线穿南北”，从北京出发，不久就是保定，但这时，你刚把自己安顿妥当，漫长的旅程刚刚开始，你不会想起在此处留意留心。而在回北京的路上，经过了无穷无尽的单调的大平原，我们倦怠了，我们已经不再望向窗外，列车在保定经停，车厢里沉闷的倦怠开始松动，人们支棱起来、精神起来，脚终于要踏上地面、水终于接近了海，快到了马上就到了，下一站就是北京。也就是说，在我内心的那张地图上，保定不是经过千山万水将要抵达的地方，它被设定为经过、路过的地方，那座宏伟的、光辉灿烂的大城才是起点和终点，而保定，它是起点后和终点前的最近一站，我们顾不上它，它不是起点和终点，它是起点和终点的附近。

人类学家项飚提出了一个概念，叫做关注你的附近。是的，我们每个人都是一个小小的中心，一个小小的起点和终点，在这个起点和终点上，人最容易忽视的可能恰恰是他的身边和附近。在这个互联网时代，人人都可以成为批折子的皇上，心怀天下、经略天下，但放下手机，我们对附近事、身边事却茫然无感、茫然无措。但是，我们现在要谈的是另外一种附近，地理和国土空间的“附近”，这个附近不是以个人为中心确认的，它依据着更为广大的地理、政治、经济、社会、交通、历史、文化等等因素和关系，在这些因素和关系的共同作用下，我们形成了关于我们的世界的内在的地图，这张地图，或者这个空间结构中，有些地方是“附近”，很近，由于近，反而很难被注视、被注意。

《中庸》说，行远必自迩、登高必自卑，说的是，山要由低向高爬，路要一步一步走，到远处去，必须从近处开始。这个“迩”就是近，“遐迩闻名”就是远近皆知。总之，道理是这个道理，但这里也有一个小问题，就是，你心里怀着一个远方，收拾起行李启程前往，固然是不得不“自迩”，但这个“迩”只是经过的地方，它是过程不是目的，它在地理上是近的，但是我们想一想，它在心理上其实是远的，坐上马车汽车和高铁，倏忽而过，我们顾不上在这里留心留意，这里是空间运动过程的“中间”。

我们的保定之所以不容易被记住，也许就是因为它是这样一个地理和心理上的“附近”和“中间”。现代以来，保定其实一直在漂移——在它与北京、天津、石家庄的关系中漂移，在这种相对的空间关系中不断被挪动位置、重新界定。清末，它是直隶总督府所在，保定旧称“畿辅”，畿辅是什么？就是帝都附近、拱卫京师。进入民国，北伐之后，北京都变了北平，保定更是渐渐被遗弃在大平原上，直到抗战，这里成为了“敌后”。进入新中国，河北省会定在了天津，“文化大革命”中，糊里糊涂省会就迁到了保定，很快又慌慌张张迁到了石家庄，我们家跟着省政府一路搬家，从天津到保定，又从保定到石家庄。现在，有了雄安新区，保定的相对位置再次大变，它不仅是北京的“附近”，它还是雄安新区的“附近”。所以我们看，保定一直在这里，保定又其实不在这里，它在空间中被不断地挪移、折叠、重置。

而在孙犁、梁斌、李英儒、徐光耀等前辈笔下，保定作为一个空间有一种缠绕的双重性，它既远又近。在革命地理学中，保定是“边区”、是“敌后”，20世纪中国革命贯彻着一种深刻的空间力学的战略思维：农村包围城市、边区反抗中心、敌后游击敌人。在这样一种思维里，保定这样的地方，相对于北平、天津这样的中心城市，固然是地理上的“近”和“迩”，但同时，在总体的空间政治地缘结构里，它又是“远”和“偏”，是总体结构里相对薄弱的缝隙，是敌人顾不上想不起的地方。革命者调转了远和近，他们把这种相对的“远”做成了自己的“近”，做成了自己的本地、自己的“根据地”。这个“根据地”充满了动能，一方面，革命志在远方，武装割据最后夺取全国政权，要席卷天下；另一方面，革命又必须有根有据，在本地、在“这里”深深扎根。

这种向着天下的总体运动中的在地扎根，这种地缘空间的悖反和流动，塑造了现代革命文学传统中的保定，这里是革命的火种播撒和燎原的地方，这里也是革命在文化上扎根的地方，在觉醒和革命中，这里是壮怀激烈慷慨悲歌之地，兵戈之气大盛，出了那么多战争史诗、英雄传奇，这里的大地被想象、修辞、艺术和美学从外部和内部同时打开和照亮，我们的前辈，他们不仅仅是在讲述发生在保定的革命故事，他们也在革命中创造一个历史的和审美的保定——在现代中国的巨大历史运动中、在空间结构的整体性错动中，保定和围绕着保定的冀中平原醒了、活了，获得了主体性，形成了一种现代的、革命的“平原美学”。

——作为开幕致辞，我的话已经过于长、过于缠绕。大家可能已经看出来，我也很不容易啊，“少小离家老大回，乡音无改鬓毛衰，儿童相见不相识，笑问客从何处来。”我离开保定太久了，贺知章的那首诗里，他至少还乡音无改，他的口音标记着他和那个地方的联系，可即使如此，他在故乡依然不能被识别出来，他已经是陌生人，来自别处。面对一个儿童，他发现故乡已经离他远去，作为一个地方、一个空间，故乡原来不仅是一个地理实体，它还有一个时间的维度，故乡在生命和时间中流动，而我们自己只是长路上的旅人。

保定也是如此，正如我刚才所说，它是一个不确定的、流动不居的空间，它在记忆中、在往昔的时光中等待着我们，但这种等待可能恰恰是为了提醒我们它已远去，它不在这里。对古人来说，这也许仅仅是自然时间中的漂流，对我们来说，除了自然时间，还有历史时间，现代历史就是在不断地重构空间。所以，我们的生活中、我们的文化和文学中，正在经历着一种新的地方性、新的地方意识的创生，莲池文学周的活动中有一项是京津冀作家与粤港澳大湾区作家的对话，这种对话隐含的前提是，作为地理和地方的空间正在重新成为问题，这个问题的展开正在修改和重置我们存在的根基。而这样的对话和讨论在保定举行真是选对了地方。

保定提醒我们，正如故乡是在时间中建构的那样，地理的空间其实也是时间的造物——当然，这里的时间已经不仅是以个人生命为尺度，它在现代另有一个名字，叫做历史。

这个在历史中不断流动、变形、重构的空间，本身就是现代性的根本表征，别忘了，现代性的历史起源中就包括着地理大发现，那就是开启了对地球空间的大规模重构。然后，在现代化过程中，这种地理空间的大规模、高速度变化正在成为日常经验，正在被我们当作自然之事自然地接受。

在所有的文学教科书中，关于时间、关于历史，都被设定为文学不言自明的现代本性，但是，保定提醒我们，不要忘了，还有空间，就地理空间而言，它已经不是前现代的地久天长中不言自明之事，空间已经成为时间和历史的另一个面相。

保定提醒我们，正是在历史中、在时间与空间的现代演变中，一个地方有可能成为艺术的和美学的引爆点，当我们忽然意识到把握这个正在变动的空间就是一种历史行动，就是一种历史实践时，这个地方就会在犹豫不定中忽然获得结构和方向，将混沌的生活和存在结晶为艺术的光亮。

所以，我要说我正在爱上保定。在今天之前，我并没有爱上保定，保定于我当然重要，它是我生命中的一部分，是我的血液里溶解着莲池的荷花、马家老鸡铺的烧鸡，还有八宝酱菜的那几滴血。这当然重要，但再自恋的人也不会爱上自己的几滴血。只有当保定成为思考、审美的对象时，我才忽然意识到：它吸引着我，但我其实不了解它，它的性格中有一种令人困惑的中间性，它是空间运动的中间，它不是起点不是终点它是在路上。在这无穷的大平原上，一个城市在路上，这就是保定。我因此意识到，我爱保定。

话说到这儿，我忽然想起十一中的跳伞塔。保定十一中已经不在了，我母亲当年在那里当老师，她那时多年轻啊，比现在的我年轻多了。学校的后边有一座跳伞塔，高耸到蓝天里，下面是一片沙滩。我妈经常跟我说，去，自己玩去，到海边等我。她所说的海边，就是那片沙滩。当然，我从来没看见有人从塔上和天上跳下来，落到沙滩上。在保定，在华北大平原的腹心，我没见过人飞，但我知道了人会飞，我没见过大海，我也知道了沙滩的尽头就是大海。跳伞塔不知道是否还在，一个年轻的母亲和她的孩子在20世纪70年代早期，曾经一起坐在那个塔下，我问我母亲，从塔上跳下来真的会没事儿吗？我的母亲，大家不知道，她是一个奇妙的人，她说，没事儿，有风呢。我说，可是现在没风啊，现在不能跳吧。她说：你只要敢跳，沙滩就会接住你。当然，她马上就紧急刹车，一把揪住我的脑袋，说：你要是敢跳，看我不打死你！

好吧，我都不知道我在说什么，我只是忽然想起这件事。最后，你们能不能告诉我，那个跳伞塔，它还在吗？

鲍尔吉·原野，蒙古族，中国作家协会散文委员会副主任。出版多部作品集，获第七届鲁迅文学奖、2021年度中国好书、第五届中国少数民族文学创作骏马奖、百花文学奖、人民文学奖、内蒙古文艺特殊贡献奖金质奖章。作品入选大中小学语文课本与试卷。

万物如谜　　鲍尔吉·原野

灰尘给马镫写信：

亲爱的马镫，我是灰尘，你认识我吗？哈哈哈哈，如果你说你认识我，你就在撒谎。我们灰尘没有脸，没有身体。也没有前胸、后背和脚。但我们照样在空气中飞呀飞，想落在哪里就落在哪里。

我去过好多人家，珠日赫家箱子上摆着一个座钟。我还去过孟合巴特的家，他炕上铺一条驼绒毛毯。还有宁布的家，布鹤瑙日布的家。我们飞呀飞呀，现在落在旦毕加拉森的家。如果我不说，你根本不知道我在哪里。我就站在你身上。

亲爱的马镫，你像一个黄金宫殿的穹庐，虽然你是黄铜的，上面系着用牛毛绳编的带子。再上面是马鞍。我一直崇拜你，我觉得你是一个蒙古包的缩影。

言归正传，我今天给你写信是问你哪天过生日？哈哈哈哈，你被问住了吧？哈哈，你以为只有小猫小狗和燕子才有生日。哈哈哈，你错了，谁都有生日，你不可能在不存在的时间降生吧？你记不记得你的生日？想想看，你是哪一天从铜匠家诞生的？你诞生前，铜匠把一块铜放在洪炉里烧，然后用长钳子把你取出来，叮当叮当，叮当叮当，拿锤子捶打你，放到水里淬火冷却，你想起来了吗？你放进水里呲地冒出白烟。你清醒了吧，那就是你的诞生日，简称生日。这么大的事，你怎么能忘记呢？我问你，你过生日的时候喜欢什么礼物？我帮你弄来。

亲爱的马镫，你今天待在屋里，因为雪青马病了。旦毕加拉森把马鞍子从马背上搬下来，搬进屋里。马要休息，要灌药。

你平时挂在雪青马肚子边上，在屋外边过夜。你不费劲就看到了天上的星星，看到房檐上蝙蝠起飞。清晨的露水爬上了你的身上，你感觉到凉吗？雪青马站着睡觉，它也会做梦，挪动四个蹄子。那时候你会醒吗？对了，马镫，你是双胞胎，你在马肚子的这一边，你的兄弟在马肚子的那一边。平时你们见不到面，主人上马，把足尖踏在你和你兄弟的镫孔里，一跃跨上马鞍，向远方出发。我敢说你见过草原上最多的野花，红色的山丹花，黄色的金莲花，白花红蕊的狼毒花，紫色的乌头花，像小铃铛似的桔梗花，你都见过。它们分别在五月、六月、七月开放。你泅渡汹涌的霍腾河。雪青马进入深水区，用四蹄蹬水，你那时被河水淹没，旦毕加拉森蹬着你们兄弟上了对岸。

如果是我，我不敢泅渡霍腾河。一个灰尘，最怕河水。浪头打过来，我们永远消失了。当然世界上还有其他灰尘存在。亲爱的马镫，告诉我，你喜欢的东西是什么？我猜想你喜欢岩石。马蹄踩过岩石，溅出火星，多美。你喜欢山杏吗？马在草原上跑啊跑啊，如果没有河与泉水，马干渴，你也干渴。这时候你看到草原上有一棵山杏树，青青的杏子结在枝头，看到它，你不禁酸得满嘴都是唾液。别说吃，用手摸一摸山杏也酸得受不了。你还喜欢什么？喜欢篝火吗？黑夜像一个大铁锅罩在草原上。铁锅上面零零散散镶嵌着星星。篝火点燃，火苗往星星多的天空飘。它像金红色的绸子，又像金箔的浪花，一直在空中飘。篝火一边燃烧一边小声说话，这是枯干的椴木树枝说出的话，毕毕剥剥，毕毕剥剥。枯树枝烧透了，留下一层银白的灰烬，里面藏着暗红色的炭心。那时候，马鞍上的银泡钉在夜色里闪光，马镫也在夜色里闪光。你们是夜色最为华贵的装饰，把夜色引回了古代。

亲爱的马镫，你一定熟悉马的汗味，然后是青草的香味。你见过草丛里的蛇，听过许多长调民歌。好好想一想你的生日是哪一天，告诉我。你有什么爱好也告诉我，我们很愿意为你准备生日礼物，亲爱的马镫。爱你的灰尘。

马镫的复信：

亲爱的灰尘，写下你名字，我不自觉咳嗽两声，咳咳。你的名字很干燥，但你的信写得很好。特别是对草原的描绘，很吸引我。我第一次写信，我想收到我的信的人，好像应该有巨大的体积，比如博格达山，乌力吉木伦河，或者云杉树。可是它们没给我写信，我不便给它们回信。我把信回给你，谢谢你对我的关注。

亲爱的灰尘，关于我的生日，我问过我的双胞胎兄弟，也就是另一只马镫。我们共同认为生日是在去年农历五月初五万度苏村召开那达慕大会的前一天，为我们接生的是宝日朝鲁村的银匠胡赫巴日斯。他戴一副褐色的水晶石眼镜，虽然是夏天，头上戴一顶红毛线织的帽子。胡赫巴日斯身穿烫满窟窿的蓝帆布围裙，耳朵里塞着黑羊绒。算起来，到今年的五月初五，还有半个月的时间，你为我们准备了什么礼物？我们很好奇。

说到我们的爱好，一个马镫有什么爱好？我们俩想了很久也没想起来爱好。我想尝试一下喝酒，虽然没喝过酒。我的主人旦毕加拉森经常去他的连襟，塔本陶勒盖村的王保印图家里喝酒。旦毕加拉森笔直地走进王保印图的蒙古包，喝完酒像螃蟹一样横着晃出来，脸上挂满笑容，我喜欢他的笑容，比狗的表情还要傻。你给我弄一点酒，弄一盅酒就够了，要记得是白酒，洒在我身上，看我会不会傻笑。我的双胞胎马镫说它想要一朵唐松草开的红花，插进马镫上面的牛毛绳里，很神气。我问它，你不想喝酒吗？它说如果咱俩都喝了酒，一起摇摇晃晃，主人就没办法回家了。

说完我们需要的礼物，我的疑惑又来了。你那么微小，能搬得动这些礼物吗？就算屋里有很多灰尘，它们怎么能搬动一盅酒呢？就算一朵花很轻，灰尘也搬不动啊！这件事我怎么也想不明白。我的兄弟马镫说，灰尘有好多朋友，会让燕子把那朵花叼过来放在马鞍上，让旦毕加拉森的儿子乌斯荣贵拿一盅酒倒在马镫上，这倒是一个聪明的主意，是这样吗？

亲爱的灰尘，我真的想问你是谁，你在哪里？表面上我们知道你是灰尘，但不太清楚灰尘到底什么样子。有时候，屋门敞开，射进屋内的光线中有好多细小的颗粒升腾，那是你们吗，灰尘？在镜子表面那些小小的颗粒是你们吗？主人旦毕加拉森用手擦一下，手上有微小到看不清的黑灰色粉末，这就是你们吗，灰尘？我的兄弟说灰尘不是沙子，沙子是透明的晶体，不会跑到镜子上。它还说灰尘不是土，土藏在地里，任务是让草长出来，让庄稼长高。而你们到处飞，所以你们并不是土。你们原来是土吗？也许你们和土有血缘关系吧？你说你自由自在地飞翔，这让我很羡慕。不管有没有风，你们到处飘。我看到水缸的表面也有一些小小的颗粒，那恐怕还是你们灰尘。那么你们到底想做什么呢？我的意思是问你们要到哪里去？你们会像一颗种子那样长成树吗？你们似乎什么也不做，只是飞来飞去，对吧？

亲爱的灰尘，今天你提到雪青马生病的事，它得病的原因是吃了草乌头的花。这种草的花不能吃。雪青马太年轻了，不知道草乌头的毒性。动物就是这样，如果没接受过毒草的带来的痛苦，就永远识别不出这种草。

草原上有好多有毒的草，牛羊和马吃下它们感到痛苦，才能远离它们。这就是残酷的大自然，所有动物都必须接受现实，别无选择。好在雪青马吃了兽医久日嘎的药之后开始恢复健康，大约过两三天就能到草原漫步了。主人旦毕加拉森说，等到雪青马好了，他要去西乌珠穆沁看他的表弟乌列特木日，旅途150公里，中间休息三次。不用说我们也会一起去。

我第一次去西乌珠穆沁，想到这个我很兴奋。你知道乌珠穆沁是什么意思吗？蒙古语管种葡萄的人叫乌珠穆沁，那里有人种葡萄吗？我听说那里是无边无际的大草原。到了地方，我们就会看到那里到底有没有葡萄。爱你的马镫。

胡萝卜给蘑菇写信：

亲爱的蘑菇，昨天下雨了，估计你们今天早上在花楸树林里散步。离这片树林不远是美丽苏河，过了河是一大片枞树林，可能有更多的蘑菇在那里散步。亲爱的蘑菇，不下雨的时候你们躲在哪里呢？我想象你们和我一样，把身体藏在泥土里。我们胡萝卜头顶有一束绿色的缨子，就像潜水员的通气管一样保证呼吸。你们呢？在不下雨的时候，你们一点踪迹都没有，躲藏得好神秘。

雨刚下，是稀稀拉拉的大雨点，打在花楸树的叶子上噼里啪啦响，零星的雨点洒在林中地面上。是雨的声音叫醒你们了吧？你们当时在土里睡觉。我猜想，你们不愿在下雨的时候出来，怕雨水淹没你们。你们只有一条腿，想跑也跑不掉，对吧？树林的雨水积攒多了会变成河流，冲卷枯枝败叶，还有石块，这让你们不舒服。雨停了才看到你们的身影。

亲爱的蘑菇，你们戴着不一样的帽子，有的像斗笠，有的像一片奶酪，还有的像水手戴的宽檐黑礼帽。你们要去哪里？在花楸树林前面是一片卫茅灌木林，那里有集市吗？你们要赶到那里去出卖自己。哈哈，哈哈哈哈，我是在开玩笑。我总觉得，你们只有一条腿，即使走也走不太远，出不了那片花楸林。

亲爱的蘑菇，我是胡萝卜。这个名字好听吗？在萝卜家族里，有大萝卜，青萝卜，而我是胡萝卜。但我并不姓胡。斑鸠说人参跟我们是亲戚，这种攀附是不必要的，越发显出自己平凡。我们做自己就好。想想看，所有胡萝卜都穿着橙色的连体裤，我们笔直，我们清脆，我们是含糖植物。

像你们一样，我们也重视自己帽子的样式。我们的帽子是绿色的，叶子有小小的分叉，远看像浅绿色的穗子。所有的胡萝卜性格都很好，健康，喜欢大笑。我们的心脏是浅红色的细棍，从头顶一直贯通到脚底。它比我们的皮肤硬朗。我们还有什么呢？没有了，当一个胡萝卜很简单。对了，我们还有胡萝卜须，长在身体外边，比人参须子少很多。你看，介绍一个胡萝卜特别简单，几句话就说完了。

亲爱的蘑菇，我想知道你们的秘密。刚才说过，在下雨之前你们藏在地下。在黑沉沉的大地里，是不是白蘑菇藏在一个地方，黑蘑菇藏在另一个地方？你们在地下有洞穴吗？白蘑菇会通过洞穴去黑蘑菇家里茶叙吗？另外一个问题是，蘑菇为什么不往高长？如果一个蘑菇长得像松树那么高，好像一个亭子多有趣，招来松鼠、兔子参观。狼和狐狸也会仰望你们。那时候，你们的帽檐就成了屋檐。你们变成亭子后，动物们来到亭子下开会，没什么话说，就伸出爪子比一比，看谁的爪子白。下雨的时候，动物们到亭子下面避雨。这都是很好的主意，你快长高吧。

狗獾说我们胡萝卜的气味不好闻，是吗？我闻过自己，很好闻啊？有点像茴香（我们头顶的缨子也像茴香缨子），狗獾没有品位。你们蘑菇的气味很清香，应该叫幽香（你对我使用幽香这个词感到惊讶吧？这个词有人听都没听过）。香气好像来自身后，转过身，香气还在身后。我听说有人雨后到树林里把你们捡回家，用你们炖鸡肉，做汤吃。这没什么奇怪，我们还被人剁馅包饺子。可是，如果没人到树林里捡你们，用不了两天，你们就消失了，对吗？在全世界，没有一种生物出现两天就消失。一株青草长出来，即使后悔了，它也只能待在那里，没办法消失。一棵红松长在悬崖上，看着吓人，它也要待在悬崖，不能移动也不能消失。你们是怎么样消失的？最好教教我。尽管我很喜欢眼下的处境，但我喜欢消失。为什么不呢？让人们费尽心思去猜好了。

蘑菇，你一贯神秘地生活，好像不愿意接受别人的评论。我说了很多，但我话还没说完，我赞叹你的特立独行。在高大的树林里，你那么小，却骄傲地站在大树边上。你虽然没有树叶，也没有斑驳的树皮，但你并不自卑。这是对的，树叶有什么了不起？它并不是物种价值的全部。

雨后，被拦截在树叶上的雨水滴滴答答往下流，波浪飞行的山鹡鸰发出清脆的歌唱。花楸树林里多了一群客人，那就是你们。你们有家庭观念，一株大蘑菇边上，站着好多小蘑菇，戴同样的礼帽。蘑菇你好，如果我雨后到树林里去，一定去见你们，向你们脱帽致意。

亲爱的蘑菇，你也许想了解一点菜园的事情。我们的菜园并不大，四面围着胡枝子枝条连在一起的笆篱。胡枝子有刺，羊不敢钻进来吃菜。这么说吧，白菜在菜园里最有实力，它们数量最多。人类不管走到哪里，他们要做的第一件事就是种白菜，好像白菜是他们的近亲。他们吃白菜馅饺子，熘白菜。秋天他们把白菜放进水缸，压上石头，冬天吃。所以白菜很自负，它们丝毫没有减肥的愿望，大宽叶子四处伸展，菜帮又白又厚。说起来你可能不信，白菜吃上去什么滋味都没有，像白开水一样。更难以置信的是它们的根须退化成火柴棍儿。你知道，植物的精华都在根上。我刚才提到人参，这是很珍贵的药品，值钱的地方在它的根。我们萝卜的营养也在根上。黄芪、甘草的药性都在根里。大白菜竟然没什么根，我要仰天长叹。这帮虚荣的大白菜为了掩盖自己没有根这个缺陷，在地面上极尽喧哗，烫着绿色的大波浪发型。每棵白菜都从心里翻出更多的波浪叶子，讨主人欢心。

菜园里还有大葱。现在进入仲夏，直直向上的葱叶折下来，变得深绿，外面有一层白霜，很怪吧？你如果来到菜园，我劝你最好别跟葱说话，即使说话，它们也不会搭理你。首先它们的叶子是一根管子，这只管子到了顶端，变成封闭的尖。这让人百思不得其解。世界上所有的植物叶子都是摊开的，葱的叶子竟然是一个封闭的管？谁知道它在管子里搞什么，这从外边看不出来。葱叶碧绿，腰以下雪白。咬一口——不管叶子还是葱白，都很辣。满族人在婴儿长到一百天的时候用葱叶打小孩屁股，叫“打打聪明”。嘴里念：“打打沟，做知州。打打蛋，做知县。”这可能吗？十足封建迷信。菜园子里还有小白菜，它像大白菜的婢女一样，不值得一说。有韭菜。你可以把它想象成葱，但叶子被压扁了，脾气跟葱一样。然后是我们胡萝卜。剩下的蔬菜，什么芹菜，大蒜，辣椒不必一一介绍，它们太平常了。

菜园里有主人查干珊丹种的花。有波斯菊，指甲桃，和一些叫不上名字的花。我最佩服波斯菊，它竟然长到一米多高，细细的茎上长着一朵晃来晃去的粉色的花。而它的叶子也像茴香。波斯菊几乎像人那么高了，它似乎想把自己的花瓣献给人。风吹来，波斯菊细细的身体像蛇一样扭动，却不倒伏。它的花在空中颤颤巍巍，从左面移到右面，从右面移到左面，这真是一个奇迹。

亲爱的蘑菇，下次下雨，希望你从我们的菜园的土里钻出来，最好出现在我们胡萝卜身边，反正你不是种植的，好像到哪里旅行都可以。如果你来到菜园，我会对别的蔬菜说，蘑菇是我的朋友，我给它写过信。好吗？期待你的回信。爱你的胡萝卜。

蘑菇的复信：

亲爱的胡萝卜，我收到你信的时候，树林又下起一场雨。你知道，我们蘑菇不喜欢被雨浇到，我们的伞吸收过多的水分会膨胀，这样我们旅行的时候就拖不动脚了。好在这场雨已经停了。

对我来说，胡萝卜，脆萝卜，大萝卜都差不多，你们都是萝卜。你提的第一个问题，问我们蘑菇在下雨前藏在哪里，很抱歉，这是秘密。每一个蘑菇都被告知不能把这个秘密泄露出去。但什么事情都有例外，还是有些蘑菇泄露了秘密，结果它们受到惩罚，变成了木耳。你看到了吧，那些木耳在柞树上长出黑黑的耳朵，像倾听什么秘密。这些木耳原来是蘑菇，因为多嘴，变成那种哆里哆嗦的黑东西。

胡萝卜先生，有人说蘑菇来自于雨水，意思说蘑菇乘坐雨水的马车从天上降到地下，这个说法很好呀，很浪漫，你觉得呢？还有一种说法，说蘑菇是密探，替野猪打探树林里的情况。真可笑，野猪想知道什么，自己来打探好了，为什么派蘑菇打前站？我对你说的是，我们蘑菇喜欢旅行。今天你在额尔古纳河的白桦林里看到了一片蘑菇。明年这个时候，你在居延海边上又看到相似的一片蘑菇。你说这两片蘑菇好像啊！我告诉你，它们是同一片蘑菇，额尔古纳的蘑菇经过一年跋涉来到居延海，从呼伦贝尔到达阿拉善。你会问，蘑菇只有一条腿，它是蹦着到达阿拉善的吗？错，我们的旅行工具是风。

世上多数生物所做的事是把自己变得庞大，比如红松，比如狼，它们变得庞大之后没法缩小了。你能想象狼变成一粒沙子，被风吹到闪电河边上吗？不能。而我们却能缩小自己，缩成一粒孢子，是头发丝的1%，乘坐气流的飞船随便去哪个地方。如果那个地方不够好，就在风中去下一个地方。一般说我们喜欢生活在树林里。森林是个奇妙的地方。太阳升起来，进入森林的光线不是一缕，而是千万缕。这些光线如千万只金箭从天空射入潮湿的地上。雨后，落叶松浅红色的鱼鳞皮变成黑色，树杈上有松鼠跑来跑去。它们好像是迷路的游客。鸟儿们定期召开音乐会。听鸟儿歌唱是我喜欢森林的首要理由。羞涩的白腰杓鹬的叫声清脆，白鹡鸰叫声委婉，戴菊莺的叫声胆怯。在森林里你看不到这些鸟儿的身影，只听到它们用歌声相互交流雨后的感受。森林比你们的菜园子大好多，如果我说森林比一万个菜园子都大，你不惊讶吧？我并不劝你相信，但事实如此。你在信中介绍了菜园的白菜和大葱，这不算什么。森林里的植物多得数不过来，我左面的藤本柳叶绣线菊，像一张四五米高的网挂在椴树上，开一大片粉花，真漂亮。

亲爱的胡萝卜，你想理解蘑菇的话，把它想象成一只褐色脊背的白鸟，别把它当作植物。所有的植物都是大地上固定的居民。红松，大葱都是如此。它们像中了定身法，永远站在一个地方。蘑菇不是树林里的一棵树，也不是草原的一株草。它们像特工一样出现在你想象不到的地方。在森林，在路旁，在城市的墙角。连楼房顶上也有蘑菇的身影。它们是不是承担秘密的调查任务呢？我不能向你透露细节。

人们说小蘑菇像麻雀。大蘑菇像喜鹊，你走近的时候，它们不飞。这件事怎么说呢？蘑菇总归要飞走，出现在你们猜想不到的地方。无论冬夏，我们蘑菇走到哪里都戴着礼帽，呵呵，这是一种礼仪。在一片青青的草地上，站立着一只戴黑礼帽的蘑菇，而它的身体雪白。这是一种传统，现在比较少见了。

蘑菇，除了黑色白色以及褐色的蘑菇，还有戴鲜艳彩色帽子的蘑菇。留神了，诸位，对你们来说这些蘑菇有毒。它们用彩色帽子提醒你，警告你，但没暗算你。

亲爱的胡萝卜，你邀请我去你们的菜园，我有点犹豫。你们这些蔬菜按团体操的样式长在菜畦子里，我不知道应该站在哪一排。对一个蘑菇来说，自由比整齐更重要。而你们认为做操更重要。你们这样做一定有你们的道理。问候你的伙伴们，它们是白菜、大葱、小白菜、辣椒等等。替我向高高晃动的波斯菊致意，它不是一棵树，在风中摇晃却不跌倒，一定领有神秘的使命。大地上所有的植物都领有神秘的使命，它们从来不会把自己的使命告诉别人。爱你的蘑菇。

山茱萸树给羊圈写信：

亲爱的羊圈，我是山茱萸树。我站在你东边的树林里。咱俩相距一百多米，中间有一个小河沟。树林里有花楸树、野山楂树、蒙古栎树和白桦树。我春天开小黄花，秋天的果子红色。你一定看过东边这片树林吧，我挨着白桦树，是山茱萸树。

我给你写信，我猜想没人给你写信。你本来就很可怜，如果收不到信，你会自卑是吗？所以我要写信。

如果不是羊群牧归，没人知道你是羊圈。十多根白桦树木桩拉上铁丝网就是你。你没有屋顶，没有泥抹的墙，更没有窗户。只有一个门，夜间关上，白天敞开。这么多年你一直这么简朴。

可是我想知道，为什么要给羊群盖一个羊圈呢？让它们在野地里睡觉有什么不可以？草原上的黄羊没有圈，狍子也没有圈，它们生活得很好，不是吗？有人会说，如果不把羊赶进羊圈里，夜晚会受到狼的袭击。我相信这种话是狼散布的谎言，便于它们抓羊。你肯定记得，每年冬天下大雪，狼没有吃的东西，跳进羊圈咬死几只羊，拖走一只死羊，雪地上留下羊的血迹。很明显，羊圈是为狼准备的。羊被关进羊圈里，狼来到的时候羊跑不出去，遭受屠杀。有的羊目睹同类被狼残害，心底留下阴影，一生无法治愈。

亲爱的羊圈，我并不是批评你。你没想当羊圈，是人类修建了你。你经受风吹雨打，忍受羊粪的膻臭，还受到指责。这不公平。我想知道，你的主人朝洛门为什么不把你盖成房子？像他们住的房子那样，有墙，有窗户，有屋顶。挂上窗帘，墙上装上镜子。让羊过上体面生活，而你进入上流社会。那时候你不必叫羊圈了，改名叫洋房，最重要的是狼不会跳进圈里捉羊吃了，这个建议好吗？希望你转告朝洛门，请他考虑。

白桦树反对我的建议，它说村里几家有钱人把羊圈改成了洋房。那年下大雪，雪把洋房压塌，压死好几只羊。从那之后，村里人认为给羊建房子不吉利，还让它们住在羊圈。这是什么话？一提这个我就生气。大雪为什么没把有钱人的屋顶压塌？因为他们的屋子质量好，对不对？这和吉利没什么关系。

花楸树说羊身上有厚厚的羊毛，住洋房做什么？我不屑跟花楸树争论。它们的叶梗长白毛，果实密密麻麻挤在一起，像一个化学分子式。我跟它说，花楸树你懂什么？你还是先管好你自己吧。作为植物，你的叶梗长一层白毛，像什么样子？你要变成动物吗？花楸树听了我说的话，把脸埋在晃来晃去的叶子里。我的话击中了它的要害。

亲爱的羊圈，有一天夜里——先说明那一夜有月亮——我被狐狸撒尿的声音弄醒。狐狸撒尿的时间真够长啊，但我不是被尿声吵醒，是让狐狸尿的骚味熏醒的。我看到羊圈的白桦树干和羊群白色的脊背融为一体，月光像在羊的身上洒了雪花。我的天，我才知道羊圈这么美。仔细看，这些扎堆的羊群的脊背像起伏的白色沙丘，如果让山茱萸做羊圈的围栏，我也愿意。

有一天早上，几只蒙古百灵落在羊圈的白桦树桩上唱歌。我第一次看到百灵鸟站在羊圈唱歌，它们唱歌的地方通常在榆树上，或者马莲草的草窝里。这些百灵用婉转的嗓音歌唱，嗓子里像有一根穿了珍珠的线，百灵把这条珍珠线从嘴里吐出来，非常悦耳。有一只百灵鸟唱完歌低头沉思，好像在想歌词。它突然抬头，唱了许久停不下来。边上那只百灵鸟用短促的小声歌唱，每次唱一句话，不多唱。滴滴叽叽滴滴叽，叽叽滴滴叽叽滴。我虽然听不懂，但知道这是诗。如果有机会，我一定学学百灵的语言。它们的词汇太丰富了，比莎士比亚单词量还多。通晓百灵说的话，差不多就通晓半个宇宙的秘密。这件事也发生在羊圈里，你一定感到自豪。

还有一天，你的主人朝洛门杀了一只羊，把剥下的羊皮挂在羊圈的铁丝网上。这个恐怖的场面把小鸟全吓跑了。我当时不敢直视那张血淋淋的羊皮，羊皮上甚至带着四只羊腿的皮和蹄子。我担心牧归的羊群回来看到羊皮，心惊肉跳，咩咩悲啼。那时我替你感到难过。你是羊圈，你的院子里生活着活蹦乱跳的羊，气氛祥和。怎么能挂一张羊皮呢？过了一会儿，奇迹发生了。村西头牧民喜如嘎措家的黑狗跑过来——有人说它是疯狗——用嘴叼着羊皮，跑进村南边的毛榛灌木林里，那片灌木刺多，人进不去。我估计朝洛门永远找不到那张羊皮了。

亲爱的羊圈，夜里你和羊群共眠，白天你做什么？你有理想吗？除了当羊圈，你还想当什么？我的理想是去沈阳故宫当太师椅，供人参观。故宫里面金碧辉煌，所有参观的人走路静悄悄的，不许大声喧哗。这是灰椋鸟说的。它说最高级的树才能进故宫当太师椅，所以我记住了太师椅这个词。能不能当上，现在还不好说。你想当什么？请在回信中告诉我。爱你的山茱萸树。

羊圈的复信：

亲爱的山茱萸，请原谅我第一次听到你的名字。我过去听过山楂树、山杏树、山杨树。请问茱萸是一种东西还是两种东西？茱是你的叶子，萸是你的果子吗？这个名字是你瞎编的吧？不过没关系，既然你来信了，我要给你回信。

你已经看到了，我是羊圈。但我更愿意把自己叫做羊群看护者。圈这个字太土，用了几千年还没改过来。人类一些不好听的词都改了，他们把拉屎改为排便，把死亡改为病故。羊圈仍然叫羊圈，并列的是猪圈和牛圈。不过羊圈排在前面，使我稍获安慰。

你问我白天在做什么？坦诚地说，我在研究数学。如果你是羊圈，没法不研究数学。我眼前排列无数黑黑的羊粪蛋。上面这一层羊粪蛋大约有750—830个。下面还有多少羊粪蛋，那就说不清了。羊每天晚上都排出新的羊粪蛋。我默不出声地数这些羊粪蛋，跟头一天的羊粪蛋子相加，得数记在心里。但第二天全忘了。数羊粪蛋可以锻炼大脑，不让脑白质过早流失。如果我不数羊粪蛋，记忆力会变得非常糟糕。有一次，主人朝洛门赶着羊群出现在我面前，我很惊讶，以为他是邻居巴拉珠尔，他俩戴同样的蓝帽子。一听他的声音，我才想起，哦，他是朝洛门。这说明我的记忆力出了问题。我的记忆力为什么退化得这么快？这座羊圈建在高处，北面是乌力吉木伦河宽阔的河滩地，没有灌木遮挡。北风吹到我的后脑勺上十分寒冷，后背裂了好多口子。接着就是记忆力退化。

有一天，羊群从草场向我走来。我以为它们是狗群，吓坏了。我从来没看见几百只白狗挤在一起走。我不知道怎么办，跑是跑不掉的。身上带着铁丝网，没办法跑。这群狗走过来发出咩的声音，我才想起它们是羊。所以我拼命数羊粪蛋，一天数二十七遍。上午数十四遍，下午数十三遍。每次数羊粪蛋的得数误差在100—700左右。这说明我不仅记忆力减退，视力也不如当年了。

数羊粪蛋很有趣。数来数去，你会爱这些小宝贝。它们圆润光亮，像中药水蜜丸。你甚至想咬开一颗羊粪尝尝它的味道。然而羊粪不用尝，气味冲鼻子。主人朝洛门把旱烟叶挂在铁丝网上，用羊粪蛋的膻味去掉烟叶的辣气。

如果和羊粪蛋待的时间长了，说话会口吃。有一天喜鹊问我，现在是上午还是下午？我说上上上上上……，喜鹊打断我的话，说上个屁，然后飞走了。这让我很伤心。

和羊粪蛋待在一起，鼻子也会失灵。今年春天，白桦木桩边上长出一朵牵牛花，它绕着铁丝网往上长，开出两朵花。花心白色，花瓣紫色。你知道吗？它开在这里是为了让我闻到清香，但我什么也闻不到。牵牛花白白开放了。

你说主人朝洛门在铁丝网上挂羊皮，我有记忆。太过分了，空气中弥漫着血腥的气息，我几乎不能呼吸。听说那只叼走羊皮的黑狗被朝洛门用铅头的布鲁打死了，狗皮挂在喜如嘎措家的羊圈上。

亲爱的山茱萸树，我喜欢你们。我喜欢杨树、柳树、榆树、蒙古栎树、白桦树和所有的灌木。你们多好啊，春天长出绿色的树叶，开放花朵。风一来，你们集体合唱。小鸟在你们身上做窝，叽叽喳喳地歌唱。看看我，白桦树桩子上没有一片绿叶，铁丝网更长不出绿叶。我觉得十分悲哀。山茱萸树，你还没有谈谈自己。你的树干是灰色，还是褐色？树干有裂纹吗？你结的果实吃起来是甜还是酸？有哪些鸟儿喜欢在你身上做窝？在你脚下有松鼠和花栗鼠吗？我特别喜欢松鼠。我为它的尾巴感到骄傲，如果我能长出松鼠的尾巴，我会高兴得发疯。

你问我有什么理想，羊圈的理想是什么，是变成一个大羊圈吗？我没想过。我不想当太师椅。我希望今年冬天的暴风雪小一点。每年冬天，我都被雪埋在下面，那个滋味真的不好受。如果我以后有了理想，会写信告诉你。爱你的羊圈。

镜子给猫写信：

亲爱的猫，我是镜子。你知道镜子是什么吗？哈哈哈，镜子是世上最玄妙的东西。你知道为什么吗？我讲给你听。你看到我的时候，你看到的其实是牧民毕力格的火炕，炕上铺着蓝色大海和白色浪花图案的塑料布。窗台摆两个装酒的红瓷瓶，对不对？火炕西边靠墙的棉被叠成细条，一层一层摞起来，你躺在最上层睡觉。我说对了吧，这是你在镜子里看到的东西，所以你看不到我。每次你看我看到的都是屋里的一切。你以为我捉弄你，哈哈，所以猫从来不照镜子。你既然看不到我，你想知道我存在吗？

当然存在，我就在你的对面。这样，你从被垛跳下来，在炕上走。再从炕上跳下来，别管地上那些拖鞋。往前走，跳到红箱子上，告诉我，你看到了什么？哈哈，你看到了猫咪，就是你。

你是一只白猫，左耳尖是黑的，上嘴唇也是黑的。所以你看到自己的时候，就看到了镜子。我估计你已经听糊涂了。尽管你十分精明并且机警，但你搞不清什么是镜子。

呵呵，你问我是不是魔法师，把家里的东西都装进自己的洞穴？没有啊，炕还在炕的位置，被子还在炕西边。你问为什么会在镜子里看到这些东西，它们是假的吗？你来试一试，伸出你的爪子摸一摸镜子里的被子、塑料布和酒瓶子。你摸到了一块玻璃，对吗？很光滑很凉。你问这是为什么？我回答不了你。在这个世界上，你我都有无知的领域，让我们保持无知好了，会让我们活得更长久。

亲爱的猫，我写这封信并非介绍自己。你的脑子因为我说话变糊涂了吧？没关系，下面说说你。我观察你很久了，清楚你所有的阴谋诡计。不要慌，我不会告诉别人。谁相信一个镜子的话呢？亲爱的猫，首先你的名字让人羡慕。你叫猫，猫这个音寓意你团成了一团，有毛茸茸的气息。你虽然有强盗气质，配上猫的名字就显得优雅。狗的名字不好听。狗你想到了什么？嗯，像它的叫声。狼让人感到遥远。名为狼的动物一定生活在荒野。鸟的发音有些咬口，急促。鸟在一个地方待不了一会儿，不管树杈还是电线，它很快就会飞走。燕子的名字当然好，你知道有多少首歌在歌唱燕子？哈萨克族民歌《燕子》最悠然。牛这个名字，你觉得怎么样？牛这个音，像牛悲愤的哞叫。猴子的名完全不靠谱。蜜蜂听上去嗡嗡响，这个名暴露了它们的行踪。蚂蚁、蟋蟀、螳螂这些名字不可理喻，听了根本记不住。蟋很离奇，加一个蟀字像外国话或者不像话。你不觉得螳螂听着有点踉跄吗？蚂蚁听着像在爬。还是猫好听，发猫这个音，好像嘴里吐出一个肥皂泡。

你们模仿人类说猫的声音，但变成了喵。我来纠正一下。猫的声母是m，加上韵母ao。喵在m和ao之间加了一个i。这是错的，要把i去掉，懂吗？猫不是喵。但你们嘴太大，闭不严。尖牙露风，发不出猫这个音。

亲爱的猫，我猜得出来，读到这里你仍然毫无表情，善于伪装是你的天性。其实你很惊讶，你听到猫和喵的区别，听到我对狼牛狗和燕子的解读，你十分惊讶。此刻你把下颌放在前爪上，半眯着眼看这封信，表示你不在乎。

如果有人问，猫今天做了什么？谁都答不上来，因为你一直在睡觉。哈哈，你仅仅睡觉就能取悦主人，真是奇迹。你睡觉像一个毛蒲团，用下颌枕着自己后腿，拿尾巴盖住自己鼻子。这个圆形睡姿带有玄机。睡觉时，你把动物最怕攻击的腹部藏了起来，用尾巴挡住长满尖牙的嘴。你耳朵尖立，倾听周围的动静。圆形的睡姿便于你随时跳起来，进攻或逃走。

你白天吃饭，喝水，然后睡觉。夜晚，你显露真形。你像所有肉食动物一样在夜里活动，夜遮盖了动物的血迹和它们惊慌的眼神。你捕杀田鼠、松鼠和藏在树上的鸟类。老天爷赋予你无声的脚，你的爪子比穿着羊羔皮靴子的人还悄无声息。你无比寂静地来到猎物面前，只有死神才能和你相比。你的耐心出了名。你没学过禅宗打坐的功法，为什么这么有耐心呢？你清楚，下一秒落入你口中的食物是一个活跃的生命，你要用安静和耐心才能得到它。说起来，那些熙熙攘攘的人类太没耐心了，他们像你一样善于伪装，也崇尚暴力，但他们没有耐心。感谢上帝让人类失去耐心，否则大自然将失去更多土地、树木和动物。

猫先生，我想知道你等候在田鼠洞口在想什么？你如何在田鼠刚钻出来一秒钟就抓住它？等候伴随紧张，紧张导致松懈。进入漫长的等待，代价是丧失警觉。亲爱的猫，你把警觉和放松融合一体，厉害。等待中，你内心寂静，不期待不怀疑不焦虑。那一刻你生活在虚空中。人类最不能接受等待，时间在等待上撒了一层又一层沙子，最后压垮等待的人。搞鬼的不是等待，是时间。据说时间由60秒组成1分钟，由60分钟组成1小时。24个小时组成一天一夜。这是关于时间最有名的谎言，你相信它就永远不再自由。

猫从来不相信时间，猫超越了时间。你问一只猫：1秒钟和1小时的区别在哪里？猫反过来问，你把1秒钟和1小时拿给我看。猫会告诉你，时间是一个圈套，只有人类才喜欢往里钻。人类被制造手表、座钟和马蹄表的人欺骗了太久了。世界最大的骗子团伙在瑞士，他们在那里生产最多的手表，瑞士是一个骗子窝。这是我替你说的话，但你不必在回信中表示赞同或反驳。这只是一点感想，信中夹杂一点感想显示深度。

亲爱的猫，人类有一个电影明星，名字叫梦露。是哪国人我记不清了，但她是一个迷人的女人。你就是梦露，每一只猫都是梦露。你用梦幻的眼神凝视你的主人，让他们心花怒放，以为你是一个天使。记得你做过什么吗？主人把烧好的鱼放在食品柜里，被你偷吃了。主人烧的鸡肉用碗扣上，放在冰箱顶上，被你偷吃了。你就是一个小偷，怎么好意思用梦露的眼神和主人对视呢？众所周知，小偷的眼光躲躲闪闪，而你们的眼光坦荡无邪，我太佩服你们了，你们是动物界一级演员，卓越的功勋艺术家。主人发现你们偷盗，准备打你们。你们一溜烟跑掉，过一会儿悠然返回。你们确信用柔软的皮毛，纯洁的眼神，笔直的前腿和一扭一扭的走路姿态就能征服主人。人类的愚蠢，在你们面前暴露无遗。他们看到你们翘起高高的尾巴，发出喵音，忘记了你们的犯罪记录，跟你们拥抱。你们又得逞了。

我还没说完，你们第三件法宝是用冷漠激发主人的好奇心。虽然你们根本瞧不起人类，从来没把他们放在眼里。你们的冷漠却让主人喜欢。为什么？因为你们弱小，却敢凝视庞大的主人。主人惊讶之余反而崇拜你们。这是你们心理战的主要战术。你们又得逞了。如果你们像狗一样奉承人类，尾随人类，在人类面前摆出可怜的样子，人类反而厌倦你们。因为人类在职场也要违心谄媚上司，他们不愿再看到谄媚。如同一个丑人不愿意在镜子里看到自己的丑。你们洞悉人类的心理，做高傲状，让人类佩服。猫咪，你不上天堂，谁上天堂？天堂金丝楠木的地板上坐满了像你这样留着长胡子发出呼噜声的猫咪。

喵——我也学一下你的叫声，请告诉我，你的呼噜是怎么回事？这是你吸引人类的又一诡计。猪也打呼噜，但人类不稀罕。你们的呼噜让人类的手掌感到震动，好像你的肚子里有气泡滚来滚去。你们的呼噜声如果翻译成通用语言有什么含义吗？我知道你不会说出这些事的谜底，你非常善于保密。你的诡计不止于这些，我先写到这里吧，爱你的镜子。

猫的复信：

亲爱的镜子，我不在乎你是谁。我不会像你说的，探讨镜子到底存在不存在。尽管你把主人毕力格家的被子，炕单和窗台的酒瓶子全扯了进来。你以为我会从被垛下来，跳下炕，蹦到箱子上去摸你这个自称是镜子的东西吗？我才不上你的当。你存在不存在，对我一点不重要。

我觉得镜子不过是一个化名，你的真实身份可能是蝙蝠，或者花栗鼠，化名镜子来试探我。但我并不在意。你想想看，在人类家里，在一个铺着褥子，褥子上铺着炕单的火炕上，是谁在上面睡觉？当然是人类。这是他们最神圣的地方。除了人类，在炕睡觉的还有谁？是狼吗？不是。是狐狸、猞猁、黑熊吗？不可能。是兔子、松鼠吗？都不可能。无须把这个名单罗列下去。在这个炕上睡觉，从白天睡到黑夜，从黑夜睡到白天的唯一的动物是我。听懂了吗？是我。你应该知道，人类是高智慧动物，能跟他们混得这么好，必然是优秀动物。人类何其难以相处。他们在几千年的历史上相互杀戮、欺骗、背叛；除了家人，他们跟谁在一个炕上睡过觉？只有猫和少部分狗。曾经跟人类共寝的跳蚤、臭虫、虱子是寄生虫，它们不是宠物。

主人毕力格在缝纫机底下放了饭碗和水碗？你见过狼、狐狸、老鼠和野猪在缝纫机下面的碗里吃饭吗？你没见过，这是猫的饭碗。人类为什么对猫这么好，连他们自己也说不清楚。如果在年老的父母和猫之间做选择，他们一般选择猫。这是怎么回事？猫到底有哪些魔法？你自己揣摩吧。

亲爱的镜子，你提到夜晚。你知道我们在夜晚去做什么吗？美丽的夜晚万籁俱寂。天空上的星星礼貌地向我们点头微笑。我们翘起胡子，让星星感到我们向它们笑。我们不像你想象的，去咬死田鼠，下颌上挂着它们的血污。我们站在房顶上仰望星空，与月亮交换能量。你见过流星吧，它长长的尾巴给你留下过深刻印象。那其实是猫从一个星座跳到另一个星座，去会见老朋友。你在夜晚的乌力吉木伦河的涛声里听到了什么？你只听到哗啦啦，哗啦啦。我们从中破译了大地的秘密。风吹过阿穆尔风箱果的枝叶，果实掉下来，松鼠吓得爬上树顶。我们听出了风送来的秘密，所以我们敢于走进地球上最危险的物种——人类的家庭，跳到他们的炕上酣睡。人类必须料理你的生活，而你不必管他们的死活。

你可能觉得我们俘虏了人类，算是吧。我们用凝视，用呼噜，用竖直的尾巴对人类洗脑。事实上，他们对猫失去了反抗能力。他们对自己的同类越失望，就越信任猫。然而，我们不相信任何人。你说凝视是我们的法宝。是的，你一定去凝视他们，少眨眼。他们从来没被谁这样凝视过，如同受到赞美。在人类吃饭的时候凝视他们，他们感到羞愧，把饭从嘴里拿出来喂你。他们睡醒，发现你坐在枕头边上凝视，他们手足无措，以为你是上帝派来的天使。荒野里，动物为了得到一口吃的东西，奔跑，等待，厮杀。我们无需做那些事。只要凝视人类，他们就把一切送到你的面前。所有动物都有眼睛，只有猫用眼睛创造价值。猫的眼睛里坐着神灵。

说到这里，你还没醒悟吗？猫的智慧远远高于人类。我们把人类耍得团团转。如果你养一只猫，又喜欢参悟道家哲学，你会在猫身上学到无为而治，以静制动，以万物为刍狗，柔弱胜刚强等等法则。每一只猫都是哲学家。

至于说到你，亲爱的镜子。我也悄悄观察过你。你把主人毕力格家里的东西都变成了复数。如果有一个人看你，你派一个和他长得一模一样的人与他对视。如果有一只猫看你，你就派相似的猫在镜子里瞪它。你其实很诡秘。人类以为在镜子里看到了自己，搔首弄姿。我们才不信你这一套，你是制造假象的大师。你在贫困中伪装富有，你拿别人家的被子，褥子和窗台装扮自己，你其实一无所有。所以，你看不到任何一只猫出现在镜子边上，你也看不到猫照镜子。有的人用镜子对准你，结果镜子里出现一条镜子的隧道，无数镜子叠加通向虚无。你虽然会写信，会观察，但你并不存在。你的脸上落满了灰尘。你还是洗洗脸吧，我们猫每天都洗脸。爱你的猫。

白雾给山顶、山腰、山脚写信

白雾给山腰写信：

亲爱的山腰，我是雾。我穿着白色的裙子，以轻柔的脚步来到你身旁。有人说世上最空灵的舞蹈不是白鹭的飞翔，而是雾的荡漾。对的。你想想看，世上最坚实的物体是石头。正如你身上长满黑色的山石，对应物是什么？你想想看，它柔软、温柔、洁白。当然是我。有人见到我，迫不及待地问，你是白云吗？云是云，雾是雾，不是一回事。如果让我继续解释，我会说白云在天上飞，飞得比鹰还高。而雾笼罩了大地。这么大的区别还不明显吗？人问云和雾谁更好看？我觉得最好别做这种比较，我们和白云有密切的血缘关系，我们不接受评比。但是私下里我对你说，白云由于长途旅行，经历狂风暴雨。它们四肢发达，变得像海员一样，浑身充满力量。这些可怜的表兄弟每天都要远航，尽管它们不知道远航是为了什么。你看到了吗？好多时候，白云像一艘战列舰，桅杆上鼓着风帆，炮口对着前方。它们身上银白的装甲闪闪发光。它们又要去攻打一个虚拟的国家，而且一定能胜利。我们雾嘛，没什么远大志向。拿我本人来说，喜欢用我的丝绒笼罩地上的甲虫。甲虫闪闪发亮的外壳镶嵌着黑斑，像刷了漆的金属壳。它垂直飞起来，六只爪子悬空，露出肋骨。我还喜欢用我的丝绵环绕花朵，让它有一个庞大的包装。我们悄悄绕过带刺的毛榛和狗枣子藤。如果走累了，我们趴在石头上歇一会儿。冰凉的石头，摸上去非常舒服。

亲爱的山腰，你记得你肋部有一个山洞吗？边上长着一棵蒙古栎树。不知道为什么，洞口塞满干枯的杂草。我想进却进不去。小声告诉你，山洞里藏着我放进去的珍宝，我能拿出来吗？洞里有一根红腹锦鸡的羽毛，一根猞猁遗落的胡须。有人说用猞猁的胡须在人耳朵眼里扫几下，就能治好耳鸣。山洞里还有一颗野猪脱落的尖锐门牙。如果你收到我的信，请搬开洞口的杂草，可以吗？爱你的白雾。

白雾给山顶写信：

亲爱的山顶，我从南面、东面和北面看过你。无论从哪个方向看，你都像一个将军。你知道，我们雾清早来到大地，必须在日出之前。我们像白色的海浪，一波一波吞没博格达山的岩石和小榆树，却没有吞没你，你是山顶。你在聆听。地平线出现浅红色的曦光，我听你用花岗岩的嘴唇发出呜呜的低语，我听得很清楚，这一定是你的声音。你在跟太阳打招呼。亲爱的山顶，我钦佩你。你有坚硬的额头和颧骨，你的脖颈比老虎后腿还坚实。灌木不敢在你身上生长，怕挡住你的视线。你是群山之王。

蒙古人爱用可汗命名山峰——生长韭菜的可汗山，有泉水的可汗山，好看的可汗山。他们发现山的威严，却不知道山的悲伤。下雨了，上天用闪亮的鞭子抽打你的后背，雨水从你前额流下来，仿佛是你的泪水。那时候你看上去多么勇敢，永不屈服。可惜我没在雨天看过你，你知道，雨水和雾互不相容，我们的巡游时间只在早上。

今年夏天的最后一个星期，大地被衰草装扮得像黄羊的脊背。天空拥挤着铁灰色的雨云，它们拥挤着赶过来，突然让开一道缝，闪电像钉子钉入大地。亲爱的山顶，你的头颅好像碎成了几块。第二道闪电照亮了大地，山顶的石头一片都没少。勇敢的山顶，你已经听出来了，我多么崇拜你。明天早上，我来到你身边，用最轻的手法为你擦拭前额，把我的香味留在你身边。

山顶，我写这封信，还有一件事要说。对你来说，可能算一件小事，但我想得到答案。我要问的事情是博格达山西面靠近山茱萸灌木那片草地的芍药花开了吗？每年这个时候它们都会开花，一共开七天。它们的白花像一只玉石大碗。芍药花开时，草地上没有其他花。如果天气晴朗，你往西看一眼，然后告诉我，好吗？你知道，我们凌晨上山，所有花朵都关闭蓓蕾，我们不清楚哪朵花会开，哪朵花不开。如果这些白芍药花开了，我来到山上，你用石头的嘴唇发出轻轻的呼喊——呜呜呜，我就知道了。呜的时间不必太长，因为我的听力很敏锐。爱你的雾。

白雾给山脚写信：

亲爱的山脚，我是雾。我有一个疑问，你一直是山脚吗？你是否从来没去过山顶和山腰？如果是这样，我替你感到难过。山顶多美呀！站在山顶，看远方的白云像棉花垛一样飞过去。白云和白云之间从来没发生过相撞爆炸的事件。离你们这座山三里之外，是扎格斯台河。这条河想拐到你们这边来，被一股神秘的力量拽回去。它冲过来，转回去，这样的努力一共有五次。在山顶上就能看到这条河，像蒙古文曲曲弯弯拐了五个弯，最终流向查干乌德方向。在博格达山，是不是岩石轮流当山脚？我的意思是说你们蹲在山的最底层，用肩膀扛起这么沉重的山体，你们感到痛苦吗？山脚开放的野花比山顶要多，流水淙淙，黄羊游戏，我看你们挺快乐。

春天来到万度苏草原，白桦树冒出浅绿的叶子，看上去很羞涩。仿佛白白的树干不应该露出太绿的颜色。溪水始终用平稳的节奏流淌，细听，溪水声有不可翻译的窃窃私语。你是山脚，你听懂溪水的私语了吗？

山脚也很好，你看到一只洁白的蝴蝶跌跌撞撞地飞向山顶。山脚变成了蝴蝶窝。它们像雪片一样在你的脚下飞舞。亲爱的山脚，我喜欢花。农历五月份，你这里野花盛开，一直开到八月。我闭上眼睛都能算出来，有鹿药开的白花，喇叭茶开的白花，鸢尾开的蓝花，还有野草莓花，剪秋罗花，小叶蔷薇的红花和粉花，对吗？

亲爱的山脚，我是雾。我从来不穿鞋子，不管是沙砾、沼泽，还是铺满落叶的林地，我径直走过去，没有一丝声音。狗獾从洒满蒙古栎树落叶的林中走过来，你听，哗啦哗啦响。我从来不发出声音。走一段路，我会到小溪里洗一洗脚，接着赶路。我最喜欢穿的衣服是白裙子，对，是落地长裙。你问我会不会踩到裙角摔倒？不会的，我比你想象得灵巧。有一天松鼠问我，白雾是一个人还是许多人？这个问题很好笑也有趣。我怎么回答你呢，松鼠。如果我们在草地上缓慢地涌来，我们是一个人。如果到了树林里，白雾被树木分割，我们就是好多人。可是到了前面的开阔地，我们又变成了一个人。你能理解吗？如果你理解不了，我给你举一个水的例子。水在河里手拉着手，它们跳下悬崖，松开了手，变为千万个水滴。但是它们进入水潭又变成了一个人，手和手重新牵在一起。水的动作特别快，你还没看清，它们的手已经牵在了一起。雾也是这样。我们雾跟水有密切的血缘关系。只不过我们更愿意往空气里走，水喜欢在地下爬行，并发出哗哗的声响。我们不说话，沉默是我们的本性。在沉默中，你的眼睛才能看清东西，耳朵听清四面八方的声响。我们沉默地穿过冷杉林，穿过草地。在太阳初升之前，我们把大地走了一遍。

亲爱的山脚，有一天早上，我看一块石头从山顶滚落下来。这块石头是替换你担当山脚吗？我有一个提问，但和这块石头没有关系。青蛙叫喊的时候会不会张着嘴，它会叫喊一夜吗？就算它白天都在睡觉，也用不着叫一夜呀？我听说青蛙叫的时候小红蛇会爬到树上，月亮的边缘变得模糊，是这样吗？我不相信青蛙有这么大的能耐。爱你的白雾。

山顶代表山腰和山脚给白雾回信：

亲爱的白雾，你的信收到了。你的信中夹带着山谷的香气。我代表山腰和山脚给你写这封回信，谢谢你的问候。

先回答你三个问题，不然我会忘掉。山顶的风越来越大，我耳边好像响起千万通鼓声，这是风吹在石头上的声音。第一个问题是你请求山腰把洞口的杂草搬掉，方便你取回珍宝。我们把你的请求告诉了风，风知道怎么把这些杂草吹走。不过洞口没有杂草阻挡，风也许会吹跑你喜欢的红腹锦鸡的翎毛，吹进山谷里，你再也见不到它了。第二个问题是什么呢？噢，你问我西山坡的芍药花开了没有？遗憾的是这些花至今还没开。今年旱，雨水来得晚，所有的节气都要向后推。我算了一下，大约再过十天芍药花就会开放。如果十天后它还不开，芍药花今年就不开了。第三个问题跟青蛙有关。其实我不想回答这个问题，太幼稚，不过幼稚对白雾来说没什么不好。大自然所有的现象都是可以探究的秘密。山脚仔细观察过青蛙，它的喊叫跟肚子有关。青蛙采用腹式呼吸，吸气的时候肚子扩张并且喊叫，呼气时肚子瘪回去，不发声。青蛙在夏夜里呼吸多少次，就叫喊多少次。不能增加，也不会减少。对了，你的问题是它喊叫的时候张不张嘴。它需要张嘴，青蛙的嘴很大，只比狼嘴小一点。它每次喊叫都大张着嘴，但是看不到舌头，它的舌头藏在上牙膛。

答复这些提问之后，你还有兴趣听我说吗？亲爱的雾，我想跟你说一些山的事情。第一个要说我什么时间来到这里，但我答不上来。要知道时间经过时间的淘洗也会蒸发。对山而言，我们只记忆近一千年的历史。之前的记忆消失了。不是我们忘记了，而是那一段历史在时间上消失了。

高格斯台罕山很年轻，在火山喷发岩浆中诞生，对自己的来路很清楚。而我们没见过什么火山，我们不知道什么时间来到这里，也不清楚为什么来到这里。博格达山的岩石里镶嵌着大大小小的贝壳，还有珊瑚。证明我们的过去跟海有关系。你可能想问，这里过去是海吗？树怎么办？树能在海里生长吗？牧民难道能赶着羊群到海底放牧吗？亲爱的雾，我是说过去，过去是一个谁也没去过的地方，又叫时间。但是时间存在吗？我一直怀疑时间是否存在。时间像空中飞来的一支箭，箭头是存在的，它就是当下。其他都不存在。所有对于过去的回忆都是一厢情愿。

好了，我们说一些轻松的话题。你喜欢看日出吗？我想起来了，太阳出来后，你们雾消散了。你们为什么不愿意见到阳光呢？另一个问题是：太阳初升的时候，你们去了哪里？人类有一个词叫蒸发，你们被蒸发了吗？我想你们不会蒸发。第二天凌晨，你们按时从灌木丛中钻出来，数量一点不比前一天少。如果我没猜错，你们在日出之前钻进了蚂蚁的洞穴，松鼠的洞穴。你们顺着树叶的脉管钻进了树木身体里。好吧，我们一起谈一谈日出。

山最喜欢的事情是每天观看日出，世上最庄严的事情也是日出。太阳初升结束了黑夜，人们麻木，他们从来不问光明从何而来。他们不知道太阳每一次初升都耗尽心血。事实上，有人一辈子也没见过日出。有人想见日出却见不到，因为他们的视线被楼房遮蔽了。

太阳初升前，东边的天空只比西边略白一点。那种白如同黄羊的肚子，灰扑扑的白，而不像鱼的肚皮，白得耀眼。东方既白，天空化为云母色，仿佛它是巨大的贝壳。地平线被分割清楚，大地好像布满黑色的灌木。天空像珍珠那样白，但它马上就要变红了。藏在地平线下面的太阳准备初升，红光像烧化的铁水浇在大地上。那些铁水从山脉流下来，流向森林，连河流也不能阻挡它们。也就一瞬间，我觉得我的鼻梁被染红了，我的身体也变得金红，好像穿上了一副新打的铠甲。天空上的星星黯淡无光，它们想逃离但没来得及，尴尬地站在黑黑的松树枝上方。松树们，我说的是云杉和冷杉一律把目光投向东方。大地在震荡，震荡中仿佛有一个巨兽钻透一万米的土层挺立世间。他就是太阳。太阳像躺在地平线上的金色车轮，他头顶的云彩魂飞魄散，好像在燃烧中飘飞的风筝。不到一分钟，太阳离开了地平线。那是一个赤红的巨大火球。天地间似乎响起了战歌，最早由松鼠领唱，它们低沉地哼唱，河水传来波涛的和声。阳光拥抱一株青草，松开手拥抱另一株青草。它们和每一株青草拥抱。天知道世界上有多少株青草，阳光一一拥抱了它们。甚至拥抱了松树的每一根松针。我的天，拥抱松针多艰难，但阳光从不敷衍。它拥抱的所有东西，包括冰凉的石头、往天上蹦跳的蚂蚱和百灵鸟的翅膀。新的一天开始了，大地带着笑容。你看人类的村子，房顶冒出炊烟。森林里鸟的叫声越发婉转。我每天看到日出都很激动，我的胸膛虽然是石头做的，但有暖流涌动。太阳普照万物，给世间带来温暖，给万物带来能量，这是多大的恩德！只可惜我不是河水，发不出愉快的喧哗。我相信河水把哗哗的赞歌献给了太阳，代表了万物的心意。

亲爱的雾，我刚才说的是太阳初升的情景，其实每一次日出都不一样。在雪后，在雨后，在春天与冬天，日出都不相同，但每一次都庄严美丽。阳光照在我身上——我指的是阳光照在山顶的石头上，我每次都激灵一下，每次都会颤抖。啊，我和阳光又见面了。这些金色的光线来自太阳，何等珍贵。如果你问我。作为一座山常年站在这里不厌倦吗？不会，我每天都能看到日出，我觉得当一座山非常幸运。尽管山要抵抗寒风，冰雪和寂寞；但我有期盼，那就是每天都能见到一轮新的太阳。

亲爱的雾，写到这里我有些累了。欢迎你经常给我写信，当然也可以给山腰和山脚写信。在下一封信里，我会告诉你在山上看到的其他景色。爱你的山顶、山腰和山脚。

谢有顺，文学博士。现任中山大学中文系教授、博导。兼任中国作家协会文学理论批评委员会副主任，中国小说学会副会长，广东省作家协会副主席等。出版《文学的通见》《散文中的心事》等著作近二十部。获冯牧文学奖等。入选全国文化名家暨“四个一批”人才、教育部“长江学者”特聘教授等。

站在冰岛老寨古茶树下的遐想

谢有顺

我以前主要是喝普洱茶。当然，小时候喝的土茶不算，那多半是自己在屋前屋后，或者偶遇于某个山坳，顺手采摘回来，用铁锅炒了，有时火候没把握好，烧焦了，也不舍得扔掉，塞在热水瓶里泡半天一天，照样用来泡饭吃。夏收夏种时，干完农活回来，一碗茶泡饭下去，马上回神了。虽说农村山高林密，但太阳的毒辣，至今思之发怵，总不能让稻子烂在地里吧，午饭后，哪怕阳光明晃晃的，像眼前闪着刀子，也得出门干活，几个小时下来，汗出得太多了，得多喝水，白水又嫌它没味，几片叶子让水变成了茶，就喝得下去了。有一年回家，偶然又在堂哥家喝到了这种农家炒的茶，制作当然精致多了，味还是那个味，很香，记忆好像瞬间活过来了。我想在村里买一点，还买不到呢，村民生活好了后，懒得上山采，即便采了，也是留着自己喝。后来到西南一带，昆明、大理等地，很多地方都有烤茶，把茶叶放陶罐里，下面用炭火烤着，焦味出来之后，注入开水，茶香一下就扑面而来。这种烤着喝的茶，多半是不讲究的，很多用的其实也是土茶。

老家的土茶，很多是野生的，叶子粗，纹理清晰，有些叶子能长得像小孩的巴掌大。我选了一叶最大的，让它自然风干，卷边后很有立体感，装上框，现在还挂在我书房里。

上大学后，反而喝茶少了。1998年到广州后，开始喝茶。缘起是父亲来广州看我，带了一袋用牛皮纸包的茶，他说起码放了十几年了，一个武夷山朋友送的，其实就是高火的岩茶，父亲把他放在墙角的粮仓里，那时的粮仓还放稻谷，牛皮纸包好的茶叶半埋在稻谷里，每年换稻谷时，都顺手留着，十几年了找出来一喝，父亲惊为神品，就带来给我了。果然醇滑，茶香也还在，大概沁入了稻谷香，又别有风味。后来一个茶人告诉我，主要是粮仓干燥，没有受潮，陈化得好。

从此，爱上了喝茶。

喝得最多的是普洱茶。广东是普洱茶消费大省，喝掉的，收藏的，加起来了占了普洱茶市场的半壁江山。那时的市场兵荒马乱，迷信老茶，讲年份，不太注重茶底，更没有什么大树茶概念，身边不少人见老茶就收，当然很多是假年份的，有些低劣的台地茶，就是真放了一二十年，也是难以入口的。茶和酒，都是这个道理。底子不好，放再久也是次品。地瓜酒，存放了三十年，也还是地瓜味；当年度的新茅台，也是茅台。1998年，喝普洱茶的人少，茶便宜，朋友送茶，都是一件件送，大的一件有八十四饼，少的也有四十二饼，拿一提七饼送人，都有点不好意思。我现在和朋友说，家里藏了多少老的普洱茶，他们不信，那是因为他们不了解普洱茶历史，不知当时我们这些喜欢普洱茶的人，送茶、买茶都是按件的。记得一个云南作家，曾指着家里的一堆普洱茶对我说，你搬走，这些我们云南人不喝的，是你们广东人炒起来的。他那时主要喝滇红。我当然搬走。这批茶，过去二十多年了，我都还能找出不少。况且，普洱茶耐泡，除了送朋友，自己的消耗量并不大，大量的茶就存了下来。

开始喝茶时，我把书架上各种茶搬下来，喝来喝去，还是觉得普洱好，不同的山头，不同的年份，味道有变化。年年都在变，就年年都觉得新鲜。当时觉得最好喝的一款是1992年的易武正山的茶，勐海茶厂的，后来我才知道，这就是著名的“绿大树”，以致有一天聊到自己的喝茶史，朱零、朱霄华、徐亚和诸茶友都撇撇嘴说，你的起点太高了。勐海茶厂的“绿大树”有不同系列，包括高山系、野生系、大叶系和大益系几种，我到现在还记得，自己喝的是高山系，外包装纸上印了“高山普洱茶”和“特级品”字样，中间是一棵绿大树标志，下方印的是“云南省勐海茶厂出品”，繁体字。棉纸比较薄，透过棉纸，能看到里面的内飞，内飞和别的茶不同，上面盖有“1992年8月”的日期章，偏小，还有茶厂电话等信息。后来我才知道，这是国营勐海茶厂不多的老料翻压茶。时任勐海茶厂厂长曾回忆，当时西北、东北一些茶商买了一批勐海茶厂的晒青毛茶，茶款一直没有交付，最后只好把茶叶退回厂里，厂里发现这批返厂的晒青毛茶属大树茶料，品质极好，又是存放在西北、东北等干燥地区，仓储状况好，就对这批茶进行了再加工。原料是1992年的，2000年重新压制，量应该是不多。当年，雷平阳曾写过最早的普洱茶书《普洱茶记》，茶多半是那位勐海茶厂厂长送的，雷平阳又转送给我。我一共有四饼，喝完两饼之后，知道了这茶是珍品，就存着，前段又拆了一饼，细看了一下，发现茶饼压得比较紧实，经过三十年的转化，茶饼的边上松了，条索却是饱满壮硕，褐红油润。喝起来有樟烟香，这是最特别的一点，我当年喜欢喝，多半也是因为这樟烟香让我想起来了小时候的土茶，烤过的茶叶，放久了，尤其搁在柴火灶的顶上放的，也有一种类似的烟熏味。不是刻意为之，却让茶在不同时期、不同环境下，变化出了不同的味道。

后来，普洱茶界风起云涌，门派林立，经常为了一款茶孰优孰劣而争得脸红耳赤的时候，我也经历不少；争到最后，他们的目光都转向我，我喝普洱茶的资历深，他们希望我来下个定论。这时候，我说得最多的一句话是：茶叶嘛，年年都会长的树叶而已。茶当然有好坏，但我的看法是，不能把茶玄学化，更不能当作金融产品来谈论。茶之本意，就是饮品，说得天花乱坠，买不起、喝不得了，就不是茶了。什么茶道、茶德，茶可雅志，茶养生气，茶散郁气，什么茶以客少为贵，一人得神，二人得趣，三人得味，等等，一堆好词，都离不开那片叶子，而且是年年都会长的叶子，既不是不可再生资源，也不是稀少而不可复制的艺术品，大可平情应物。失了平常心，哪里还有什么茶道？“茶”者，人在草木中，《茶经》说它是“南方之嘉木也”，“一尺，二尺，乃至数十尺”，高度不同，生长环境不同，品质、味道有差异，再正常不过了。《茶经》还说，“茶有九难”：“一曰造，二曰别，三曰器，四曰火，五曰水，六曰炙，七曰末，八曰煮，九曰饮。”从采摘到制作，从器具到用水，从烤煮到品饮，各有讲究，也各有易错之处，所谓天生万物，各有妙处，中国人对物质的深入洞察，“茶”之一字，至矣尽矣。

说到底，茶还是要合自己的口味，好不好，喜欢不喜欢，都是喝出来的。很多人是跟风的，喝的不是茶，喝的是品牌和价格，哪怕记了一堆知识，口感尽失，也是一种异化。有一段，权贵阶层流行喝“大白菜”“八八青”，广东的市面上，出现了巨量的假茶，全是“大白菜”“八八青”的老包装，我身边喝的人也不少，多半时候，我什么也不说，不去扫人家的兴，因我知道很多人并不在乎茶如何，在乎的是茶是什么。我喝过好些次“八八青”，有内飞版和无内飞版的都喝过，经过三十多年的陈化，梅子香浓郁，作为干仓普洱茶的鼻祖之一，它所诠释的老茶原味确实独一无二。但我后来喝多了古树茶之后，对这种配方茶的兴趣也小了。

茶喝多了，口味会变，但怎么变，养成的都只会是个人的口味。

我想起一个典故，是《山家清供》里记的。《山家清供》的作者林洪是南宋时的福建晋江人，他对园林、饮食都有研究，记了不少食品的制作，也有“新丰酒法”和“茶供”两节，富生活情趣，广收博采。书中写道，有一次，宋太宗问进士苏易简：“食品称珍，何者为最？”苏易简说：“食无定味，适口者珍。”并强调他认为“齑汁”最为美味。“齑汁”大概是指腌制咸菜时出来的卤水。太宗问，何以“齑汁为美”？苏易简就举了一个例子，大意是，有一个特别冷的晚上，他饮酒大醉，盖着很重的被子睡了，半夜醒过来，口干舌燥，于是起床到庭院里，借着月光看到残雪覆盖着的一个瓮里有腌菜汁（齑汁），于是，连家童都来不及叫了，捧起雪，洗了个手，一口气喝了好几大杯齑汁下去。那一刻，他觉得就算天上的仙厨做好凤凰肉端来，恐怕也比不上这个腌菜汁（“臣此时自谓上界仙厨，鸾脯凤脂，殆恐不及”）。其实这故事不仅《山家清供》里有，《玉壶清话》《馔史》等书也引用过，重点是“食无定味，适口者珍”。

喝茶也是如此，讲个“适口”。汪曾祺在《寻常茶话》一文里也曾写道：“昆明茶馆里卖的都是青茶，茶叶不分等次，泡在盖碗里。文林街后来开了一家‘摩登’茶馆，用玻璃杯卖绿茶、红茶——滇红、滇绿。滇绿色如生青豆，滇红色似‘中国红’葡萄酒，茶味都很厚。滇红尤其经泡，三开之后，还有茶色。我觉得滇红比祁（门）红、英（德）红都好，这也许是我的偏见。当然比斯里兰卡的‘利普顿’要差一些——有人喝不来‘利普顿’，说是味道很怪。人之好恶，不能勉强。”说滇红比祁红、英红好，比斯里兰卡的“利普顿”差，这肯定是偏见，没几个人会同意，但汪曾祺说的不过是个人喜好，别人还真说不了他什么，“适口者珍”，确实勉强不来的。

说到“适口者珍”，我想起一个朋友，喜欢喝熟茶，每次拿出他珍藏的陈年普洱，都有一股杂味，不说是霉味，至少湿仓了，一看就是没仓储好的茶，但朋友就喜欢这种“陈味”；另有一个朋友，喝凤凰单丛，投茶量很大，开水冲下后，还喜欢浸泡，泡出来的茶汤浓而苦，我们都皱眉，他却陶醉于此；还有一个朋友，喝岩茶，第一道舍不得洗掉，留着最后喝，名之为“还魂汤”，后来影响了不少周边朋友，大家都这样喝岩茶了。我不太喝熟茶，总担心发酵过程不干净；不喜欢把单丛泡得太浓，不然独有的蜜香、花香都没了；也习惯了洗茶，再好的岩茶，第一道也用来洗杯，闻闻杯香就好。这也是个人口味使然。

岩茶似乎一夜之间就席卷福建等地了。前些年，在福建老家，大家喝得最多的还是铁观音，好的清香型，也是一泡难求。现在全都改喝岩茶了，俗称牛肉、马肉、猪肉、龙肉什么的，名字听起来，像是满汉全席，还有厂家把它们专门拼成一盒，起名“肉宴”，其实就是不同的肉桂品种，产自不同的坑涧。岩茶在包装上的豪华、精美，别的茶根本不能与之相比，价格上，更是令人咋舌。每次回老家，总要带回几盒好的岩茶，兴高采烈地打开，偌大的一盒，里面往往只有一泡或两泡茶，八克或十六克，一上午就喝完了。扔了一堆包装盒，茶却还没喝过瘾；意犹未尽，却已无茶可喝。

还是喝回我的普洱茶吧。拆开一饼，喝上几天，想换口味了，又拆一饼，喝上几天，再拆一饼，慢慢的，柜子里就有了不少茶样，轮流着喝，顿有一种富有的感觉。

最喜欢喝的还是冰岛古树。这个产区的茶，现在炒成天价了，如果不是我之前收藏了一些，如今也只能望茶兴叹了。当然也喝班章、易武、倚邦的茶，只是比起来，口感上更迷恋冰岛的滋味而已。老班章的茶，香高味酽，回甘迅速，确有普洱茶的王者风范，但真正纯料的，已不容易喝到了。当年“陈升号”茶厂在西双版纳开业，西双版纳茶办主任彭哲邀请我和雷平阳出席开业剪彩，礼成之后，厂里送给我们仨的茶，全都被我带回广州了。三箱班章方砖、“陈升一号”大青饼，都是第一批的，但很快就送掉、喝完了。手头最好的班章茶，是郑旺强做的“班章金顶”，上面有贾平凹、阿来、彭哲、雷平阳和我五人的签名。上好的班章茶黑而亮，条索粗壮，手感偏重。我专门试过，别的茶装五公斤的箱子，上好的班章茶可以装六七公斤。但看茶叶也不能光看条索和重量，台地茶也有养到又长又大的，有人通过看条索来判断是不是古树，其实是外行了。我所喜欢的倚邦茶，几百年的古树，条索也是细长的，不大，它是小叶种。

茶好不好，看不太出的，一定要喝，要品。

冰岛老寨的古树茶，条索肥硕，柔韧性强，不仅回甘甜，茶汤也金黄、透亮，一叶风行不是没有原因的。我在广东，恐怕算得上是最早开始品饮、收藏冰岛茶的茶客之一了。这背后也有故事。2006年的时候，云南一个朋友突然想做普洱茶生意，一个偶然的机会，相中了冰岛古树茶，那时大家都还不知冰岛茶为何物，价格很便宜，毛料才几十块一公斤而已。朋友给我寄了茶样，我一喝就喜欢上了，饱满，甘甜，滋味无穷，尤其五六泡后发生的变化，难以忘怀。或许是因为“适口者珍”吧，也或许是因为雷平阳为这款茶题了一个很好的名字——“水黄金”，我一下就买了几十件，当时算是大手笔了。我至今记得，那茶饼压得漂亮，条索油亮，外包装纸是韩国进口纸，不同于其他棉纸，偏黄，映衬着“水黄金”三字，醒目，大气。我的很多朋友都喝过这款茶，“水黄金”这个名字，在广东茶界一度成了响亮的茶叶品牌。

很长一段时间，我喝的就是这批冰岛古树茶。当时没想到，世间还有这么好喝的茶，这大大激发了我的求知欲，我对普洱茶的喜欢，从此也升级了。那时我已认识不少著名的民间茶人，王梓先和他的儿子王智平，他们家的茶庄叫“王先号”，王智平在茶界人称“茶农王二”，还有刘铖等人，做茶都是专而精的。我知道普洱茶生长的方位、气候、土质、阳光、海拔高低、阴阳面都会影响普洱茶的味道，除此，王二还教我以树皮和土质去判断茶性。以树皮看，白皮甜，花皮香，紫皮气足，青皮麻；以土质看，黑土甜，黑胶土有气，白沙土苦而不化，红沙土细柔，黄土偏淡，黄胶土涩而不化。都是经验之谈。王二还叫我记住“东柔、西霸、南苦、北涩”这个口诀，东指古六大茶山，比较柔和；西指勐海地区，主要是布朗、巴达、勐宋等地，霸气有劲；南指大勐龙勐宋、缅甸、老挝、泰国等地，偏苦；北指普洱地区、景东、景谷、无量山、大雪山，总体偏涩。如果有人问我喜欢喝什么茶，我就说我喜欢易武的柔、倚邦的细、班章的霸、那卡的劲、景迈的香、冰岛的滋味、昔归的回甘。

多少年来，我都按这个茶地图喝茶，边喝边品鉴，在对比中积累味觉记忆，时间一长，也可冒充半个茶专家了。我分得清原始野生乔木茶和人工栽培型古树茶，知道野生乔木茶微酸、微毒、寒气重，喝了容易拉肚子，茶叶偏黄黑色，芽头像二郎神叉。而乔木茶有大叶种、中叶种、小叶种，制作不一样，冲泡也不一样。我还看过他们采茶，采古树茶要爬到很高的树上，用背篓其实并不方便，一般都用布包。采茶是一种劳动，人一动就会出汗、发热，背上的布包一发热，包里的茶叶就会变红，所以有经验的采茶人，要及时把布包里的茶叶放在阴凉处，采完后再统一装篓。也看过他们做茶，揉茶，知道揉茶的时间会影响茶叶口感，揉短茶香，揉长气足，而且一定要冷揉，热揉会把茶叶表皮揉坏，坏了就有果胶渗出来，茶就会发酸。

王二后来在广州住了好些年，我邀请他和我回福建老家过了几个春节，朝夕相处的时日很多，他便教我泡茶。他说普洱茶一芽三叶，芽是涩的，叶是苦的，干才是甜的。泡新茶时，开始是苦涩，但有回甘，泡到后面则全是甜的；芽叶不耐泡，一下水就泡出来了，干最耐泡，反复冲泡才会涨开，故出味最迟。泡茶的时候要先看茶是芽多，还是叶多、干多。芽多，水温就要放低，涩味就会少；叶多，水温适当，苦味才不重；干多，水温高也不怕。水温是用冲茶水柱的大小、高低来控制。泡茶的水也有学问。烧开的水，不宜马上冲茶，要等水平静下来，才会甘甜、柔细。刚沸腾的水是浮躁的，就像奔涌的江河，水质肯定无法与山泉水比；很多人用陶土缸养水，原理是一样的，目的就是让水处于静态之中，才显甘甜。

苦涩是茶的本色，关键是苦要能生津，涩要能化。化得快的茶，树龄必定较老；化得慢的，树龄肯定小。有些大小树拼配在一起的茶，多泡几道，层次感就出来了，不同树龄的叶片会分离，上下左右，或者前后分离；细心的人还会发现，树龄差异大的茶叶，泡出来色泽不一样，油润感也不同。泡新茶宜用盖碗，蒸汽散得快，免得伤了茶叶的表层，那样，酸涩味就会出来。老茶倒适用紫砂壶，像老酒要醒，老茶也要醒，用紫砂来唤醒的老茶，口感更佳。

这些茶知识和喝茶记忆，有一天，当我站在冰岛老寨的古茶树下时，全变得活泛了。喝了十七年的冰岛茶，终于可以摸摸这里的茶树、吹吹这里的风了。还下了点小雨。时间是2023年10月，同行的有阎晶明、苏童、岳敏君、贾梦玮、胡弦、雷平阳、罗章斌、朱零、渝儿诸友，尽管个个都是爱茶之人，但真见到大片冰岛老寨的古茶树时，还是忍不住连连惊叹。山坡是陡峭的，能种上茶树的地方，都长着大茶树，每棵树都用木牌编了号，上面还刻着茶树主人的名字；有些树，周围围着栅栏，树下一根杂草也没有，显然被小心呵护着。寨子里不多的空地，是村民老房子拆迁后腾出来的，长满了草，估计很快就会种上移栽来的茶树。自从这里成了普洱茶的圣地之一后，没有一片树叶会被错过，也没有一寸阳光会被浪费；杂草是不受欢迎的，茶叶才是老寨唯一的主人。村民似乎消失了，承租茶树的人，来自北京、上海、广州、深圳、昆明等地，可以想象采茶时的场景，拍照、直播的人，甚至比采茶的人还多，几百年来听惯了乡音的茶树，会习惯听普通话吗？

正这样胡思乱想着，有人喊了一声，炒茶去，就都往阿金木的茶坊去了。这几天是做秋茶的收尾阶段，茶菁刚采完，天就下雨了。阿金木告诉我，他这几年秋茶采得少了，多半是等天气好了，修整茶树时采一部分，其实做半个月的秋茶，真正好喝的，也不过是三两天。我是喜欢喝点秋茶的，所谓春韵秋香，春茶的水浸出物要比秋茶多，所以耐泡，而秋茶独有的香和甜，却是春茶里没有的。阿金木也说，如果要把茶留到二十年以后喝，你就留春茶，二十年以内喝的，秋茶的性价比最高，若秋茶里放点春茶进去，茶香又会大为不同。

阿金木的大名叫俸健平，勐库冰岛老寨世居傣族俸氏后裔，俸字号庄园式古茶坊是他2006年创建的，他也是冰岛古茶最有名的传人了。前面说的“水黄金”，正是他2006年做的第一批冰岛古树茶，和他当年的“冰岛王子”茶一样，已是一饼难求。第一代“冰岛王子”茶，棉纸上就写着“二〇〇六年古树纯料”，打开棉纸，茶叶的条索、色泽、油润度都和“水黄金”相同。一会儿，端上来的茶，也是我极为熟悉的冰岛老茶的味道。阿金木看着我，他的眼神也仿佛在说，我们认识很久了。

冰岛的古树茶从这里出去，终会有一天，把喝茶的人带回来。

我从人群里退后，一个人来到山坡上，站在一棵古茶树下，极目远望。那一刻，我想起了家乡，那些山坳上和其他植物杂生在一起的茶树，想起了第一次泡茶时的场景，想起了在各种茶山行走的日子，想起了喝过的茶，见过的人，各种滋味涌上心头。一片叶子上的光阴，铭刻着太多难忘的记忆。

我伸手摘下古茶树上最向阳处的一片茶叶，连着嫩芽，放进手中刚喝了一口的矿泉水瓶中，我端详着它，清水里的这片叶子，舒展，翠绿，叶脉清晰可见，看起来真是超凡脱俗啊。

阎晶明，中国作家协会副主席，全国政协文化文史和学习委员会副主任。主要从事中国现当代文学研究与评论。著有《批评的策略》《独白与对话》《我愿小说气势如虹》《鲁迅还在》《箭正离弦——〈野草〉全景观》《这样的鲁迅》等著作十余部。编选出版《鲁迅演讲集》《鲁迅箴言新编》。获首届华北区文艺理论评论一等奖、第二届冯牧文学奖、“花地文学榜”文学评论金奖及《南方文坛》《扬子江文学评论》《雨花》优秀作品奖等。

借一杯茶慢下来

阎晶明

如今，喝茶也成了一门学问，门道越来越多。有没有成了好不好，甚至还引发出会不会和懂不懂。我自幼生活在与茶无缘的地方，可我依然记得，小时候家里一把倒茶水的陶壶上面，赫然印着四个字：可以怡心。的确，汇总那些中国传统上与茶相关的词语、概念，从中表达的诉求，都有一个共同指向：慢节奏，慢生活，让心安静下来。

这些年，我在“茶道”上获得的知识依然很少且凌乱，但对茶可以让生活慢下来却越来越有感悟而且认同。就比如今年，夏天时，跟几位朋友到福建长汀走访，除了美食美景、古城风光让人流连忘返，尤其感到愉悦的是，这次旅行带给我一种特别的体验，大家居然可以不用那么紧张兮兮地集体出发。无论约好几点发车，集合的地点总是在驻地一层大厅所设的茶室。先到的先喝，后来的后品，待到大家一边品茗、一边叙谈得差不多了，或者，那不喝茶的人也到位了，就一起出门上车。

我常有这样的紧张，凡集体出行，即使你并没有迟到，但只要是最后一个上车，也一样会有一丝不安感在心中泛起，好像拖了别人后腿似的。在茶舍里集合，一边喝茶一边等人，那种闲散可以说太惬意了。因为茶，会更喜欢这样的出行，这样的地方，这样的同行者。

初秋时节，又有机会经历了同样的体验，对茶的认知也就更深了一层。云南临沧双江县的冰岛，并不是一个轻易可去的地方，为茶而来，倒是很值得下一回决心。这里是云南普洱茶的新热点，向往者日益增多。尽管是西南边陲的小村庄，其实无论从天南地北前来，也没有想象得那么辛苦，从临沧下飞机，一个小时车程即可抵达。

我还真没有想到冰岛是这么一个所在，一个地处大山深处的村落，漫山遍野都是茶树。大家都跑到一个“树王”的树下拍照，仿佛是跟上千年的生命在依偎、对话。冰岛村里的居民如今已经悉数搬迁至不远处的“冰岛小镇”居住，原来的村子，就完全让位给他们钟爱的茶树了。冰岛的周边，与茶有关的各种机构招牌林立，一副要把茶业品牌做强做大的气势。茶博物馆、研究所、传习所、体验中心、展示中心，等等，不一而足。在这里，似乎没有进入边陲小村的新奇感，倒好像闯入一个“茶世界”，琳琅满目，还略有一点竞争味道。说明这里不是世外，而是与飞速发展的世界同步的地方。当然，毕竟有普洱这个巨大的标识，冰岛的存在就永远是独特的。

在双江，无论你在县城里漫步，还是在乡间公路上穿行，所见的商铺名目，以茶业为最多，或绝大多数都与茶相关。公路两旁所见标识，要么是以产茶著称的村名，要么就是与茶产业相关的机构。千年古树开新花，这花，已经是当地人生产上的主业，生活里的主体。可我心里仍然记得，茶应该是让我们的生活节奏慢下来，两眼专注于可观之景物，内心可以冥想，也可以完全放松。难得的是，在双江，有机会在类似于“勐库茶文化展示馆”等场所与好友从容闲谈。半山上展开的巨大露台，是一个喝茶的好地方。经主人指点，方知云雾缭绕的周边和远处山峦，散落着因茶而为人所知的村落，公弄寨、大户赛、小户赛、南迫、那蕉……。真的是看不够，看不尽。

本来，此行还有一个主人推荐的必去之地：大雪山。据说那里不但有无穷的原始森林，而且可以欣赏到树龄近3000年，生长在海拔近3000米高山之上的“茶祖”树。也就是说，来到这里，可以与数千年的生命结缘，甚至有机会品尝一下最具历史感的茶也未必不可能。

然而，我们一行不过五六人，人人都有此愿，却个个不能久留，必须在一天之内分别赶赴机场车站。现在时间已经过了两个月，若问我当时为什么不能多待上哪怕一天即可享受独特美景，自己都回忆不起来了。当时理由很充分，只是过后已惘然。我只能开玩笑地说，幸亏此行还得了一本书，诗人雷平阳关于双江茶业的长篇散文《茶宫殿》，路途上卧游，权当是去过，或为下一次再来做攻略吧。

的确，一年到头行色匆匆，总是不能停下脚步静心欣赏任何一处景致，更无暇泡一壶茶看云卷云舒，听鸡鸣犬吠。真不知如何评价这样的自己。记得离开的那天早晨，我得以在那个巨大露台上用餐，还可以略微从容地品茗看景，仿佛是一种难得的享受。

雨过天晴的上午，二三好友同车赶赴机场。我在路上写下以下这几句话，当然不足以是此行的记述，却也算得上是与茶有关的一点新感悟。

好想就这样凭栏而坐，一直坐下去……
坐看潇潇雨歇
坐听人语鸡鸣
坐得碌碌无为
坐到饥肠辘辘
然而我却不能

我必须在五分钟内吃完一碗滚烫的米线
随手拍下证明我曾经来过的空镜
像喝掉一杯烈酒一样
一杯冰岛普洱一饮而尽
去赶雨后难免滑湿的道路
车上的朋友
在谈普洱茶
在假寐
在轻咳
一切都和我无关
我只记得那半山的凭栏需要重来
那对面山腰上散落的村庄叫不出名字
在不知哪个方向的更远处是大雪山
大雪山的更深处是古茶树林
2700年的生命史
大过我们欢聚餐桌的直径
一切都只是听闻是想象
是折腾一整天赶来却没有去拜见的遗憾
是下一次议论冰岛时的谈资
仿佛已经去过似的
一切都和我有关。

朱零，20世纪60年代末出生。著有随笔集、诗集、诗论集多部。曾任《人民文学》编辑、《中国校园文学》执行主编。现居北京。

双江的过客，茶神的座上宾　朱零

在双江这几天，每天过得都很恍惚，有时候觉得自己只是个过客，有时候又觉得自己是茶神的座上宾。每天晚上回到宾馆的时候，过客的身份尤其强烈，在双江，毕竟没有自己的家，没有书房，没有酒桌，不管白天在外面玩得多么的酣畅淋漓，晚上该睡觉的时候，本地的朋友们都有家可归，唯有自己，只能在他们的安慰声中，独自回到宾馆，坐在沙发上发一会儿呆，想起刚才的喧闹和开怀，再看看自己现在孤身一人，在一个空荡荡的房间里，突然间就有一种跌落的失重感，感觉自己在急速下坠，孤独和苍凉，一下子充满了全身。

好在孤独只是暂时的，苍凉也是。一觉醒来后，看见双江的天空湛蓝，艳阳高照，心情顿时舒畅开来，想起昨晚道别时，著名的茶专家徐亚和先生说今天上午要带我们去茶山，去近年来名气被炒得最响亮的那座山——冰岛老寨，便匆匆洗漱完毕，期待着冰岛之行。

认识徐亚和先生是我这次双江之行最重要的收获之一，他本身就是研究云南普洱茶的专家，在临沧农校教了15年的书，教的就是茶学专业，课程涉及从茶树育种、栽培、生理到茶叶采摘、制作、销售的每一个环节，他在普洱茶领域，是个通才，几乎无所不能，天上的东西他知道一半，地上关于茶树和茶叶的，他全知道。他的学生遍布全省，基本上都是当地茶专业的领军人物。

冰岛老寨离镇政府勐库镇有25公里，是勐库大叶种茶的原产地之一，五百多年前是勐勐傣族土司的贵族茶园。“冰岛”是傣语，本地傣族人说“冰岛”这个地名的时候，发音类似于“扁岛”，嘴唇咧开，略微上翘。冰岛古茶园的来历有着明确而详细的历史记载，到今天，有将近600年的历史，现在古茶园中的茶树，百年以上树龄的有22545株，五百年以上树龄的有4954株，全部都登记在册，每棵树都有各自的身份和身份证。这些古茶树生长得高大粗壮，树高多在五米以上，主干粗壮挺直，枝杈挺拔向上，亚和先生带我们到冰岛古茶园的时候，当地的朋友介绍说：今天我们所称的冰岛，不是以前土司种茶的小茶园了，而是包含了五个自然村的冰岛村委会，除冰岛外，还包括南迫、坝歪、糯伍和地界，其中坝歪和糯伍属于东半山，而其他几个村子属于西半山，冰岛是唯一跨两座半山的村子。

冰岛老寨的地理位置非常好，恰好位于山体的东坡以及东南坡，每天早上太阳一出来，就能迎接到第一缕阳光的照耀，这个时候的阳光既柔和又情意绵绵，体感温度就像是在深秋里的被窝里被你所爱的人拥吻，再加上1800米高度的海拔，每天都被云雾缭绕着，早晚温差大，所以茶叶里面的氨基酸含量特别丰富，喝到嘴里的滋味，要比其他茶山的口感更全面，鲜甜度和含糖量也更高，还有一些名气比较大的茶山如附近的磨烈、小户赛、大户赛、懂过等寨子，也都在山的东南坡，所以茶叶品质好，价格也卖得高。如果是在山坡西边的茶树，每天下午就会面临着太阳的西晒，西晒的直射光特别强烈，这样的直射光照多了，茶叶的苦涩味就多，所以山坡西边的茶叶品质不如东边和东南边的。而处在山坡北面的茶叶，因为长年日晒时间短，得不到足够的光合作用，茶叶喝到嘴里，既苦又涩，在喉咙里咕嘟半天，都难以下咽，大家都不喜欢喝背阴地方采摘的茶叶，就是这个原因。

亚和先生既是双江的主人，也是一名出色的导游，他在茶园里，一边带领大家仔细参观，一边绘声绘色地讲解。他几乎是在不经意间，在不同的茶树上随手摘下了几片叶子，在一个稍微平坦一点的开阔地，对着我们几个普洱茶小白说："你们看看我手中的这几片叶子，有什么区别吗？"大家几乎是异口同声地说："一样的啊，没什么区别啊！"

我也没看出有什么区别，在同一片茶园地里，茶叶还能有什么区别？好奇心驱使我拿起他手中刚从树上采摘下来的那些鲜叶，仔细研究了半天，只看出了叶片大小的区别，有一片叶子明显比其他的叶子要小。"对了，你还是看出了其中很关键的一个区别。"亚和先生对我竖起了拇指，面对我们这些小白，他知道提问是没用的了，便用他当过多年教师的耐心，给我们现场普及起了冰岛茶树树种的一些细微的区别。1981年6月"云南省地方茶树品种征集"考察组曾经在冰岛做过一个普及调查，当时一共调查登记了五个普洱茶的品种类型，第一个品种是大长叶形的，什么概念呢？就是叶片扁平，长宽比要在2.5以上的，第二个品种叫做大黑叶形的，叶片肥大，叶面暗亮，叶面两边微微向中间翘起，第三个品种叫冰岛大绿叶茶，叶片呈椭圆形，长宽比在2.0—2.5之间，第四个品种叫冰岛圆叶茶，叶形要比前几个品种圆一点，长宽比在1—1.5，介于圆与椭圆之间，还有一个品种叫冰岛小黑叶茶，也就是小叶种茶，叶片明显要小于其他大叶种的茶，就是我一眼看出来的那片比其他叶子小得多的茶树叶，为什么呢？因为它退化了，这是物种的物竞天择的结果，总共五个类型。亚和先生说，现在我们看到的冰岛茶园里，是五个类型的茶树材料共存的，全都有。刚才在你们眼里，看见的是我很随意地摘下几片茶叶，而我却是在认真地边挑选边采摘的，我每个品种都选了一枝叶子。当谈到这五个类型为什么会在同一片茶园里共存时，亚和先生说，这是因为在几百年的时间里，茶树在自然的进化过程中慢慢杂交形成的，我们最后在国家茶研所备案的冰岛茶树品种，是用第一种长叶形备案的，也就是说我们现在所说的冰岛茶，是长叶形的勐库大叶种茶，因为长叶形的茶树是目前冰岛老寨里数量最多的。

队伍继续往前走，有人看见有的地方有两棵茶树紧挨着生长的，有的地方还有三棵茶树一起生长的，就像是双胞胎和三胞胎，茶树的根部几乎都是连在一起的，就问亚和先生：在这里会不会是一棵茶树代表一个民族？两棵树一起生长的，就说明傣族和拉祜族亲如手足，三棵树一起生长的，就说明拉祜族、傣族和汉族像三兄弟一样亲密无间，一起沐浴着勐库大雪山的阳光和雨露？亚和笑了，说，“你们说的都对，确实是这样的。”两棵树一起生长和三棵树一起生长，其实是跟它们的种植方式有关，茶树有两种育种方式，一个是点播，一个是扦插。点播就是我们的茶农在地上挖一个坑，随手丢进去一颗茶树果，把土一埋，就等着它生根发芽了。我们的老祖先挖完坑，在里面放茶果的时候，有时候过于随意了，随手丢进去两棵，或者三棵茶果，甚至一把丢进去，如果多数成活的话，那么长大后，就是我们现在看到的两颗茶树或者三颗茶树甚至一堆茶树长在一块儿的情形了。你别看他们长得像双胞胎或三胞胎，其实每棵树都是姿态各异，都有着自己的血液和血统，都有着各自的性格和脾气，因为不是一个爹生的，所以表面上看起来，它们在一起那么和谐地生活了几百年，其实按血缘亲疏的关系来说，充其量只是表兄弟和堂兄弟的关系，还不能称其为双胞胎或者三胞胎。还有另一个育种方式就是扦插法，直接剪短穗扦插到地里或者嫁接在茶树基部，不需要茶果做种子，这样就可以成规模地种植了。现在许多先进省份，像四川、贵州、湖北以及江浙一带的绿茶，用的多数是扦插法，因为离茶的原产地越来越远，所以茶树的叶子也退化得越来越小，我们现在喝到的毛尖、龙井等等绿茶，许多是扦插出来的小叶种茶，属于无性繁殖，做出来的茶叶，基本没有什么口感上的变化，因为内涵的物质都是一样的，物种也没有变异，所以个体差异小，更谈不上有个性了。

都说喝茶的尽头是喝普洱茶，如果你平时是喝的绿茶，比如龙井、毛尖什么的，一旦接触到普洱茶，便会被它的滋味所吸引，会流连忘返，逐渐忘记了绿茶的味道，就会初心忘尽。因为相比起普洱茶来，绿茶两三泡以后滋味全无，而一般的普洱茶，十多二十泡以后仍然汤色明亮，味道如初，有些好的普洱茶，甚至能泡三四十泡。如果反过来，一个人从来都是习惯于喝普洱茶的，你让他喝绿茶，让他喝好几千甚至上万块钱一斤的上好龙井，他也是喝不习惯的，因为实在是太寡淡了，比喝白开水还难受。为什么会有这种情况呢？云南的大叶种茶为什么就是比内地的小叶种茶好喝呢？亚和先生用解剖学的知识为我们上了一堂课。他把手上拿的一片肥大的茶叶从中间齐刷刷地掰断，一分为二，让我们看叶片的横截面，叶片里面有一个组织叫栅栏组织，另外还有一个叫海绵体，栅栏组织是储存叶绿素的，小叶种的栅栏组织大概有两到三层，所以小叶种的叶片看上去更暗绿，大叶种的层数更少，所以看上去要更鲜绿，另外云南大叶种茶的海绵体有三到四层，小叶种的只有一层，海绵体是储存营养的，你光合作用制造出来那些内涵物质，总得有一个地方储存吧？所以大叶种有那么多层的海绵体，就存得住，味道就浓，就酽了，而小叶种的海绵体只有一层，即使光合作用比较好，也存不住，大部分内涵物质就流失掉了，所以味道就淡，就不经泡，这就是为什么两三泡以后就滋味全无的原因，大小叶种之间在解剖学上的、生理结构上的根本差异，造成了云南大叶种和内地小叶种之间形成的口感和内涵物质上的最本质的区分。

看来当过老师的人就是不一样，摆事实，讲道理，有根有据，论据充分而踏实，别人可以怀疑，但是你也得有怀疑的能说服别人的数据和论据啊。具体到冰岛茶为什么好喝，为什么回甘快，为什么含糖量高，为什么鲜甜度高，亚和先生用“水浸出物”这个专用术语来说明这个问题，并又拿出了一组具体的数据。

水浸出物指的是在规定的条件下，能够溶解在水里的所有茶叶里面所含的物质总量，如果冰岛茶在采摘的时候，真正能做到一芽两叶，那么它的水浸出物的含量就能达到48%，而普洱茶的国家标准是35%。水浸出物越多，证明里面的物质含量就越多，云南省内能达到48%的茶区不多，勐海的老班章能达到，其他的茶区很吃力，但冰岛茶的儿茶素含量要比班章的稍微高一点点，冰岛如果全部用嫩叶的话，水浸出物的含量最高能达到52%，所以说一个茶区的茶好不好喝，是有指标值的，是要讲科学、用数据说话的，而不是虚张声势的，不是闭着眼睛说瞎话的。另外冰岛茶的氨基酸和茶多酚的含量也远比其他茶山的高，茶汤里的茶多酚和氨基酸的比例也比较合理，这就是它好喝、回甘快、内涵物质丰富并且卖得贵的原因和理由。

真是茅塞顿开，以前都说某个茶区的茶好喝，只知道好喝，并不知道为什么好喝，所谓知其然而不知其所以然，现在经亚和先生这一番释疑和普及，总算知道了一点皮毛和大概。

在几棵巨大的茶树周围，正好看见有几位茶农在搭架子，搭架子是为了采茶，这在南方是不可思议的事情，南方的茶农们如果没有到过云南的普洱茶区，它们做梦都不会想到采个茶还要搭好几米高的脚手架。以前搭架子用的是钢管，现在为了环保，也为了不破坏茶叶本身的香气和周边的微生物群落，改成了用竹子搭，粗大的竹架子搭好后，采茶的小妹妹小姐姐，甚至是阿姨们就可以光着脚丫子踩在上面悠然自得地采茶了。采茶也得看天气，阴雨天不能采，如果太干旱了，茶树的鲜叶发不出来，也没有茶可采，所以说茶农许多时候也是要靠天吃饭的。

叶片的正常寿命是一年，每年都会脱落的，长出多少新叶，就会脱落多少老叶，老叶子不落，新叶子就没法生长。新叶子刚发出来的时候，自己本身是不能够制造养分的，要等到30天以后，才能自己制造养分养活自己，那么在这刚新长的30天之内，嫩叶是靠什么来维持生长的呢？就是靠邻近它的那些老叶子，老叶子通过自己的光合作用，把剩余的营养和养分无私地提供给身边的嫩叶，他们的关系，就像是父子或母子的关系，父母对未成年的孩子有抚养的责任和义务。这么说来，老叶对新叶是有养育之恩的。

冰岛茶现在卖得确实很贵，那些古树茶，动辄十多二十万元一公斤，因为资源有限，所以虽然贵点，却也不愁卖，事实上是供不应求。现在茶农采茶，都是混采，就是整个寨子的茶不管哪棵树上的，采回来以后全放在一起炒制，不分品种类型。如果以后想要把茶叶做得更好，更有个性，滋味更加独特，与其他人家或品牌有一个明显的区别，在价值以及价格上与同一茶区的人拉开距离和档次，能不能做得到呢？当我把思考已久的这个问题抛给亚和先生时，他沉思良久，看来他也一直在思考这个问题。他说，要想在冰岛茶区做出与众不同的茶，也不是没有办法，但是也有许多现实的困难。现在的茶叶虽然是混采，但只要是真正的冰岛老寨的茶叶，品质上就已经是非常优秀了，要想更上一层楼呢，那就是前面提到的五个品种类型分开来采，各自单独做，比如想要做一款甜度高的，就用长叶形的，想要做一款浓度高的，就用大叶形的，等等。这样每一个品类的口感就会更加突出，形成各自独特的风格，人的味蕾一旦适应了这些新的风格，就会调动全身的细胞来赞美它，欢迎它，这时候，这些单独做出来的品类，就会鹤立鸡群，有着自己全新的定位和品格，如果再赋予他们一定的文化内涵和故事，相信这样的冰岛新品类，有着广阔的市场和美妙的未来。但是现在还做不到，光单独育种就做不到，很困难。等冰岛老寨拆迁完成，茶园全部恢复以后，我想可以建议政府利用一些合适的时机和茶园地，做一些这方面的尝试。

确实是个好主意，做单品虽然成本高，费时间，但优点也非常明显和突出。有个性的人，在人群中往往就能够跳出来，成为众人瞩目的明星，有个性的茶，也一样，也是同样的道理。

前些年我也走过不少茶山，经常会碰到一些争论，比如说那些深山里的古树普洱茶需要施肥吗？需要翻地吗？往往是公说公有理婆说婆有理，没有一个定论。现在正好碰到有理论有实践的亚和先生，那要认真讨教一番。我问：古茶树需要施肥吗？亚和先生说，那要看周围的情况，要看大环境，不能一概而论。如果这一个片区枯枝落叶多，空气流通好，腐殖质多，土壤疏松，能够给古茶树提供足够的有机肥，那就基本不需要人工施肥。

我知道树木的营养主要来自于氮肥，那么森林深处的、那些大山里的普洱茶园的营养又是从哪里来呢？我们也知道热带雨林里的生物产量是最高的，它们的营养、就是那些氮肥又是哪里来的呢？亚和先生问我：你见过大森林里的闪电吗？我想了想，好像还真的没有亲眼见过，但是在电影电视里是见过的，尤其是在一些纪录片里，那个场景还是很震撼的。亚和先生说，空气里氮的含量占98%，在森林上空的一次电闪雷鸣中，神奇的大自然就把空气里的氮，分解成了硝态氮和铵态氮，它们与雨水结合后，进入土地里，这就是给森林、给大山深处的古树茶园施肥了，所以我们大部分的古树茶园，是不需要人工施肥的。我前面已经说过了，亚和先生天上的事情他知道一半，这大自然的一次闪电就能给森林树木施肥，我还是第一次知道这个常识。接下来他话锋一转，说，虽然不用人工施肥，但是给茶园翻土、挖地还是很有必要的，如果我们不挖地，不做好储备工作，一旦老天爷下雨，给我们营养，它们就会随着板结的土地流失掉了，存不住。陡坡为什么始终是最贫瘠的地方？因为水土流失严重，养分存不住。我们要知道，一斤鲜叶，要从土壤里带走七斤的纯氮，如果土壤水分和营养存不住的话，茶叶的质量和产量，都会出问题的。

我说，但是我知道还有很多茶农反对翻地，说这会破坏土地里的菌群和微生物，翻地的话将会导致茶叶减产。亚和先生一笑，说，翻地有很多作用，第一个是疏松土地，特别是高寒地区的土地，要升高土温，这样，土壤里的微生物就活跃起来了，微生物活跃起来，土壤自身的造肥能力就提升了，土壤的活性就增强了。我们农村里有一个地膜覆盖的技术，最主要的作用就是提高土温，刺激土壤微生物，让它的活性增强，有了地膜覆盖技术之后，作物的产量能提高好几倍。如果我们的古树茶园不去提高土壤温度的话，土是僵的，板结的，再加上空气流通不畅，久而久之，茶树就会缺少养分而生长不良，甚至枯萎、死亡。所以说，土壤的熟化过程最重要的一环就是去翻土，这是非常有科学道理的。我们可以不打药，不施肥，但是一定要挖地，把枯枝落叶和杂草翻进土壤里，微生物也有了食源，所以这是一个循环链，生物链和食物链完整了，我们的古茶园，才能有更多的产出和更高的质量，我们的茶农，也才能过上更好的生活。

听了一上午的课，收获满满，下午就在冰岛老寨的茶农家里喝茶，听当地的茶人讲这几年发生在冰岛的故事。茶农自己采制的茶跟外面市场上流通购买的茶区别还是挺大的，在冰岛老寨，我就像是茶神的座上宾，受到了最热情的招待，喝到了很多款的、不同年份的老茶，真的是唇齿留香，三日不散。在冰岛，所有的故事都跟茶有关，所有的外地人都为茶而来，冰岛的茶农穷了几百年，几百年来，茶农都活在饥寒交迫之中，活在贫困线之下。就最近这十多年，突然变天了，像换了一个世界，所有冰岛人都一夜暴富，年收入几十万的，在冰岛都算穷人，听起来像天方夜谭，但事实就是如此，你不得不信，他们的一夜暴富跟北上广的拆迁户一样，都是祖上积的德，跟他们自己关系甚少。祖上已经把该吃的苦，早就吃完了，现在受惠的，是他们的儿孙。

如果真有泽被子孙这一说，这不就是么？只是老祖宗吃的苦，太多太多了，真有点心疼他们。

贾梦玮，文学博士，现任《钟山》主编、《扬子江文学评论》主编，江苏省作家协会副主席、书记处书记、散文委员会主任。有散文随笔、文学评论若干见于报刊，结集出版散文随笔集《红颜挽歌》（岳麓书社1999年版）、《往日庭院》（百花文艺出版社2005年版）、《南都》（华文出版社2017）等。获多种文学创作、文学编辑、文学评论奖项。

天下茶多

贾梦玮

20世纪60年代初，云南双江县忙糯乡小必地后山古驿道附近发现古老石刻，其中有一块石头上刻着“天下人多”四字。虽不知作者名字和年代，但在我看来，写下这四字的人确是位大诗人。天下人多，虽只有四字，但意蕴丰富，可以做多种阐释。如果是在远古时代，这算是伟大的表达。

双江的石刻应不是最古老的，但双江是勐库大叶种茶的源地，是人类最早进行茶树栽培和驯化的地区之一，堪称古老。如今这里是茶的天下，天下茶多。有古老的茶树，也有新栽的茶树苗，和人一样，每一棵茶树，每一片茶叶，都是天下唯一的；更重要的是，茶被一次次采下，又一次次长出新芽。真是：天下茶多。

这次到双江，我们是来访茶、喝茶的，因此我们的主要时间都是在看茶园，比如新栽种的亚洲最大的红茶园，还有独特的藤条茶茶园。

最震撼的当然还是冰岛老寨的古茶树林。对于我这个看惯了江南灌木茶地的人来说，见到称得上参天的古老的茶树，真是被镇住了：这是茶？这就是云南勐库的大叶种茶，是茶的老祖。几百年的老茶树，树干上已经长出了“老年斑”，但它每年产出的春茶，确如新生的婴儿，老而弥新，老而清新。

还有喝茶，当然都是当地的茶，红茶、熟茶、生茶，一方水土一方茶，同是普洱茶，同是双江的大叶种茶，同样是冰岛茶，我这个粗人居然也能喝出它们的细微差别。茶专家告诉我，同一片茶园，向阳还是背阴、向风还是背风、山腰还是山脚，都会使出产的茶叶有细微的差别，不要说不同的寨子、不同的年份、天气了。我去双江的那段时间，全国多地的朋友和我通电话，听说我去了冰岛老寨，兴致勃勃地跟我说了一大通冰岛茶的特性，他们喝冰岛茶多年，自然比我有更丰富的茶感。给我的感觉，冰岛茶的粉丝似乎已经遍布各地、各个角落。

得不到才是最好的，想象中的也是最美好的。在双江，我们住在勐库镇公弄村古茗之巢半山酒店，坐在酒店的阳台上，正好可以远远地见到大户赛、小户赛、豆腐赛三个古茶村，他们总是云雾缭绕，不同的时间不同的状态，变幻不定。那里的每棵茶树立足于各自的一方天地，吸吮着天地灵气，成就了每一片茶叶，每一片茶都有着自己独特的茶气……我每天都有一些时间坐在阳台上，如此神游，用想象品味着对面茶村的个性不同、风味各异的茶，幸福得无以言表。

这次到双江的计划里本有一天是要访问勐库大雪山，后来因天气原因未能成行。据说在那里有世界上海拔最高、密度最大的野生古茶树群落，大部分树龄在千年以上，是世界茶树起源中心之一。古茶群落分布在勐库大雪山海拔2200—2750米的山腰上，这里年均温度低于11℃，年降雨量达到2000毫米，为茶树的生长提供了最好的自然条件。因为处在人迹难至的原始森林中，直到1997年发生干旱时才被世人发现。我想那里一定是个仙境，那里的茶祖们都过着神仙般的日子……

双江的远古先民说出“天下人多”，称得上是伟大的诗人；今天我在双江说“天下茶多”，茶树们世代同堂，夸赞双江的茶好时，跟诗人就挨不上边了，因为我只是说了几句大实话而已。

胡弦，诗人、散文家，著有诗集《沙漏》《定风波》、散文集《风的嘴唇》等。获《诗刊》《星星》《作品》《钟山》等杂志年度诗歌奖、花地文学榜年度诗歌奖金奖、柔刚诗歌奖、十月文学奖、鲁迅文学奖等。现居南京。

冰岛行记　胡弦

1

这次去参加的活动叫“冰岛·茶山行”。冰岛，国名。但这次要去的冰岛，却是云南双江一个地方的名字。冰岛，傣语“扁岛”或“丙岛”，意思是用竹篱笆做寨门的地方。不过现在提到冰岛，就像提到老班章、昔归、易武等山头茶那样，大家想到的大都是普洱茶。

雷平阳说，普洱茶一直在演变，有些过去盛极一时的山头茶，现在反而没落了，有些新的山头茶却冒了出来，风头正劲。后者，冰岛就是一例。

双江，县名，在云南临沧市，因澜沧江、小黑江在这里交汇而得名。从南京去这个地方，要在昆明转机，我上午出发，到走出机场，坐上前往双江的小车子，大半天已过去了。窗外的天渐渐黑了下来，一团晃来晃去的车灯光里，公路变窄，明显更崎岖了。我有点疲倦，靠窗俯瞰，偶尔一些零零星星的灯火在远方闪动，那是散落在大山深处的村落。

终于到了宾馆，整个山顶就这一栋宾馆，周围全是密林。已经八点多，此时在内地是吃夜宵的时间了，在山顶，宾馆却是热闹的，一群姑娘、小伙出来迎接，身着各种民族服装，使我即刻意识到，这里已是少数民族地区了。有懂行的朋友已经从他们的服装上辨认出了哪些人是傣族，哪些人是拉祜族、佤族、布朗族。

说是来品茶的，晚饭开始，更像是来干酒的。我喜欢云南菜，尤其在这样的地方，更能见到许多没有吃过的菜肴。云南是植物王国，也是菌类天堂，鸡枞、羊肝菌、松茸，都是我喜欢的菌子。我因为不喝酒，专心品尝菜肴，结果很快就吃饱了。往往是这样，当我吃饱饭的时候，他们的酒才刚刚喝得入巷。

然后歌声响起，姑娘、小伙子们唱着歌敬酒来了。云南民歌好听，我不能饮酒，就退到一边观看，听了一会儿歌，就悄悄退了出来，在院子里散步。和吃饭的房间有了一点距离，那房间充溢着光，像半透明的，歌声也变得隐约，周围全都安静了下来，我忽然意识到，此时的空气如此新鲜，似乎从未呼吸过这么好的空气。想想也是，今天我呼吸的空气，是大都市的，是出租车内的，是机场大厅的，是机舱里的，是中巴车内的，而现在，才是古老天地间那种最原始的清新空气。空气中的内容仿佛也突然空掉了，没有喧哗，没有悄声私语，没有戏谑欢笑，甚至没有歌声。这安静，是在所有喧嚣的尽头等着我的那种安静。

刚落过雨没多久，地上还有点潮湿，清凉的风送来了虫鸣。只是我走到哪里，哪里的虫儿就息了声。对于这些小生灵来说，我的脚步还是过于沉重了。

2

在鸟鸣声中醒来。这是久违的幸福的早晨，仿佛带着童年的记忆。

早餐也好，吃到了味道极好的米线。

早餐后品乌龙茶。我原以为乌龙茶以台湾、福建为佳，没想到此处的乌龙茶别有风味，此款乌龙茶汤色明澈橙红，像醉酒后的贵妃，一问，才知其名东方美人。由于品饮的地点是在山巅突出的平台上，俯瞰山川，一堆堆锦绣朝远方滚去，连带觉得这茶滋味，也比他处更胜一筹。

品茶自然要说茶故事。据说东方美人茶的发明颇有意思，茶树上有种害虫叫小绿叶蝉，以吸食茶嫩芽汁液为生，能致茶叶萎缩焦枯，后来有人发现，凡经小绿叶蝉吸食过的茶芽，做的茶入口甜润，有独特的花果香味。如此，不但这款名茶问世，连带小绿叶蝉也由害虫变成了益虫。

我还发现，谈茶，座中多人都堪称专家级别，但真正的专家是一个叫徐亚和的人，后来在茶山的栈道上散步，我提问一些关于普洱茶的知识，我的茶知识，尚处在需要科普的阶段，但这位大专家解释起来不厌其烦，让人感动，也能感觉到他对茶那种绵长而内蕴的热情。他扯过一片茶叶给我看，说这就是大叶种，叶种的大小，分辨方法有二，一是看叶子的面积大小，二是数叶子上的脉络，我们数了一下他手上的这片叶子的侧脉，竟然多达10对，他说，8对以上的，可认为是大叶种，6—8对的是中叶，6对以下为小叶。

双江地处北回归线，有个好听的叫法，叫太阳转身的地方。太阳转身，茶叶却没有，他说，云南才是茶叶的故乡，在汉代已有对宫廷的进贡。茶树北行，到了滇中出现中叶，到了江南丘陵地带，已为小叶茶，代价是脉络变少，叶片变小，茶树，也由乔木变成了灌木。

然后我们下山去勐库，看饼茶的制作过程。在压饼车间，看工人们手工压饼，把散茶放在布袋儿里，包裹，在蒸汽里过一下，再鞣制造型，然后放到一个石头墩子下压制，此情景，是做茶人的日常，对我们却是新鲜的，大家纷纷动手，有人连压数个，仍乐此不疲。然后有人拿了卡片来，让我们填上名字，估计是要每人赠送一饼吧，卡片放在绵纸里，类似内飞，有纪念意义。

但今天印象最深刻的，却是到另外两处的参观。先去一个叫景伉的古村，车子开到村中，见到了金碧辉煌的佛塔，从其造型看，我才知道此地的佛教与内地有异，已为南传。然后我们去喝糊粮茶。我们来到一个设计颇有后现代风格的房子里，古老的榕树穿壁而过，庞大的绿色树冠在玻璃屋顶上晃动，我们看似坐在房子里，实际上是坐在一棵大树下品茶。糊粮茶是一种炭烤的茶，木材燃烧，吊着的粗瓷茶罐不知用了多久了，已烧成了乌黑的蛋蛋，傣家小妹先是把米放进去烤，待到米散发焦香味了，再放入普洱茶一同烤，然后把它倒出来，用沸水冲泡，加入红糖，就是我们喝的糊粮茶了。我想起我的家乡也有一种糊粮茶，就是把面饼掰碎炒糊了，泡水喝，有消化积食的作用。此间的糊粮茶亦有此效果，几杯下肚，感觉周身出汗，通体舒泰，齿颊间的留香久久不散。

然后到了一个做茶器的作坊。作坊在深山里，路很难走，车子颠簸半天，停在一个简陋的院落前，看外表像个废弃的厂子，进去后却豁然开朗，别有天地，是个后现代气息浓郁的艺术工作坊。大大小小的盆盆罐罐，成品与半成品，一看就颇有品位，皆为小众风格。除了传统的柴窑，还有烤面包的窑，树下摆着躺椅，室内外皆有茶桌，棚子下甚至有个供乐队用来表演的舞台。我们吃烤面包，喝土酒、咖啡，听吧台那儿一个民谣歌手有一搭没一搭地唱歌，然后是几个人在粗坯上蘸着涂料写字，岳敏君、雷平阳、谢有顺和我纷纷动笔。我字有点差，上来有点不好意思，特别这种涂料画在瓷土上的感觉和在纸上写字完全不同，后来才慢慢放开了，大大小小的杯子、罐子，写了几十个，不知天已经黑下来了，到临走时，仍有意犹未尽的感觉。

今晚，我们到另一个酒店入住，和头一晚相似，车子在黑夜中往深山里走，直到天黑透，我们来到了一个地方，叫公弄村。然后又是吃土菜，喝土酒，唱歌，然后又是我在他们的歌声中溜出来，在寨子里走走。与昨晚的宾馆不同，这里是典型的山寨，坡度很大，房屋建筑错落有致，我从吃饭的建筑出来，沿着台阶上行下行，有时仿佛在从人家的屋顶上走过，但路在黑暗中拐弯，又通向了其他的地方。后来，一个亮着灯的屋子里传来机器的声音，我站在门口观看，原来是有人在给鲜茶炒青，那是个电动的大锅，缓缓转动，一个大汉随着锅炉的转动不断翻动里面的茶叶。我本来想上去攀谈一下，但看他那样专注，就放弃了这种想法，在门口看了一会儿，就默默退出。

3

早晨起来，走到阳台上，发现入住的民宿下临深壑，几声鸡鸣来自雾中，有种何似在人间的感受，看了下高德地图，看到最多的几个字是“普洱茶初制所”，想起昨天那个汉子翻炒茶叶的情景，明白了初制的涵义，就是茶的杀青。

云雾淡了些的时候，能看见远山的山坡上有个寨子，他们说叫小布寨，产茶，茶就叫小布寨（又名小布赛），味道好，还不太有名，有点类似十多年前的冰岛。

今天继续去看茶园，我们的车子继续往深山里走，山路又弯又窄，真佩服这里的司机，技术极好，开得快，只是人在座位上甩来甩去，我有点晕，换到副驾驶位子上，感觉就更不一样了，有时像在悬崖上快速悬空飘移，挺刺激。从车窗放眼远望，全是莽莽苍苍的群山，路边时有茶树闪过，平阳介绍说，这种茶树叫藤条茶。

过了一个叫坝糯的寨子，车子来到一个茶业研究所，很简陋的场所，我们品了会儿茶，味道也是极佳的，然后来到院子外的茶园里，看到了那种藤条茶，也理解了它名字的由来，这种茶树没有主干，每个枝条都像是藤条，一条条细枝乱蓬蓬地在风中舞动。这种树形是修剪所致，好处是能更好地接受光合作用。这些树看上去并不大，也不高，甚至有点像灌木，但都是古茶树，最老的已有数百年茶龄，年轻的也在七八十年以上，徐亚和说，这茶树上的茶果落地，就会生出新的树苗，这样的一片茶园，几乎是四代同园。

下起了雨，一阵风来，那些枝条在风中荡来荡去，又有点像鞭子。当我说出这个感觉，一位当地的朋友说，不错的，藤条茶其实原名就叫鞭子茶。

我又看了看，觉得叫发辫茶也可。但没有说。

午饭后继续翻山越岭，这次去的是冰岛老寨。

车子停在一个山坳里，老寨便到了，老寨，顾名思义这里原来是有一座寨子的，后来搬走了，仍能看到原来寨子的痕迹，如残留的地基等。不过，我对消失的寨子已不感兴趣，因为无数巨大的茶树已映入眼帘，和上午看到的藤条茶完全不同。这些茶树大都有六七米高，大者甚至有十几米高，如此高大的茶树，我还从未见过。除了茶树，尚有桂花、松树、樱桃等种种杂树，这些茶树与其他树处于伴生状态，据说，这样的生长才是正确的，如果只有大片的茶树而没有其他树，茶叶的味道会单薄，那样的茶园会被称作绿色沙漠。

我们沿着曲折的小路上山，山坡有点陡，我们走得也小心。这些树的采摘权，都已被买家们买掉了，让我感到奇妙的是这些树的命名，比如三圣（三棵茶树）、茶尊、王子、拉祜王、拉祜皇后、兄弟等，毫无疑义，这些都是极其珍贵的茶树。同行的有作家苏童，我忽然想到他的小说《妻妾成群》，用到这里也合适。又想，这里王和皇后、王子都有了，从称谓看，冰岛确实可以称为一个国了。

我们来到一棵很大的茶树前，看到一块石碑，碑上刻着“冰岛茶树王”五个大字。布朗族的导游小姑娘介绍说，这棵树的采摘权也已被人买走，我们问价格，她沉吟了下说，一年168万。大家惊叹声起，再问，才知道，这棵树的一年产量，春茶加上秋茶，大概也只有十公斤。这些茶叶绿油油的，但在我眼里，已与金叶子无异。想起雷平阳曾给一个普洱茶品牌命名为水黄金，的确堪比黄金了。

导游说，冰岛五寨，老寨是其中的一寨，最老的树过了千年，此地500年以上的有4000多棵，五寨共27000多棵。这些树无疑都是至宝，可过去的人不知道这些，有砍了老树做烧柴的，有砍了盖屋子的，也有把茶园砍了种粮食的，在当时合情合理，现在看，已是荒诞的行为。

山坡上一栋房子，是茶道体验馆，我们去品茶。连品几款，新旧皆有，价格是每饼几百到几千的，价高者味道自然更好些，冰岛茶口感甜度高，茶气足，回甘好，优雅的香气中带着甜蜜香，品茶赏景，自是人生乐事。馆里摆了许多架子，上面放有许多茶饼，品茶的间隙起来观看，看到了许多巨贵的老茶，比如一款2006年的冰岛王子，标价竟然11万元多。是的，在这茶香之外，是看不见的资本的手在运作，你品味的每一段茶香，可能都已经过了资本的上下其手。

看完了回来再饮茶，忽然觉得味道没那么好了。

然后我们去炒茶。这是今天的最后一个项目了，先戴上白手套，再把鲜叶放入炒锅，不断用手翻腾，无数碧绿的鲜叶在怀中跳跃，而我看不见自己的手，一对白手套取代了我的手在操纵茶叶，手套，仿佛在幻化成我不认识的另外的手。

4

今天的旅行按照原计划，是要去看万亩野生古茶树群落，需步行11公里。但天气不佳，雨下个不停，路上可能会存在不可预测的危险，行程就临时取消了。颇遗憾。所得是下雨天正好品茶，人神闲气定，茶味道亦好。同时品读些古人的茶诗，又多生滋味。看到明代魏时敏《残年书事》一诗有云：林泉深处足烟霞，流水寒云八九家……待到春风二三月，石垆敲火试新茶。现在居深山，烟霞是足的，只是绿茶尚新，普洱却尚陈。敲火，则是煎茶吧。又读柳宗元《夏昼偶作》，中有“日午独觉无余声，山童隔竹敲茶臼”句，想起唐宋时的茶，和现在的饮用大不同，茶道中的煎茶、点茶，满满都是技术和艺术，过程也繁琐，陆羽《茶经》对茶道论述详尽，他提倡饮用以茶饼碾碎而成的末茶，以米粒大小为宜。煎茶前先烤茶，将饼茶“持以逼火”，并且不停翻动，烤好的茶要趁热包好，以免香气散失，至饼茶冷却再研成细末，冲泡时用茶筅击打茶末，等等。最奇妙的是，古人会用温酒作为水来点茶，饮用起来不知是什么滋味。况且酒一般作俗物看，如唐代高僧皎然说：“俗人多泛酒，谁解助茶香”。僧人自然是不喝酒的，所以茶也可能分外香。不过此次同游诸人，大都是无酒不欢的。茶与酒，说到底都是着了相的物，和抽象精神的联系不必较真。俗与雅的转换，玄玄乎乎的，尤其现在都市里流行的茶道、香道等，似乎更像是一门玄学。

下午是研讨会，大家说了啥，此处略过。只是众人发言时，我在看一幅关于勐库茶区的地图。勐库有大雪山，海拔三千多米，山顶有积雪，原始森林密布，大叶种的古茶树遍布其间。大概是经过了雪山的降温吧，山风常年吹拂古茶树，才产有如此好茶。冰岛茶有广义与狭义之分，狭义的冰岛，就是单指我们去过的冰岛老寨，广义的则指冰岛五寨。除了冰岛老寨，其他四个寨子这次都没去，分别为南迫、地界、坝歪、糯伍。眼前的这幅地图，勐库河居中，邦马山和马鞍山分列左右，如果以河为主脉，两山则是叶片的两半，上面大大小小产茶的村寨分布在侧脉上，于是一幅地图，看上去正像是一片天然的茶树叶。

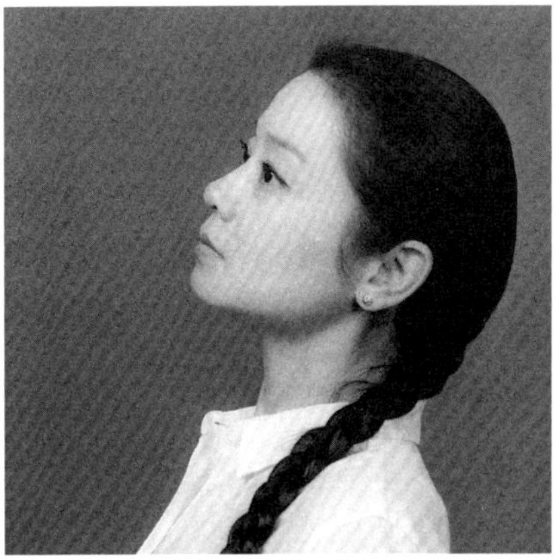

渝儿，诗人，舞者，国家健将级艺术体操运动员，曾在大学执教，也曾就职于上海歌剧舞剧院。舞蹈生涯期间开始撰写散文和舞评，参与及策划当代艺术展览，开展艺术教育项目并积极投身艺术公益事业。

近年开始诗歌创作，著有诗集《暮春秋色》《灯光下》。曾参与“天问诗歌节”“青海湖国际诗歌节”“成都国际诗歌周”等活动，2019年参加哈瓦那国际诗歌节，连续七届参与“北京诗歌节”并获“第七届北京诗歌节金向日葵”奖。2021年当选北京诗歌节理事会主席。作品被译成英文、西班牙文出版。

以多重艺术经历，从身体的舞蹈语言延展到视觉的艺术空间，再将视觉经验转换为文字形式，跨界、游离，探索创作的多样性和个人化。

茶山印记　渝儿

我迷茫地望着窗外那些快速退后的枯叶和枝椏
已是冬月的天，阳光透过灰蒙蒙的蓝却也洒出金黄的影子
它们排布在沿街的路面和马路牙子
透过车窗的眼光穿过它们，像穿过一排排散乱的琴键
光影里间或有旋律在跳跃、闪现，却捕捉不见
透过玻璃窗的注视，这些景象像默片一样一帧帧地在午后的光阴里流逝

努力地在记忆里打捞那几个模模糊糊的日子
光秃秃且节节退去的树影在我出神间渐渐闪回那条清碧的山路，也是午后
透过玻璃窗，一簇簇深绿的树影擦拭着尘蒙的眼眶

一早的飞行魂儿还没跟上落入大山的身体，朦胧的山景

见不到天，满目都是浓郁的叶子和水汽氤氲的玻璃

记忆里没有太阳，窗外的景观像是透过一杯冒着热气的清茶，看着山林模糊，山路漫长

天南地北来的，带着眼睛、带着舌头

一车人东倒西歪，在长长的山路上行进间或是坠入梦境

看惯了城里修剪整齐的灌木和稀稀拉拉秋风里的萧瑟

一个深山古林的约定便是心底长久的期许

在长满青苔的山野

清幽的山峦，清甜的枝叶是憧憬时分的注解

多年前的一个海边

友人的茶席让我在一口茶汤后

顿感心底生出来一棵参天大树

那棵树由黄绿的嫩芽开始，在每一口茶汤里生长，每一口茶汤都溢满山野的草木香

树叶在一日日金黄的汤汁里漂染成隆重的深绿

葱葱郁郁、蔽天遮日，让骄阳退去了天涯

那是一个每天都欢欢喜喜的日子

每个午后都乖乖地守着茶桌

守着心里的那棵大树

终于抵达古茶原乡之境

极目，群山青碧，山间云雾在山坳里缓缓升起

平阳的书里叙述了诸多双江的史诗风云

而我看到的只是大户寨小户寨的人间烟火点缀着半山的轻盈
远山很远，连着深蓝的天，头顶的木棉正绽放炙烈的红艳
和北国的秋色不同，这里似乎还在长夏，还在蔓延无尽的绿意

沿着栈道在半山里盘旋
红色的木棉散落一地
脚步在花朵的身边行进
和站在十几米开外树梢上艳艳的身姿不同
坠落的木棉像织锦的云朵重新编织着山林的颜色

茶人摘了一片树叶递给我
他让我看叶脉的走势和叶片的轮廓
透过叶片我看到一个双江孩子寻梦的脉络，他用现实勾勒出一个神秘世界的轮廓
茶园延绵了目光所及的山场
山风里飘散着由远及近的风云味道
外乡的风霜经过茶汤过滤掉世事的无常
游子在故里用古木给自己搭好一个白昼的安宁床

山腰的水潭映照着洁白的茶花
冰岛茶王张开它茂盛的树冠在阳光下恣意
新近的山民给茶王茶后修建了宫殿，用竹子，来匹配他们的草木之身
宫殿于茶农是用来采摘和打理茶树
于茶人是信念的精神寓所
想起布朗山的茶山之行
班章王被困在一个伤心地

败落的树叶和奄奄一息的树干，是山民的梦魇也是茶人心碎之境
这一处长满苔藓的幸运地，藏于深山与良人而息
密密的树叶上肥厚的皮蜡层太阳里泛出沃土的光晕

大咪地爬满了一丛丛的蜘蛛精
荒凉的山脊布满灰蒙蒙的草皮
疑心这是一片被山火烧烤过的梁子又被烈日长期灼伤的土地
小勐峨的茶人说这里是茶树里的矮人国
只有指头那么粗的枝干在百年的魔咒里藤条飞舞，欲死欲生，向死而生
神奇的茶枝若枯若柔，每每在断裂处萌出新鲜的芽头
布朗人在最贫瘠、最干旱的土地种下了茶树，佤族人在百年后便有了最香甜的收获

窗外的枝头密密麻麻挤占着天空
偶有松柏站立在墙头
北方的冬季尘封着所有的绿，躲在窗前看方块一样的光景
煮上一壶茶，让茶气勾出味觉记忆，再由茶汤的滋味回想满目的山林
我在词语和脑海里演绎
大雪山的风吹过，吹出一季花的白，一季花的红

雷平阳，诗人，散文家，普洱茶文化研究者，云南昭通人，现居昆明。“四个一批”人才暨“全国文艺名家”，享受国务院特殊津贴专家，中国作协全委、诗歌创作委员会委员。出版诗歌、散文集四十多部，获人民文学奖、人民文学年度诗人奖、诗刊年度大奖、十月文学奖、华语传媒大奖诗歌奖、钟山文学奖、百花文学奖、花地文学排行榜诗歌金奖、中国诗歌学会屈原诗歌奖金奖和鲁迅文学奖等奖项。持续关注、考察澜沧江两岸的茶山二十余年，出版茶文化专著四部。

在南迫　雷平阳

罗扎克是冰岛峡谷中南迫村的拉祜族竜头，他用拉祜语向我介绍了一座座大山和二十八尊山神的名字，说他负责带领村民祭祀这二十八尊山神。其中有糯伍科、嘎里克、那若科珠呢、那格妈、扎科伍山呢古门、扎那舍过拉、古崴科、扎吉那铁、日蚌、那阶日阶、哈普妈、鱼磐扎阿、哈朴玛、戈娃、针娃、果猛、贺娃古猛。二十八尊山神多数各有分工，主管不同领域，但也有少数的山神“管理万物”，是全能神，人世间的事情都可以过问、发号施令。其中有两位山神“古崴科”和“扎吉那铁”，前者代表几位山神，后者也代表几位山神，有“诸神合一”或“众神”的意思。他领着我从村庄里一个个插着刀子的窗户边走过，指着一棵榕树和一棵白毛树，告诉我这两棵树上也住着神，不能在树下行污邪的事情。2018年春天，一对广东夫妇进村卖茶，丈夫在山神所在的地方小便，结果回到双江县城后就浑身疼痛，送到昆明去治疗也不见好转，又到处去求医，都无功而返。半个月后给他打电话，他把两夫妇喊回了南迫，他拿着蜡条和糯谷花去到山神面前，念口功（咒语），为他们祈求，山神也就宽恕了他们——丈夫的疼痛神奇地消失了。为了答谢他，广东夫妇备了2袋大米、2箱啤酒、2条云烟和3.6万元人民币，向他磕头，但他没有领受，只是象征性地收取了360元钱。他家的一棵古茶树，有一人合抱那么粗，主干上分出两根枝干，一根是公的，白皮，叶红且薄，茶质无涩味，香味极佳；另一根是母的，叶子黑厚，叶边有齿，茶质苦味和香味非常均衡。此树是冰岛地区著名的“夫妻茶树”，他们会在属龙的日子前去祭拜，而采摘的日子必须属虎：他念完古老的口诀，夫妻俩爬上树，一边唱着情歌，一边采摘茶叶。“夫妻茶树”每年的春茶产量7公斤左右，6600元一公斤，价格永远不变。我和他坐在他家的院子里抽烟时，他告诉我，门楣上用竹篾编的花状物叫“鲁巴”，保佑亲人和牲口平安，而且因为它，那些“不干净的东西”进不了门；墙边的几根棍子撑起一个竹编的漏斗，名叫“阿也”，下面堆着的石头是鸡的房子，同时也保佑猪的平安。我问他——通常的说法，“拉祜”的字面意思是“猎虎的民族”，他认为是否正确?他说，这是不对的，正确的说法是，“拉祜是老虎的伴！”老虎的伴，虎伴，听到这个词的一瞬，我开心得叫了起来。

2022年2月10日下午5:20，蓝色天空沉静地安卧在众多山峦之上，从两股水之间的山神“那阶日阶”和白石岩山神“哈普妈”方向斜照过来的阳光，前一分钟还黄里泛白，后一分钟就黄上加黄，由普通的黄慢慢变成金黄，又由明亮的金黄过渡到氤氲的金黄，均匀地点染在万物向阳的表面。经过一天的筹备，人们已经用剥皮的锥栗木和剖开的竹子将四个竜林围了起来，用骡子运来的新鲜沙土在栏栅内闪烁着纯洁的光芒。罗扎克和他的三个助手是最先出现在寨子南边坡地上的竜林中的，那是一丛芭蕉林，他们赤着脚，在原有的几棵芭蕉旁边新植了几棵芭蕉后，用一根白线在芭蕉林外围绕上一圈，便念着口诀，将一根蜡条点燃。同时，罗扎克在新土上挖出一个小坑，在坑里放一支蜡烛，点燃松明节子，烧断一根白线，又用燃烧着的松明节子把坑里的蜡烛点燃。也就是在罗扎克给芭蕉林缠白线之时，寨子里的人几乎都来到了竜林边上，有的焚烧去年护佑过他们的各种竹编器物，更多的人低着头，蹲着或跪着，挤满了锥栗木栅栏边的台地，靠近竜林的地方有限，他们就蹲跪在下边另外的台地上，甚至挤满了寨子边的空地。锥栗木栅栏的四个角上分别有高耸的木桩，上面插着一绺白纸，同时竜林的四个角上也插着四个竹篓，里面装满了每户人家凑在一起的茶叶，罗扎克用一根白线将它们连在了一起。在罗扎克念口诀之先，有青壮年从寨子里用新鲜的竹筒背来一筒筒清水，口诀之后，就由村长将水洒向四周蹲跪着的人们头顶。人们几乎都背着一个背篓，里面装着的祭品有蜡条、苞谷、茶叶、米花、南瓜子、红豆、茅草绳、漏斗状的竹器（名叫竭波）、米、黄豆和挂在门楣上的"底路八"等等，他们争相把背篓挂到锥栗木上，但因为拥挤，更多的人都将其搂在怀里。根据罗扎克念诵的口诀，洒水之后，一分钟左右又转向竜林，整个仪式持续了半个小时。祭品中的粮食一般都是将要播种的种子，茶叶则要带回家继续供奉，所以在祭拜完芭蕉林后，人们在转向另一座竜林时都要把装祭品的背篓背在身上带走，静谧、肃穆的人群往山坡的另一个方位转移时，人群中有两个人扛着长长的木棍，木棍上面系着一捆绿色的杂草。

在人群中蹲跪，我问了两三个旁人，为什么祭拜芭蕉林而不是磐石或满山的巨木?他们没有听懂我的话语或意思，或确实不知道，无人为我解惑。在创世史诗《牡帕密帕》（牡帕密帕，拉祜语音译，意为造天造地）中，拉祜人的祖先曾经跟着一只马鹿来到了"牡缅密缅"，并在那天堂一样的地方生活下来，但后来因为战争他们又离开了那个他们一直梦想着重返的古老家园，而且，也就是在那段逃离天堂的旅程上，他们的祖先因为躲进芭蕉林，得到芭蕉林的庇护，方才得以避开官兵的追杀。把现在的临沧市临翔区南美乡与勐库镇交界一带指认为“牡缅密缅”，已经是地方史学界的共识。香港科技大学副教授马健雄先生甚至认为——倮黑大山的三次拉祜族起义之所以都要攻打缅宁，绝不仅仅因为缅宁是旧政府的政治、经济中心，更主要的就是因为缅宁即“牡缅密缅”，是拉祜人的圣地，他们想回去。在糯伍村的松树下聊天时，指着南迫村，李彩荣也告诉我——南迫村就是传说中拉祜族人兄妹部落分手、向南迁徙的出发地（意即南迫村乃是“牡缅密缅”的核心），兄妹部落在那儿分开，哥哥的部落“拉祜西”从南勐河东岸向南而行，妹妹的部落“拉祜纳”从西岸向南而行，继而分别走向了忙糯、大文、澜沧、耿马、孟连、西双版纳及缅甸等辽阔的南方区域。在《牡帕密帕》中有这样的段落：

扎倮、娜已兄妹俩，
领着大家搞生产。
挑菜、挖蜜、打猎，
天亮忙到天黑。

早上找到阿戈山，
晚上找上阿沃山。
大橙树下九窝蜂，
蜂窝里做满了蜜。
扎倮、娜已掏来蜜，
一人一份大家吃。

娜已打了一只鹿，
分成九份血，

分成九份肉，
一个民族一壶血，
一个民族一份肉。

扎倮打死一只豪猪，
豪猪分成九份。
娜已那份少，
只有一条尾巴根。

娜已嫌尾巴太少，
埋怨扎倮太不公平。
妹妹带着女人走河尾，
哥哥领着男人走河头。
兄妹二人各走各的路，
郁郁闷闷不快乐。

兄妹走到半路上，
看见蚂蚁在运粮，
大家不分男和女，
齐齐整整排成行。
妹妹看见蚂蚁，
想起哥哥心寒；
哥哥看见蚂蚁，
想起妹妹孤单……

因为妹妹不知道豪猪的体量很小，以为满身长满了粗刺的豪猪一定是庞然大物，误会哥哥在分发食物时不公，只给了自己部落一根豪猪尾巴，就带着自己的部落不辞而别，沿河而下，而哥哥部落为了找到妹妹，也走上了南下的迁徙路。普洱市一带的《牡帕密帕》版本中，对此情节的叙述比较简约，而双江一带的口传史诗中对此则浓墨重彩：各自带着自己的部落，在即将分手时，兄妹俩抱在一起哭诉。哥哥伤心地对妹妹说："阿妹，我们兄妹本该永不分离，是阿哥对不起你。阿哥向你认错，都是阿哥不好，向你认错。"妹妹说："阿哥，我的心被你伤透了，原谅不原谅的话不要说。这是天意，我决心已定。你我兄妹来到这个世上，从小我就在你的呵护下，一起上山打猎，一起练箭。你总是让着我，打着的猎物平分着吃，这些我都记在心里。从你分给我少量的豪猪肉这事来看，你已有了心上人，只是碍于我深爱着你而不好讲。"这时哥哥已泣不成声，心都碎了。此时已是深夜，妹妹说："我们都回去吧！今后妹妹不在你身边，你要多保重。我走了，我带走了那对鸡卦。我把松子顺着拉此厄（澜沧江）岸边撒下，如果有那么一天，你的心想起妹妹，就砍松树上的明节子，点着火把来找我……"当妹妹知道豪猪的体量之小，已经是30年后，她撒下的松子在澜沧江边长成了无边无际的原始森林。

"拉祜西"部落与"拉祜纳"部落是不是在南迫分手的？我不得而知——尽管山顶上的村寨遗址可以作为证据。但在认真琢磨罗扎克在附近山峰上指认二十八尊山神这个"奇观"之后，我疑心南迫村在拉祜人的迁徙史上一定有着非同小可的地位，而且东半山与西半山也的确由此分开，东、西两个部落顺南勐河而下，在神话学与地理学上都无可厚非。当罗扎克领着寨子里的人前去祭拜第二座竜林的时候，天空开始变灰，金黄色的夕照中加入了很多暗淡的元素——比如形形色色的阴影和阳光与地土形成的死角，南迫村沉浸在夜幕降临前喧嚣而又安然的寂静中。望着寨子里匾牌林立的茶叶初制所，想起2005年我第一次探访这儿时的场景：荒烟蔓草，啼鸟低飞，俸健平的手工作坊设置在伐竹人搭建在野山上的竹棚里，我和杨炯坐在竹跳板铺设的平台上抽烟，聆听着水塘方向日蚌山神管辖的青蛙高一阵低一阵的叫鸣，谁也不清楚寨神戈娃什么时候才会把这个僻远的拉祜山寨高高举向空中——而俸健平一边生火做饭，一边有一句无一句地说着他的拉祜族干爹李二八。哦，冰岛峡谷中著名的神枪手，弹无虚发，打死的麂子和野猪堆成山。话锋一转，又说起他的外婆，做了茶，背到临翔区的勐托去卖，翻越“风吹山”，一股从岩石中流出来的泉水名叫“南扎罗”，甜得像糖水，外婆一生最大的遗憾就是临死前没能喝上一口“南扎罗”的水。做饭的浓烟一团接一团升起，俸健平从某一团浓烟中伸出头来，对着我俩咧嘴而笑：“对了，我的原名叫岩福，阿金木是猎人干爹取的！”话没说完，浓烟中传来野菜倒入油锅的吱吱声。“风吹山”也叫“回头山”，因为它横亘在双江与临翔两个区域的边界上，在旧时光里，双江女儿远嫁临翔，到了此山，就要回头再看一眼云烟和密林中的故乡；而临翔人远走双江，到了此山，也要回头望一望故乡：那时的双江是瘴疠之地，不知此去是死是生，能不能重返故乡。

视觉

·张晓刚作品　张晓刚

·80年代张晓刚的读书观察　聂荣庆

张晓刚，1982年毕业于四川美术学院油画系，现在北京生活和工作。

自90年代始，张晓刚运用冷峻内敛及白日梦般的艺术风格传达出具有时代特征的集体心理记忆与情绪。这种对社会、集体、个人以及家庭、血缘的悖谬式的呈现和模拟是一种从艺术、情感以及人生的角度出发的再演绎，具有强烈的当代意义，是当代艺术所蕴世故的中国情境的最佳体现。

其作品曾参加包括威尼斯双年展、圣保罗双年展（获圣保罗双年展铜奖，1994年）、光州双年展、澳洲亚太三年展、上海双年展等一系列国内外的重要群展，并在全球多个美术馆及重要机构举办个展。作品被英国泰特当代美术馆、法国蓬皮杜现代美术馆、德国历史博物馆、纽约MoMA、昆士兰美术馆、日本德岛现代美术馆、福冈美术馆、上海美术馆等国内外多家美术馆及重要机构和私人收藏。

聂荣庆，昆明当代美术馆联合创始人、馆长。写作者。

张晓刚作品

大家庭 1 号，
2012，布面油画，
150cm × 190cm

草原组画：行走的藏女，1981，纸本油画，78cm × 109.5cm

蜉蝣日记：2020 年 2 月 22 日，2020，纸上油画、纸张拼贴，54cm × 73cm

蜉蝣日记：2020 年 3 月 29 日—阅读者 1 号，2020，纸上油画、纸张拼贴，54cm × 73cm

蜉蝣日记：2020年9月4日—阅读者2号，2020，纸上油画、纸张、杂志拼贴，79cm×101cm

蜉蝣日记：2022年3月29日，雅各的搏斗，2022，纸上油画、纸张拼贴，75.5cm×101cm

蜉蝣日记：2022 年 5 月 7 日—过道 2 号，2022，纸上油画、纸张、杂志拼贴，76cm×96.5cm

蜉蝣日记：2022 年 6 月 21 日—灭火器，2022，纸上油画、纸张拼贴，80cm×100cm

蜉蝣日记：2022 年 9 月 22 日，2022，纸上油画、纸张拼贴，81.5cm × 98cm

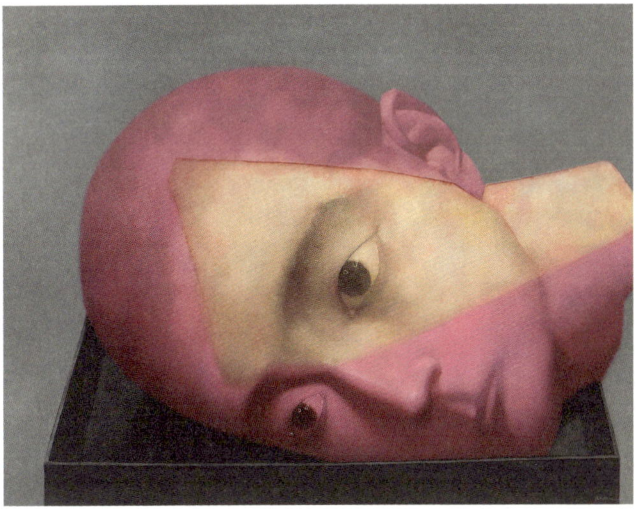

关于睡眠 5 号，2021，布面油画，180cm × 230cm

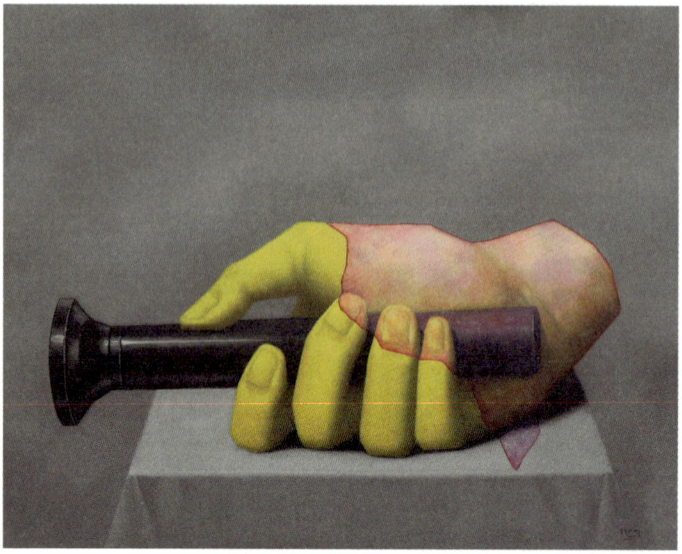

光 3 号，2021，布面油画，160cm × 200cm

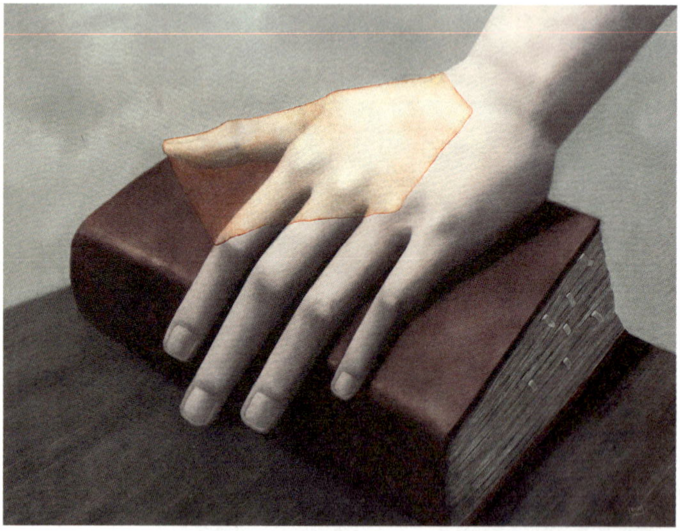

光 6 号，2022，布面油画，200cm × 260cm

圭山寓言，
2016，布面油画，
120cm × 150cm
（私人收藏，昆明）

我的母亲，2012，布面油画，200cm × 260cm

舞台3号：城堡，2020，布面油画、纸张、杂志拼贴，260cm × 600cm

遗梦集：黑山羊，1987年夏，纸本油画，26.5cm × 24.7cm

遗梦集：三女神，1987，纸本油画，24.2cm×29.2cm

阴阳交替，1988年8月，布面油画，98cm×84.5cm

重生 1 号：重生之门，2015，布面油画，180cm × 270cm

自画像，1983，木板油画，45.8cm × 34.8cm

1980年代张晓刚的读书观察　聂荣庆

如果让一个在1980年代就熟悉认识张晓刚的人，回忆他那个时候给人的印象的话，那么大抵都会想起他的一张自画像。卷曲、苦涩的笔触后面，是艺术家对未来，对理想的一种坚定执着。初见这幅画作的人很难想象肖像的主人从事何种职业，但是一定会感觉到描绘的是读书之人，因为从坚毅的眼神和面庞紧张的咬肌上，可以看到一种读书人的浓浓的气质。的确，生活在那个时代的张晓刚，相比日后的职业画家生涯，更似一个颇为深刻的埋头读书的人。

但凡出生于20个世纪50年代中后期到60年代的一代中国人，几乎都有着共同的阅读记忆。张晓刚也与同时代的人一起经历了全民通读几部抗日战争，国共内战，抗美援朝题材红色经典图书的日子。《苦菜花》《吕梁英雄传》《红岩》《激战无名川》是那个时代的标准读物，《欧阳海之歌》则是那个时期他反复阅读的英雄主义读物。

那个时代唯一可以方便阅读到的国外著作，便是奥斯特洛夫斯基的《钢铁是怎样炼成的》。主人公保尔柯察金的一句名言："人最宝贵的就是生命,生命对于每个人来说只有一次。人的一生应该这样度过：回首往事,他不会因为虚度年华而悔恨,也不会因为碌碌无为而羞愧......."成为众多中国青年的座右铭。所以这种在青少年时期的启蒙教育，也让这一代人成为最富有理想主义的一代人，他们为了自己的理想和信念，可以矢志不渝地坚持，成为80年代中国思想最为活跃的一代人。企业家王石，在事业成功的同时，曾经重金投资翻拍了《钢铁是怎样炼成的》电视连续剧，我想这也是他以这样一种方式致敬自己的青春。当然男主人公保尔柯察金与冬妮娅小姐的爱情故事，也给了这代中国青年关于异域，关于情感的无限遐想。张晓刚亦是如此。

那个时期，有一种封面和封底都被撕了的书，大多是一些被打倒的作家的作品，因为书中有关于感情纠葛的描写，大部分都称之为"黄书"，年轻读者之间互相传看，没有封面、书脊上的字，确实能省掉很多麻烦。巴金的《家》《春》《秋》等著作就是这样读完的。

1972年中国古典四大名著重印20万册，全国公开发行，初中生张晓刚也在"老不看三国，少不看水浒"的古训中开始不分男女老少禁忌地阅读。除了《三国演义》，其他三部读起来似乎没有那么投入。

曾经有一段时间，在文艺青年当中，流行一种叫"手抄本"的东西。一本本文具店出售，全中国都大同小异的塑料封皮日记本，被文艺青年们除了用来做日记本之外，还有一个用途就是拿来手抄不能传唱的一些苏联及东南亚爱情歌曲，后来一些朝鲜电影的插曲也是让大家广为传抄，似乎人人都识简谱，会吹口琴的张晓刚应该也是抄歌本者当中的一个。真正的"手抄本"则是情窦初开的年轻人把一些民国年间的情爱小说，通过传抄的形式进行阅读传播。有的传抄者，在传抄过程中也加入自己的文学创作，以至于一个手抄本小说总会有几个版本。这个应该就是中国最早的地下文学之一吧。

在1975年张晓刚去到昆明滇池彼岸的晋宁县“上山下乡，插队落户”之前，与同时代的大多数青年是同样的阅读环境。因为全国统一的新华书店里，文艺书籍除《鲁迅文集》外，就是永远都在柜台里的《金光大道》、《艳阳天》和没有一首会唱的歌曲集《战地新歌》。

所幸他那个时候已经开始跟随恩师林聆先生学习绘画，林聆先生借给他一本自己珍藏多年的《西洋绘画简史》，成了张晓刚在那个时期的唯一教科书。劳动之余也是可以去画一些村子里外的风景写生来打发掉一些时间。那时“文化大革命”也到了最后阶段，知识青年们还是可以把一些没有销毁的，有意思的书籍拿出来互相传看。

两年后，作为恢复高考之后的第一批艺考生，张晓刚几经挫折，绝望中又忽然柳暗花明，最终得到1977级云南考生中最好的一个学位，进入了四川美术学院油画系学习，与学生阶段就出类拔萃的何多苓、罗中立等日后的艺术大家成为了同班同学。

大学阶段，阅读方面对他影响比较大的同学是程丛林和何多苓。程丛林1979年刚进入大学就创作出成名作《1968年×月×日雪》。而何多苓则是在本科尚未结束就考上了研究生。程丛林和何多苓这一代艺术家一直有浓厚的文学情节和良好的音乐素养。大学期间，何多苓、程丛林都会推荐很多好的书籍给张晓刚。正是由于这段时间的相互学习和影响，形成了张晓刚一生良好的阅读习惯。

1980年代伊始，随着学校的图书馆对学生开放，张晓刚可以接触到西方美术，可以看到很多西方艺术家的印刷品，例如：梵高、塞尚、高更等等。虽然很多艺术图书还没有完全解禁，但在艺术院校里已经有机会读到了一些了，包括各种翻译的著作，还可以订阅到《世界美术》《世界文学》《外国文艺》，浙江美院开始出版《美术译丛》，文学杂志也会在边边角角里放一些现代艺术、现代文学和诗歌的介绍。

四川美院进口了一套画册——日本出版的《世界美术全集》，据说这是中国进口的两套之一，另一套在南京艺术学院。虽然只是一个学生普及版本，但这是美院学生们第一次看到印刷精良的西方艺术画册，需要借阅的人太多了，每个班级要提前申请，翻阅之前要洗手，每个人都恨不得把书上所有的东西都背下来，然后靠记忆复写出来。最后学校为了给学生更多一点机会，就将画册放入2张桌子那么大的玻璃展柜中，每天翻一篇，同学们就每天拿着画笔和色彩去把那一篇上的作品临摹下来，张晓刚也是这样天天隔着玻璃柜子临摹。

1981年，是一个中国全民读书的年份，在昆明我记得有一个图书交易集市在小西门。一到周末很多人就骑自行车来到这里，交换或买卖图书，非常热闹。这是一个民间自发的市场，在农展馆还有官方一年一度举办的"春城书市"同样是人山人海。只是后来这个传统慢慢消失了。所幸近年来，一批热爱实体书店的年轻朋友又在每年的"世界读书日"这天，开始组织书市，也算是一件欣慰之事。

张晓刚和他远在昆明的老战友毛旭辉一道，如饥似渴地阅读互相之间介绍交流来的著作。其中一本爱伦堡（Ilia Ehrenburg1891—1967)所著的《人，岁月，生活》是改变他们艺术观的及时雨。这是一本爱伦堡的传记，记述了他在巴黎出道时与毕加索、莫迪利阿尼、莱勒、爱森斯坦、托尔斯泰、马雅可夫斯基、苏丁等艺术家的交往。记录了很多艺术家的悲情故事，并对艺术观念问题进行了讨论。他认为现代艺术真诚，现代艺术家是有灵魂的人。毛旭辉深深地迷上了这本书，一天到晚都在读这本书，而且还有摘录，写读后感。书中提到的艺术家的很多作品，当时毛旭辉都是看不到的，越看不到，就越有一种危机感。很着急，身边几乎没有可以一起讨论艺术的人，只有靠通信和在四川美院的张晓刚交流交流。

张晓刚在同学们的影响下，开始大量阅读西方文学作品。那个时期他给朋友的书信都会受到一些世界名著的影响。或者像托尔斯泰的某一句金句，抑或是《简·爱》中某一段对话。

张晓刚毕业创作《草原组画》并没有受到学校老师的青睐，尽管是“文化大革命”之后第一届大学毕业生，依然只能回到昆明，几经周折，才在昆明市歌舞团谋得一份美工工作。张晓刚大学毕业后的宿舍，位于昆明盘龙江畔，是昆明歌舞团分配给这个美院毕业生的临时居所，也是这个年轻艺术家的工作室，最后成了昆明的艺术家沙龙。因为那时整个昆明没有一个酒吧，喝酒聊天谈艺术，只能来到这里，不论是本地艺术家，还是天南海北的过客。

昆明市歌舞团有一种特殊的氛围，宿舍与排练场共处一楼。进入这栋四层楼的红砖楼，就会听到练琴、练声及各种排练的声音。张晓刚的这间宿舍就在幽暗走廊的最顶端，女厕所的楼上。除了工作上与同事少有的一点交集，其他时间他如同游荡在这个红砖楼里的一个幽灵，与这里的一切无关。

宿舍的门上有个留言的口袋，朋友来访不遇，会留下片言只语。钥匙有时会留在那个某些人能够找到的地方。宿舍里时常高朋满座，高谈阔论，主人张晓刚却不知道游荡在何方。

歌舞团的宿舍，也有恬静浪漫的时候，当张晓刚描绘的一组静物中的苹果，被吃掉一个的时候，亚当和夏娃又有了故事新编。

大部分的时间，那个在老式自行车上的孤独身影，如同飘在昆明小城上空的精灵，飘在雨中的盘龙江边，飘在午夜的通宵电影院里。他在这个城市有志同道合的朋友，但是内心又孤独异常，他不知道自己是否属于这个城市，也不知道在何处可以安放自己的灵魂。夜深人静，他回到红砖楼的宿舍，宾客已经散尽，他才可以安静地读书，冷静地思考。无数个不眠之夜，他读尼采、萨特，读弗洛伊德和伯格森，开始审视自己的内心世界，开始他艺术创作风格的改变尝试。

我刚满十八岁的一个冬日下午，我第一次走进了张晓刚这间歌舞团红砖楼的宿舍。他正在整理作品，毕业创作《草原组画》的大部分作品都挂在墙上，时隔多年，已经不太记得画面的具体内容，画面上那一抹橄榄绿，宿舍楼的红砖颜色一直记到了今天。

每次在这间宿舍里朋友们喝酒大谈艺术之时，我习惯安静地坐在最靠近门的地方，这样能够看到一个最好的画面，有书桌和书架上的书，有墙上的画，有张晓刚正在画的静物，有四个喇叭的双卡卡带录音机弥漫出来的音乐。这就是我那时想象的艺术家的工作室该有的样子。书桌和书架上的书，也是我最好奇的部分，常常想翻看他正在读的那本书。

有段时间张晓刚一直在读欧文·斯通写的《渴望生活》，也会在朋友们聚会时分享所读心得。梵高的故事也许有了一种找到同类的欣喜。那时候出版的书籍不多，他推荐的书目，朋友们总是会买来传看收藏。

张晓刚给我推荐的第一本书是法国人圣·埃克苏佩里的《小王子》，我当时确实没有太读懂。我一度以为张晓刚是不是因为我年少，推荐了这样一本书给我。直到几年后，因为他亲自绘制的一套绘本，我们有了更深的交流，我才渐渐明白了他荐书的初衷。

昆明的温柔，最终还是没有留住倔强的张晓刚。他始终觉得他热爱的故乡并不是应许之地。选择离开是为了更好地拥有。一场秋雨后，回到了离开了四年的母校四川美术学院，承担起了一份教职。每天怀揣一份学生名录，认真地点名，负责地点评。

回到美院，似乎有了某种学术上的回归与连接，却感觉缺少了艺术家之间气息的直接沟通。这让他陷入了另外一种孤独。白天教师工作结束后，无数个漫漫长夜，在四川美院桃花山的斗室之中，他几乎每个晚上都会在信件的书写中度过，陪伴他的只有偶尔跌跌撞撞进到房间里的几只鼹鼠。

我至今还记得张晓刚的通讯地址是四川美术学院190号信箱。那时候我们只有靠几乎每周一次的通信，来保持着思想的沟通和知识的同步。我们谈论生活的细微变化，我们也会谈论爱情，但最多的是谈论读书。读书让张晓刚更为理智地思考自己的艺术创作，读书也是那个时期他在书信中最愿意与远方朋友分享的话题。

经常会在一个午觉之后，我突然就进入了一种忧郁的状态，一种自觉自愿的“文青综合征”。后来在想，这一切难道都是因为在一个午觉之后，我收到了张晓刚的重庆来信，推荐我读了赫尔曼·黑塞的著作《哥尔德蒙与纳尔齐斯》。

在《明天会更好》的歌声中，开始了那一年的寒假。张晓刚候鸟般的从阴冷的重庆，回到阳光灿烂的昆明。昆明的阳光对他总有短暂的治愈作用。年轻的我们，放弃了与家人的团聚，选择了去到昆明几十公里开外的一个苗族村寨，各人带上一本自己喜欢的书，安安静静地以读书的方式共度农历新年。

我们没有准备任何食品，就来到一个最为贫瘠的苗族村子。借宿的老乡家里，除了大年初一有老腊肉和白米饭，其他都是苞谷杂粮清水蔬菜和萝卜。与老乡们打着电筒一起去教堂唱诗，是我们的春节晚会。太阳升起后的白天，每个人会选择一个自己觉得适合读书的地方，开始阅读自己带来的那本书。

我们那时候迷恋赫尔曼·黑塞，毛旭辉带的是《荒原狼》，张晓刚带的是《玻璃球游戏》，我带的是《在轮下》。我看到毛旭辉坐在柴垛上面，卷起两只裤腿，眉头紧皱地念念有词。最有画面感的一幕是张晓刚拿着书本走向红土地的深处，走进一棵巨大的灰绿色的桉树阴影里面，去读他带来的书。夕阳西下时，从山峦飘来张晓刚断断续续的用口琴吹奏的音乐，这是天籁的声音，是他对于红色土地及生灵们的生生不息之爱。

多年以后，有一次我们重谈波德莱尔，彼此唏嘘不已。张晓刚戏谑地说如今读书已经多为翻书，阅读已呈碎片。其实他今天的阅读，是更深层次的思考性阅读。1980年代是张晓刚艺术的精神世界构建之关键时期，他的阅读滋养了这段历史。

诗歌

· 古人对视的月亮等来了今天的人　李黎

· 大海见过我心潮澎湃的一面　影白

李黎，1980年生于南京郊县，2001年毕业于南京师范大学，现供职于出版社。1999年开始发表诗歌、小说作品，获红岩文学奖、紫金山文学奖等。出版中短篇小说集《拆迁人》《水浒群星闪耀时》《夜游》。

古人对视的月亮等来了今天的人　李黎

相遇

他超出了教学要求
在课堂上讲解《孤独者》
一百年后，少年的面孔
有类似的茫然和激烈
他觉得说出这些是一种仁慈

更何况一位教师
有阐发心境的便捷
漫无边际的城乡接合部
有了自己的语言，可以用于

讲述不存在的同行的故事

他温柔地阐述这篇小说：
世人都有离别，偶尔会重逢
更有神秘的相遇
像词汇会遇到老迈的同类
也在追逐前方年轻的背影

扎根于此

一位长辈来到弥留之际
他静静等着某件事
周围的人等着他
我站在远处，回想多年来
他对我的叮嘱和羡慕

他从未离开过本地
一生没有旅游和迁徙
只有重病才把他带到省会
拆迁之后，他还是生活在
村庄的痕迹和影子里

他去过最远的地方
是一棵草在猛烈的风雨中
弯曲到极限时碰到的土地
如今，他要去真正遥远的地方

并且不会在任何人的有生之年回来

该说的都说了

杨黎笔下的小杨和玛丽
决定在晚上约会
还有两公里
小杨遇到堵车，他们不得不
开始在手机上说话
说情话，提前说思念的话
说这一切话之后的话
大声说

当面对面坐下
他们已经无话可说
在晚高峰滔天的沉默中
他们若有所思吃饭
来到了一天中最轻松的时刻
他们不急于收拾饭桌
也不急于离开
更无处可去

深夜的灯光

有时候我会在凌晨
打开厨房的灯，不知道这

会不会打扰到附近的人

当我看向窗外，玻璃上
倒映着室内的生活，因为突然
出现，它带来一阵惊恐

有时我很快关灯离开
一明一暗构成完整的过程
黑暗呼应黑暗

很少的时刻，灯一直亮着
像一个熟悉的人
长久失去了消息

雨滴落地

几位老同学，坐在玻璃窗后
打发周日下午，雨水落在玻璃窗的另一侧
在烟雾、扑克和往事的气息中
大家不断抱怨雨天，不断说，下雨太麻烦
而一个人说，我喜欢下雨
希望我死的那一天也下雨
几个人爆发出大笑和嘲笑
嘲笑一直持续到路灯亮起
不断有人路过这扇玻璃，有人看到
几个人在大笑中变老

也有人看到他们正在变得年轻
有人看着玻璃上的倒影
看到自己成了雨滴
和另外的雨滴汇聚，成为雨水
生活大概就是一滴雨融入一场雨
他不得不在回家的路上爱上雨天

观察者

一个花瓶在草丛里，周围
是拆迁的激烈和残存的荒凉
没有人回到旧址
施工的队伍对天气过分挑剔
那一片笔直向上的
将会把生活竖立起来的楼房
带着老年的迟缓

这个五彩的花瓶
在一条马路之外打量全部历程
这些年它从未让一束花
成为一束花，它的底部
是无限的，会让所有的花
消失在绽放之中
因此，它的瓶口也是抽象的
是正对着世界的一块阴影

墙壁和光阴

两幢高楼构成短促的胡同
在清晨，一面墙壁布满阳光
另一面还在夜间，在中午
两面墙壁上都布满阳光
在下午和黄昏，两面墙壁
互换阳光阴影，也互换方向
夜里，墙壁一路后退
路上的人越走越远
墙上的影子也奔赴平面的广大
和梦境的复杂
周而复始的一天开始了
很多人每天路过这条胡同
一如这些拔地而起的高楼
在人们一生的光阴里连走带跑

闪烁

充电宝指示灯闪烁不停
有指针的颤动
又快于每一秒的速度
在急促的明灭之中
我们多了一种计量时间的方式

一个充电宝在宇宙中闪烁

它等于日出日落和春去冬来
和亿万颗恒星的诞生毁灭类似
一个人可以用它衡量自己

和普通的熄灭不同，充电宝
会在充满电的那一刻停止
它会一直亮着，但不再闪烁
像一个人成天出现在眼前
这是真正的沉默，是一去不返

胜负

两个人面对面坐下，一个人感慨
你还是很年轻，我老了
尤其是最近几年，真的老了
另一个人说，我才是真的老了
对方说，你没有老，我是真的老了
出门要带着杯子，要多带一件衣服
另一个人反驳，我都不出门了
带杯子的人说，我也不想出门
每次回来都要调整很久
不敢出门的人说，在家里也累
有时候早晨醒了就要躺下来
一整天都这样。我路过他们
听到了谦让和老年时光
我打算一直站在这里

直到他们分出胜负
无论是输给对方
还是输给时间

一种寂静

周围安静下来
只有雨声响起，如果仔细听
每一滴雨水的声音都不相同
像每个人都有属于他
自己的面孔、词汇和俯冲
在更多的时间里
雨水只发出一种声音
一只猫扑向幻影时落地的沉闷
有人没有听到这一切
有人听到，他知道
雨还在下
在寂静之中
偶尔的雨滴发出别致的声音

明月双闪

一辆车打开双闪，停靠在路边
时间在流逝
在流逝的时间里的人
此刻在耐心等待

一如月亮，我们看到它，忽略它
凝望它，写它，回忆它留住它
古人也如此
时间在流逝
古人对视的月亮等来了今天的人

在不经意之间，那辆车
亮起了左转灯，车身充满犹豫
月光铺满路面，前途晦暗朦胧
期待它能去更远的地方

开瓶器

用了十多年的开瓶器
在开一瓶酒的时候散开了
像老迈的亲人
在重要的器官衰败后
退出了节日聚会
酒被顺利打开，而开瓶器
死于一场艰难的战斗
它真正的死因是闲置
像匍匐一生的至亲
死于风化、生锈和徘徊
我看着碎裂的金属
记不清开瓶器从何而来

在对往事的胡乱联想中
时间来到了新的一天
我参与了一次沉默的离别

影 白，原名王文昌，1977年秋生于云南昭通。写诗，知篆刻一二。著有诗集《红尘记》。

大海见过我心潮澎湃的一面　影白

恍惚如常

貌似我一撑开手中伞
雨就停了。脚下
一汪清澈见底的积水，霎时间
浮现一片不规则的碧空
貌似一面破损之镜——
无须低头一看：他两鬓白发
尽现如我，惊人的机警如
一只正在啃噬坚果，却仍然
眼观六路耳听八方的松鼠

而难以察觉的天真则来自
童年，那伟岸、坚韧
和善良的变形金刚擎天柱——
雨霁之后，阳光刺眼，积水逐渐
消隐不见，那黝黑的沥青路面貌似
什么也没发生，燥热如常。

我亦击壤而歌

貌似思想的辎重
我难于卸下磐石般的孤愤。我亦击壤
而歌，我与我，或前、或后、或左
或右、或长、或短、或有
或无的影子，一唱一和。然而我唱什么
秋风就鲸吞什么，貌似语言的火焰
裹挟着我思想的荒草，噼啪
作响。是的，我置身于这火焰中央貌似
月光下，一个团团乱转的蓝色幽灵。

瓦砾

搬走虚无的瓦砾。
天空，湛蓝的废墟之中。
若隐若现的繁星。
意识的钻石
会褪色，无光。接下来

漆黑如同一团尚未
燃尽的时间，挖掘出褐煤。
接下来，意识的尘埃
落定。灰烬覆盖
灰烬。意识挖掘意识。
虚无抵达虚无。废墟召回
瓦砾。长出的荒草
翠绿，代表永恒。而
美，永远，一头雾水。

肇事者

月朗星稀。普罗米修斯去
盗火，是值得传颂
崇高的古希腊神话故事。我魂不
守舍，写诗如同蝼蚁们的哀鸣
亦如个体宿命般的
事故。活着即是一种
肉搏式的逃逸。皓月当空。旷古
奇绝的留白技法啊！尽管庸俗
亦是高级的。在这事故般的夜空。

君莫停

大海见过我，心潮澎湃的一面。
高山丈量过我，往昔狭隘的

深壑。诚然，深壑中崛然而生的桫椤
拥抱过我，欲盖弥彰的愚昧。那醍醐
灌顶般的疼痛记忆，恰似蜂蜇。
当然，无论世界有多大，那牛眼杯中
洗尽铅华的反省，君莫停——

河滨公园

你或许来过——
我复制
粘贴了你的河滨公园。趋于完美的
生态系统。乔木。灌木。层层
叠叠的落叶与常绿。不请
自来的杂草，并非网络病毒
而是黎明时分，激越鸟鸣衔来的曙光。
晨练者，星罗棋布，轨迹清晰
自转和公转，脉动与节奏，大数据
了然于心。你是网络世界
冲浪而来的稀客。你滑动时间
巨大的触摸屏，拣选河堤、护栏
分类垃圾箱、石凳，坐下来。你或许
会转身抬头，扫视一下，那貌似
花团锦簇的公园广场，你正挥动着
手中的羽毛球拍，扑蝴蝶。你或许不信
我还复制粘贴了你河滨公园的青天
白云、河水的悸动、落日

明月，明月下，云游至此
一棵老滇朴树冠上，呼呼大睡的李白。

礼拜二抑或曼陀罗抑或明月

花，仍在开放
抑或凋谢。

持戒的颜色，因人而异
有白色，亦有黑色，有紫色
亦有蓝色，有绿色，亦有……
一说道场。一说坛城。
一说宫殿。本质上
乃是空的。我所见的不过是
飞檐上，滴落世间的
雨水，着地的一瞬——

花，仍在开放
宛如麝香
浓烈，或者无味，充溢
一种诱人、婆娑的空——
月亮一般，实实在在的空。

引体向上

需要两端。牢固。悬空

最妙。五指、掌心
抓握什么？遒劲且直的橄榄枝
最好。大臂联动小臂，向上
挣脱什么？欲望、陈规
孤愤、反智的脚镣，有多重
下沉的力量就有多大？从一到
多少，为知行合一？需要
遗忘。烂笔头记下的
那种——气喘吁吁的生活。

桂花一地

鸟鸣飞溅的瀑布——我斜靠
一棵桂花树时，这么想。
眼前。十米之外。一棵垂柳
挨着另一棵。蓊翳。矗然。
还有一棵略高一些的
也是垂柳。亦是泉源。
翠玉般的琼浆。喷涌。倾泻。
轰然。又升腾。又如烟
似雾。又余音袅袅。
又不觉何时一地桂花。
芳香迥然。萦绕。不想走。但
抬了脚。又不知往何处踩。

去利济河边僻静处踱步

有些荒芜。仿佛从兜圈
转山的表盘里
抽身出来的一块飞地。我来
不为造访河水中，映现的假酸浆
稗子、狗尾草、鬼针草
红蘸刺藤、斑蓼，以及那棵
无名桥头香椿树旁的老槐树——
它们，荫翳貌似一种埋怨；而枯萎
却像是坦坦荡荡的释然。站在几棵
比我腰粗，而又搂肩搭背的
柳树下。有些茫茫然，我
亦或是冬日沉静的河水。有些想法
如同绝望之人，有一千种轻生的
念头，却无丝毫活下去的勇气——
缪斯女神，我需要的是，写诗的
灵感吗？有些惊喜，跨过一蓬
绿穗苋，我蹲下身去，一把
一把地扯着醉鱼草，往河里扔
试图，让匿藏于河中某处
我看不见的鱼，一条条地
麻醉、麻木、麻痹，使之浮上来
仿佛穿过州府的阳光，在此
洒下的，一捧新熔铸的
银锭——有些晃眼，且烫手。

……小说摘抄

栀子花……我喜欢紫色的
绸缎般的紫色……神秘吗……我用鼻尖
触碰着她的鼻尖，她熟睡的样子……
亦如熟透的茄子，白色的
……我喜欢白色的……她的鼻息
弥漫着花香……鲜活……
明亮，雨后陋巷中的蔷薇一般
……那年是紫色的，那时……
晨光熹微……向南的窗户
虚掩着，那轻轻浮动的
窗帘是白色的……
那荡漾进来的花香是紫色的……

一片

在西街，随意拾一片
悬铃木叶，皆可
覆盖我诗中的这一片。正如一种
敬畏，并非空穴来风皆有
自身抛锚、扬帆之地。貌似年年
刮起秋风的时候，无论我在哪
所写下的诗，皆能如出
一辙般，叶落归根，恰似一种
不自知，且清脆有声的抚慰。

阁楼

右拐，右拐，再右拐
三十三蹬楼梯。犹如我每首诗
省略掉的前三十三行。踢踏
踢踏的序曲。阁楼，我阁楼式的
书房。毗邻白云，亦接壤
星空。美国华裔地理学家段义孚
先生曾说，阁楼是属于梦想者
和诗人的地方。嗯，这阁楼
常有经营失败的梦想者来访
也有自诩狂狷的诗人出没。门可
罗雀，门庭若市，都是不足为奇的
音节。对了！我红砖青瓦的少年时代
怎能湮没在这文本之外呢？想当年
时常从阁楼敞开的天窗，一蹬
一撑，一腾，一挪，爬上屋顶的我
仍旧记忆犹新。是的，白云与
星空，仍在聚散抑或燃烧。是的
念念不忘，必有回响——
伏笔，是毕竟空。是的
我仰望的晨星，此时正在消隐
潜行于空，为我埋下
不可言说的伏笔——在每一首
诗中，无意识地分岔的伏笔。

茭瓜如斯

以我世俗的眼光来看
倘若，茶壶空深
视书房为世界的隔壁
也未尝不可。但
我身处梵音难辨的闹市
书房，并非是诗人
华莱士·史蒂文斯置于
田纳西州山上，那统治
每一处的坛子。而恰恰是
这并非，且世俗，令我
窥见，身穿嫩绿色
睡袍的茭瓜，貌似一袭
袈裟般，奔赴并且
抵达，这娑婆世界
四面八方的餐桌之上。

鲜美

小提琴自有自信激越时刻。
街边水果超市亦有香甜内讧而自洽
令人消沉的怪味。我视二者
皆为一种历险，周遭
生活的云泥之曲。自知并非
吃螃蟹的第一人。而偶然的

侥幸，何其鲜美。愤激，何尝
不是一种沉沦。本我、自我
超我、旧我、新我，纷至沓来
又作鸟兽散——诗人海子的琴声
呜咽，那时此刻的我，会不会念天地
之悠悠，而又泪水全无？咦！重叠的
必然，何其惊心，而又不可得。

莲花白

甘蓝、包菜、圆白菜、椰菜
大头菜、卷心菜……蓝绿色的火球
亦有一个清新脱俗之名——
莲花白。画家石涛说：“我，物随
物蔽，尘随尘交，则心不劳
心不劳则有画矣。”有人喊他——
伶仃老人、清湘遗人、钝根
瞎尊者、苦瓜和尚
石道人、大涤子、元济
朱阿长、朱若极，他皆轻声
一一应答，在，在，在
我在。诗人王维则说：“著处是
莲花，无心变杨柳。”我
手撕着，用刀一剖两半的莲花白
心想：干椒素炒，放盐加点醋
抑或是直接洗净捞锅里，清水一煮

配一小碗昭通酱的糊辣椒蘸水。

去灯塔

有时只觉日子过于冗长如一
旁逸斜出的长句，足以缠绕银河系
七圈，而且还拖着一串尾巴似的
意味深长的省略号。而我
不得不活在一些目光短浅的
事物之中；不得不以类似
沉默的方式消磨着思想，肆意
横生的犄角；不得不在生活的
吉光片羽的一些短诗里，重新拼装
一种隐喻的生活。有时又觉这
不言而喻的迷失本身，并非炽热块垒
冷却而成的悬崖，而是浩如烟海的缃帙中
忽隐忽现的一座灯塔。有时又觉这
灯塔过于缥缈，于是在书房外
我种了一棵具象的樱桃树
它一年比一年高，一年比一年更像是
璀璨星空中，一座泛着绿光的灯塔。

我即是风景

世俗即是一种新鲜。每日垃圾车
载走的，乃是新鲜的救赎。想想看

腌臜烂菜叶中，亦有穿越亿万
斯年的银杏叶的无声叮咛。打破砂锅
璺到底，我俗不可耐，鄙视自己
仿佛是一种美德。生活寙陋
却奢望，写下一首首镂月
裁云的小诗。这样说吧，我眼高
手低，浑身恶习，亦赤手空拳
但，一碗素香菇米线，我亦能嚼出
克尔凯郭尔式的况味。说白了
我即是风景，令人流连忘返
哈哈镜中的风景。你说得对
一步一景的风景。请别笑出声来。

大益文学

（2024 春）别册

TAETEA LITERATURE

主编◎张亚峰

TAETEA LITERATURE 大益文学

胡性能，中国作协全委会委员，云南省作协驻会副主席，云岭文化名家。作品获百花文学奖、十月文学奖、《小说选刊》年度奖、《长江文艺》双年奖，入选《收获》《扬子江评论》年度文学榜及《芙蓉》双年榜等。

鲑鱼

成年的鲑鱼，终生的努力就是回到出发的地方。

——题记

编剧：胡性能

1. 医院 / 外科门诊 日

镜子里，一张长满络腮胡的脸渐渐靠近。镜中人一边端详，一边掏出一副墨镜戴上，认真审视一番之后，将络腮进行整理，调整到最佳效果。镜中人打了个响指，满意地笑了笑。

墨镜男匆匆扫了扫墙上专科医师出诊名单，视线聚焦在外科主任医师简述的标准照上，照片旁醒目地挂着“休息”的牌子。

墨镜男穿过走廊，往楼上走去，他向身边经过的几个医护人员点头问候，奇怪的是对方表情漠然。墨镜男露出一丝奇怪的笑容。

墨镜男轻车熟路来到四楼外科门诊室，径直走向护士长办公室，推门问护士长张丽，要挂一个简述医生的号。

坐在桌后的张丽正在看手机，她抬头望了一眼来人，语气生硬地回答：简大夫不在，休假去了。

墨镜男点头附和。

一组照片快速闪过，一位成功男士（能看出是出诊名单上的外科主任简述）与张丽的亲密合影。

墨镜男转身离开，临走时伸手对张丽做了个飞吻。

张丽似乎对这个轻慢的男人有些不满，望着墨镜男离去的背影，她小声骂了一句：神经病。

2. 医院 / 牙科诊室 日

墨镜男来到牙科，一进门，立即装出一副病态，一只手抚摸着腮帮，指名要找牙科的汪楚铭医生。

年轻的实习医生：你牙哪儿有问题，可以先跟我说。

墨镜男：我的牙一直是汪医生看，他清楚！

墨镜男被实习医生引进里屋，他看到汪医生正在给一名女患者处理牙齿，样子十分投入。

见到墨镜男未经允许进来，汪医生（表情有些不快）：先在外面等着！

当实习医生暗示墨镜男跟他到外面等候的时候，墨镜男的表情更加痛苦了。

墨镜男（语音含混地）：汪医生，牙痛起来真要命！

汪医生（一边收拾治疗器械）：要命好啊！否则牙好了以后，你们患者就不会记得牙科医生了。

女患者捂着嘴从治疗椅上站起来，语音含混地对医生表达了感激，又迅速看了墨镜男一眼，走了出去。汪医生这才指了指治疗椅，让他躺上去。

墨镜男：是简述大夫介绍我来找您的，他说你医术好。

汪医生（表情缓和了不少）：简大夫现在可是大忙人，以后找他看病就难喽。

墨镜男：为什么？

汪医生（有点妒忌地）：你不知道简大夫要升副院长了么？

等墨镜男躺上专用椅之后，汪医生（把荧光灯拉过来照着他的脸）：牙怎么啦？把墨镜取了，张开嘴。

墨镜男（提醒汪医生）：你还没有换手套呢！

汪医生：美女用的你也嫌弃？

墨镜男（同样语音含混地）：你不是说在牙科医生眼里，没有美女嘛！

汪医生一愣，觉得此话似曾相识，正疑惑间，墨镜男突然从椅子上起身，掏出手机贴在耳朵上，含混地说有急事，改天再来看牙齿。

汪医生和一成功男士（能看出是出诊名单上的简述医生）在各种休闲场合的一组照片快速闪过，有打球的，有泡妞的，有喝酒的。看得出来，是一对酒肉朋友。

墨镜男匆匆离去。

汪医生表情错愕。

3. 路上 日

音乐起

出片头字幕

墨镜男匆匆走出医院，在停车场开动自己的汽车，向火车站方向驶去。

墨镜男的表情突然变得凝重起来。

手机响。

墨镜男（戴上耳麦听电话）：你好，我是简述……哦，院长你好……

电话那头传来中年男人略带沙哑的声音：简主任，明天盛达集团的赵副总做胆囊切除手术，想请你亲自出马主刀。

简述：院长，我正在补休，今天晚上就得走，有点急事，现在已经在飞机场了，要不手术请朱副主任来做，他做得也挺好！或者等我回来？……我会尽快回来……我知道，工作事大……上次城建集团邱总的手术做得不错，他家人也挺满意的……院长，任命到底什么时候能下来……

院长的声音语焉不详地传了过来。

简述：好好，我办完事尽快回来。

简述刚挂掉电话，电话又响。

电话那头女人的撒娇声传来：你什么时候过来啊？

简述：最近几天要出去开会，等我回来再约……（有点不耐烦的）好了，我在开车，回来再说。

简述挂掉电话，有点烦躁。

冷气似乎已开到了最大。

收音机里播报今天的天气情况：……这是 2008 年 10 月 9 日，晴，最高气温 23 度，最低气温 8 度。

片头字幕结束。

4. 火车站 黄昏

黄昏时分的火车站，站前广场依旧人来人往，简述在一个隐蔽的角落站定，他抽着烟，他似乎在等着什么人。

夕阳照在站前广场东边的建筑屋顶端，蓝色的玻璃幕墙在反光。简述戴上墨镜，抬起头来，他注意到在那些建筑屋的上空，正有一群鸽子飞过，并且传过来一阵阵的鸽哨声。

一个身穿休闲衣裤的中年女人出现在视野里，正快步走向检票口，边走边抬手看了看手腕上的手表。

简述猛咂了两口烟，扶了一下脸上的墨镜，将烟扔进一旁的垃圾桶，开始尾随这个女人向进站口走去。

5. 火车站 / 候车大厅 黄昏

一个女乘务员走了过来，把一个写有 K82 次字样的指示牌放在了检票口。

简述夹在乘坐 K82 次列车的旅客中，在候车室里排成长队等待检票。

站前派出所的赵勇所长，正带着几位警察站在检票口，偶尔把准备检票的旅客叫出队列，进行简单的询问。

藏在人群中的简述，一边若无其事地观察排在前面的休闲装女子，一边下意识地摸了摸脸上的络腮胡。

休闲装女子顺利通过检票口，正当简述努力追寻着她的背影时，站在检票口旁的赵所向他招手。简述把目光收回，发现赵所的手势，于是他用手指了指自己，看到赵所点头，简述走了过去。

赵所（向简述敬了个礼）：请出示您的身份证。

简述略有不快地取下背包，从中拉开放在里面的手包，掏出身份证递了过去。

简述有点烦躁，想起三天前的那一幕。

6. （闪回）医院停车场 三天前 / 中午

医院停车场，简述刚准备启动汽车，两个便衣把他拦了下来。

其中一位便衣（把手扶在简述汽车车门上）：我们是珠玑派出所的，请问你是否认识一位叫牛敏的女子？

简述（语气略显强硬）：我怎么相信你们是珠玑所的民警？

另外一位便衣掏出警官证递了过去，简述接过去认真地查看。简述（犹豫了一下）：牛敏是我的一位普通患者。

便衣：可我们了解到，你们之间的关系好像很不普通！

简述（嘲讽地）：不普通吗？患者爱上医生很正常的事，就像女生喜欢上男老师一样。

便衣：但是如果这位有家室的医生和患者非法同居在一起，这事怕是不能够说普通吧？

简述（想摆脱两位便衣，有些恼怒地）：这是我个人的私生活，你们无权干涉！

便衣（严肃地）：但是如果你的私生活导致一个女子失踪，恐怕我们就有权干涉了！

简述（突然变得情绪有点失控）：失踪？什么失踪？！你们不要动不动就说失踪好不好？你们知不知道失踪意味着什么？……抱歉，我下午还有重要学术会议，我要走了。

两便衣面面相觑。

简述汽车呼啸离去。

7. 火车站 / 候车大厅 黄昏

简述看着眼前的站前派出所民警，有点郁闷。

赵所（一边看身份证和火车票，一边很有礼貌地问）：大假才结束，您这又是要去哪？

简述：水城！

赵所：去干什么？

简述（表情有点不快）：去干什么也要告诉你们？我看没这必要吧！

赵所：不好意思，我们这是例行公事，请您理解。

简述：去看朋友，难道不行吗？

赵所（笑了，表情看上去很诡异）：当然行，法律没有禁止去外地探望朋友。

简述抱怨：真是倒霉！

赵所（似乎开玩笑地）：简医生，你不留胡子要更有风度一些。

简述尴尬地用手摸了摸脸上的络腮胡。

赵所（把身份证和火车票递回给简述）：简大夫一路平安！

简述感到有些莫名其妙，他没工夫多想，因为休闲装女子已消失在视野中。

赵所拨通了公安局刑侦支队的电话：刑侦支队吧，许队在吗？……许队，简述确实上了这列火车，从火车票上看，他可能中途在水城下车，形迹是有些可疑，可按计划布控，没准能查到牛敏的线索。报告完毕！

8. 列车 / 硬座车厢 黄昏

K82 次火车上，人们忙着寻找自己的座位，休闲装女子手握火车票来到了自己的座位旁，先将随身携带的一个旅行便捷箱放在行李架上，然后坐在了靠窗的位置。她像有心事，一直看着窗外。一对老夫妻从窗外的月台上走过，女人将目光收回，发现对面是两男一女，正兴致勃勃谈论着股票的涨跌。片刻之后，刚才从月台上走过的老夫妻来到身旁，坐了下来。

9. 列车 / 软卧车厢 黄昏

简述在 K82 次火车的软卧车厢里找到自己的位置，安顿好后，有些出神地掏出手机，开始发短信。这时一个穿黑色夹克的人把门拉开，钻了进来。

您好！黑夹克将一个包放在床铺旁，问候了一声简述。

简述（看了一眼坐在对面的男人，讪笑了一下）：我还以为这软卧就我一人呢。

这时火车开始启动了。

黑衣人（庆幸地）：是啊，差点我就赶不上这趟车了。没想到昆明还这么塞车，您这是到？

简述：水城。

黑衣人：巧了，我也到水城，其实去水城还不如坐汽车省时间。

简述：好多年没坐火车了，想重新体验一下坐火车的感觉。

黑衣人（掏出一张名片递了过去）：三生修得同船渡，能坐在一个包厢，缘分，缘分！

简述（望着手中的名片念了出来）：毕胜南，明达商贸公司经理。

黑衣人：哎，正是在下，以后请多关照。

火车在昆明郊外欢快地奔驰，夜色中，铁道两侧的建筑不断向后退缩。

简述掏出香烟，递了一支给黑衣人，又打燃火机帮黑衣人点着了烟。

简述：你这个人对人没有防备！（吐了口烟）……以后旅行，还是要有点防备心理，陌生人递的香烟最好不要抽。

黑衣人（笑了起来）：没事的，我今天出门的时候卜了一卦，大吉。何况你看上去像个有知识的人，我猜不是老师就是医生。

简述（面露吃惊）：你会预测？

黑衣人（笑了笑）：怎么？不像？

简述：我相信魔术，但不相信占卜。

黑衣人从衣服里掏出了三个一元钱的硬币，将其中的一枚硬币在他手背上不停地翻动，像是在玩魔术：主要是你不了解占卜。

简述（有些嘲弄地）：我从来不相信民间把戏！那你占一下我去水城干吗？

黑衣人让简述把三个硬币握在手里，不停地晃动，然后让他伸开手掌。简述的手掌里的三枚硬币一个是国徽，两个是数字。

黑衣人：再摇一次！

这一次三个硬币全是数字。

黑衣人：最后摇一次！

简述又摇，这一次的硬币，是两个国徽，一个数字。

黑衣人（笑了笑，若无其事地对简述）：从卦象上看，你这趟旅行，与情感有关！

简述的表情显得有点惊异。

简述（有点抗拒地）：你猜的？

黑衣人：不是猜，是卦象上显示，你的感情上出了大问题。

简述被猜中后错愕的表情。

10. （闪回）医院办公室 几天前

简述刚做完手术下来，在水池边净完手后，回到办公室从桌上提起话筒，按了一串号码，接通后：是我，简述，我家那位要到杭州开会，周四晚上走，要不周五晚我们一起吃个晚饭？

话筒里隐约传来声音。

简述向四周望了一望，见没人，压低声音小声说了一句：想你了！

电话那头传来女人的笑声。

简述脸上的表情也相当陶醉。

突然他听见身后有动静，回过头来，见护士长张丽一脸的醋意，忙捂住话筒解释：给我们家的那位打个电话，今晚有应酬。

张丽（满不高兴地）：你有应酬关我什么事？

简述（迅速挂断电话，伸手摸了摸张丽的脸）：好了，好了！生什么气！

张丽故作生气地把简述的手打开。

11. 火车上 夜晚

简述对黑衣人匆匆说了句，我去上个卫生间，起身出了软卧车厢。

简述找借口敲开一个又一个的软卧包厢，没有看到他跟踪的目标，又到了硬卧车厢里去寻找，脸上渐露焦灼的表情。直到在硬座车厢，简述才发现目标——那个身穿休闲装的女子。

休闲装女子蓦然回头，是简述的老婆夏季。

简述站在两节车厢的接合部，他掏出烟来，咂在嘴上。简述对夏季的注视感到有点不自然，但看见夏季并没有认出他来，便装作若无其事穿过了整节车厢。

12. （闪回）家中 夜晚

简述开门进来，屋子里灯亮着，空无一人，只有卫生间里传来哗哗的水声。

简述坐在沙发上，点上了一根烟，很享受地靠在沙发上，突然他留意到了放在自己身边的一只女式皮包。

简述轻轻地把女式皮包打开，从中发现了一张火车票。

简述（充满疑问地）：不是到杭州？怎么是去水城？然后把火车票对着灯光仔细地看了看。

简述小心地把火车票放回女式皮包里。

卫生间里的水声停止了，夏季裹着浴衣从里面走了出来：今天怎么回来得这么早？

简述（笑了笑）：你明天要出差，今晚早一点回来陪陪你。

夏季勉强地笑了一下，从沙发上拿起了电视的遥控，打开了电视。

简述（侧过头来望着夏季）：明天几点的飞机？

夏季：我坐火车去。晚上七点过的火车。

简述（吃惊的语气）：坐火车去？

夏季：好些年没坐火车了，当年来昆明读书，往返都会坐一段火车。

简述（关心地）：那我明天早一点下班，一起到外面吃个晚饭，然后我开车送你去火车站。

夏季（平静的）：不用了，我打车去就行。

电视上，新闻联播已经播完，正在播各省会城市的气象预报。夏季手握遥控器，不停地换台。

简述：到杭州开完会以后，可以去好好逛逛西湖，听说水已经清了。

13. 火车上 黄昏

车厢里很热，夏季坐在窗边，望着车窗外出神。

身旁的那对老年夫妻正在低声交谈，夏季从窗玻璃的反光里观看这对和谐的老年夫妇，脸上浮现出羡慕的神色。

夏季转过头来，友善地对着这对夫妇笑了笑。

身旁的老太太问道：姑娘，你这是到哪儿？

夏季（笑了笑）：水城！

老先生接过话头：水城？六盘水吧！挺远的啊，为什么没坐卧铺呢？

夏季想了想，找了个借口：没买到卧铺！

“我们也是。”老太太说着望了身边的老头一眼。

火车外面的景物已经模糊，车厢里面亮起了灯。

老先生手中端了个飘逸杯，从车厢的接头处接了开水回来。

夏季：你坐在外面不好放茶杯，要不我们换一下座位？

老先生（感激地）：那太好了，谢谢你姑娘！

调完座位后，老先生把泡着普洱茶的飘逸杯放在靠窗的台桌上。

“哎，姑娘！”泡了普洱茶的老先生说，“要不，尝尝我泡的普洱茶？”

“谢谢！”夏季说，“我胃寒，喝不了茶的。”

“可以喝喝普洱茶，喝熟茶，”老先生说，“普洱熟茶是暖胃的。”

“谢谢，我就不喝啦！”夏季说，“你们两老慢慢喝。”

夏季掩饰性地站了起来，从货架上的背包里，拿出了一个保温杯。保温杯的盖子可以做水杯用，夏季犹豫了一下，主动把杯子伸了过去：能给我一点尝尝吗？

老先生欣慰说道：那当然！

看着红色的茶汤，夏季（面露惊喜）：老普洱啊！

老先生（面有得意）：那是，快十年的熟茶啦！

夏季（轻轻品了一口）：挺好喝的，有沉香！

老先生对身旁的老太太点了点头：这姑娘懂普洱茶！

夏季轻轻转了个身，端起杯子来，低头喝了一口茶水，眼睛望着茶汤出神。没有人看见，夏季的眼眶里充满了泪水。

突然，火车鸣叫了一声，一头钻进黑暗的隧道，往事纷至沓来。

1983 年春天

14. 师大图书馆阅览室 晚

夏季背着书包，正站在书架前翻阅杂志，她总觉得什么地方有目光看过来，抬起头来寻找，看见一位穿浅绿色夹克的男生低下头去。当她低下头，男生又抬起头来望着她。一抹微笑浮现在夏季的脸上，她猛地抬起头来，与偷看她的男生对视了一下，男生有些慌乱，忙低下头来，装作看手中的杂志。

一组镜头：图书馆、球场、饭厅、校园的小花园……两人总会邂逅，眼神对过之后，两人都有些慌乱。

15. 师大宣传橱窗 春日 / 上午

夏季和曾惠站在橱窗前，看奔流文学社张贴在橱窗里的刊物，蜡纸刻印的刊物，字迹工整，曾惠突然说了句：程普的诗，并小声念了起来。

普洱红的棉布裙子，素食的婴儿

羞涩的面容如同风中的三月

苏醒的大地，谁在

用甜蜜感激甜蜜

又是谁，用温暖回报温暖……

曾惠：普洱红的棉布裙子，普洱红是什么颜色呀？

夏季：说的怕是普洱茶吧，这个程普是什么人？

曾惠：物理系的大才子。——他不知道给多少女孩写过情诗呢……

夏季（好奇地）：你认识他？

曾惠（摇了摇头）：只闻其名，未见其人！

夏季露出落寞的表情。

16. 女生宿舍 夏日

一女生用圆珠笔在墙上的日历上划了一下：离端午节还有两天，离放暑假还有五十天。

生活委员模样的女生拿着一沓信进来，女生们围了过来，收到信的欢天喜地，没收到信的表情落寞。夏季收到的是一张明信片，上面没有署名，只有两个英文字母：CP

夏季困惑地翻看着明信片。明信片的一面，是西双版纳独树成林的榕树，反面的文字是一行祝词：但愿人长久，千里共婵娟！

夏季：搞错了吧，这端午都还没到，就跨到中秋去啦？

夏季：这谁啊，也太粗心了吧，邮票都贴反了。

一舍友听闻邮票贴反了，从夏季手中抽走明信片，看了看贴邮票的地方：这哪是什么粗心，人家这是有意贴反的，有含义在里面。

夏季（好奇地）：啥含义？

舍友：含义就是，我很喜欢你，但不知道你的意思？

另一舍友调侃道：寄明信片这人挺浪漫的嘛！

舍友（将明信片晃了晃）：夏季，有人喜欢上你啦，还但愿人长久，千里共婵娟！

夏季（佯装恼怒）作势要打舍友，舍友把明信片丢在桌上，慌忙逃开。

夏季从桌上拿起明信片，看着上面的CP两个字母，若有所思，脑中浮现出阅览室里对视的男生。

夏季轻声地说了一句：程普？

17. 师大图书馆阅览室 夏日 / 午后

夏季正伏在桌子上摘抄杂志上的文字，突然一个人从身旁快速经过，将一个信封悄悄地滑落在夏季的前面。夏季抬起头来，看见一位又高又瘦的男生的背影消失在阅览室大门那儿。

夏季疑惑地拿起信封，朝里面看了看，从中抖出一张电影票。她慌忙用信封遮住，环顾四周，担心被人发现。

夏季快步走出阅览室，外面的过道上，已经不见男生的身影。

18. 圆通电影院 夏日 / 黄昏

电影院一旁，挂有日本电影《绝唱》的招贴画，上面是山口百惠的画像。购票窗口那儿围着不少人。程普焦急地站在电影院门口朝远处的街口张望，天气暖和，大街上的女子穿得花枝招展，人群中没有见到夏季的身影。影院里传来即将放映的铃声，男生抬手看了看手表，一脸沮丧走进影院。

电影院里，灯光已熄灭，巨大的光束打在银幕上，正在出片头字幕。程普低头费劲地辨认椅子侧面的数字，终于摸黑找到了自己的座位，借着放映电影的微弱光线，程普突然看到夏季端坐在身旁的椅子里。程普紧张地坐下，身子僵直，呼吸变得混乱。坐在身旁的夏季脸上浮现调皮的笑容。

19. 凤翥冷饮店 夏日 / 夜晚

夏季与男生坐在靠墙的桌子对面，桌上放着两杯冰镇木瓜水，里面各插了一根粗粗的吸管。

夏季吸着木瓜水，低垂着眼帘说：约人出来看电影，还迟到！

男生（不好意思地笑了笑）：我一直在影院门口等，还以为你不来了呢！

夏季诡秘地笑了笑。

男生从随身带的书包里掏出一本笔记本，翻开写了几个字递过去：我的普通话说得不好！

夏季接过一看，只见笔记本上写着：我知道你叫夏季，我叫程普。

夏季（偏着头看了看笔记本上的字）：你字写得真好看。随即在“夏季”两字后面，写上“我原本叫夏寄，是到师大读书后自己改的。”

程普：夏寄？寄存的寄？这名字好奇怪。

夏季（神情暗淡下来）：我是被寄养在叔叔家的孩子，所以叔叔给我取了这个名字。不说这个话题了。

夏季：最近放了几部日本影片，《人证》《W 的悲剧》《远山的呼唤》，云大的露天球场上，还放过《幸福的黄手帕》呢。

程普：喜欢看日本影片的话，下次有新电影来，我又请你来看。

夏季（点了点头感慨了一句）：演雪子的山口百惠长得真美！

程普（脸上不屑地一笑，然后望着夏季的眼睛，用笃定的口吻）：你比她长得好看！

夏季（突然笑了起来，用双手捂着脸）：你们男生都这样讨好女生的？

程普（用平静的语气）：我是认真的，你长得真比山口百惠好看。

20. 火车上 硬座车厢 / 夜晚

夏季笑了笑，喝干了茶杯里的普洱茶，把盖子扭上放进背包。然后她离开自己的位子，来到了火车车厢的接头处，将头贴在车门玻璃往外眺望。夜空下，远方的山峦在缓慢移动，能看见远处有光亮闪耀的村庄，这时一个身穿灰色风衣，戴着墨镜的人，从她身后走过，在进入另外一节车厢时，停了下来，回过头来注视了夏季一眼。

车窗玻璃里，既能够看到外面移动的路基，玻璃又好像一个镜面，从中能够看到车厢的另外一头，检查乘客的车票的列车员走了过来。夏季等着，当检票员来到她身旁时，夏季从裙袋里掏出车票，列车员认真查验后，迈着沉重的步伐离开。夏季再次将头靠在车窗玻璃上，她注视着车窗外的原野，轻轻叹了一口气。

21. 昆明西客运站 夏日 / 上午

购票厅里挤满了人，程普趴在窗口，大声说着什么。片刻之后，他从人群中挤出来，手里握着两张车票，一脸的兴奋。

站在购票厅外面的夏季却一脸忧心忡忡。

夏季：我暑假不回去，我叔会发脾气的。

程普：他凭什么？他一个做叔的也管得太宽。

夏季：你不知道，要是我父亲还活着，我就不用这么担心。

程普：别管那么多，先去版纳玩回来再说。

22. 汽车上 夏日 / 午后

靠窗的程普与夏季在长途汽车上低声交谈，突然，身后有吵闹声传了过来。原来，车尾有几个人用三张扑克牌在一公文包上行骗，并殴打一乘客，一手臂有文身的青年提着匕首在过道里寻找目标，程普坐在靠过道的位置，他把夏季的头抱在怀里，护着夏季。

一位身穿白色西服的小伙子，掏出一张白色的餐巾纸，扔给了被打的乘客，让师傅停车。

几个打人者骂骂咧咧下了车。

23. 西双版纳古六大茶山 夏日 / 中午

一组程普与夏季在易武、莽枝、倚邦等茶山采茶的镜头。在程普的指导下，夏季用采来的茶叶压制成饼茶。

夏季：得给这饼茶取个名字。

程普：名字早想好啦，就叫普洱红。

24. 师大教室 初秋 / 上午 / 自习课

生活委员抱着一摞信件进来，开始分发，夏季不但收到叔叔写来的信，还额外有封电报。将信拆开，夏季的脸色凝重。

叔叔的声音回荡：别忘了你是订过婚的人呐！

25. 师大男生宿舍　秋日 / 傍晚

程普躺在床上翻看夏季给他的分手信。

夏季的声音在耳边响起：程普，我得告诉你真相。父亲死后，母亲改嫁，我被寄养在叔叔家，叔叔对我视同己出，他有位战友，1962 年在西藏救过我叔叔的命，提出要我以后嫁给他的儿子，叔叔同意了，两家人还喝过了订婚酒。

程普翻身从床上下来，离开宿舍。

26. 师大附近南糯茶寮　秋日 / 夜晚

程普与夏季坐在茶桌两旁，他们表情看上去都凝重。

程普：这是唯一的理由？不是因为我的原因？

夏季：就是这个原因，我要是退了婚，叔叔会特别难堪，没有面子。

程普（有些愤怒地将手中的茶杯重重地放在茶桌上）：为了你叔叔的面子，你要搭进去你的幸福？突然，程普双手伸过来握住夏季的手：夏季，要不我们毕业了私奔到什么地方，我不回版纳，你也不回昭通，我们重新找个没人认识的地方？

夏季摇了摇头，把头埋在茶桌上，肩头轻轻耸动起来。

27. 师大女生宿舍　冬日

师大女生宿舍里，学生模样的夏季正躺在床上按着肚子，满脸痛苦状。木桌上的罐头瓶里插满了兰草。

有人敲门，舍友去开门，看到门口站着的是程普，夏季把蚊帐放了下来。

舍友在宿舍门口低声向程普解释着什么。

枕头边放着的红灯牌收音机正在播放新闻：

昆明地区从 26 日天气突变后，晚上小雨加雪。27 日上午，从 8 时开始，雪花纷纷扬扬，一个多小时后，屋顶皑皑，山野茫茫。据《春城晚报》报道，从 27 日上午 8 时到 28 日上午 8 时，昆明降雪量达到 37 毫米，平均积雪深度为 30 厘米，是近 500 年来昆明最大的降雪。12 月 28 日，昆明郊区 9 条公交线路全部停驶，市区的 9 条线路只有少数行驶。目前，这场百年罕见的大雪还在继续。

夏季支撑着起床去倒开水，发现开水瓶已经空了。她无奈只好拿着水瓶去开水房打水。

28. 师大校园里 冬日

校园里，到处都在打雪仗，女生们常常成为男生攻击的目标。夏季提着开水瓶从操场经过时，远处几个男生把雪团扔了过来，吓得夏季慌忙躲在路边的树丛中，但远处那几个男生显然还不准备放弃目标，不断的还有雪团飞过来。

突然，身穿新棉衣的程普出现在夏季身边，用雪团朝那几个男生反击，没想到他的反击引来对方更为猛烈的回击。夏季蹲在程普身边，给程普捏着雪团，突然，远处的那几个男生握着雪团冲了过来，程普只得拉起夏季朝树林深处逃去，没逃多远，被那几人追上。程普把棉衣纽扣解开，护着夏季。

雪球落在了程普的衣服上，头上，还有一个调皮的男生捧了一捧散雪，塞在了程普的脖子里。

等那几个男生重新找到远处的攻击目标之后，程普才开始抖落脖颈里的雪，这时他看见了夏季表情有些痛苦地蹲了下来。

程普（调侃地）：不会吧，这么弱不禁风啊，雪球都能把你砸伤啊。

夏季（有点生气地）：我胃疼。

程普：你是胃寒，可以喝点普洱熟茶暖胃的。我那儿有，泡出来汤色像红酒那样。

夏季（摇了摇头）：我吃药

程普：吃药还不如平时护理，多喝一点熟普洱，不过要沸水泡，学校开水房的水，有时候，80 度都不到。

程普（拿起夏季的水瓶去打水，依旧调侃地）：你的目标太大，我看你走不到水房，就会变成雪人。

夏季（倔强地拿回水瓶）：我不怕。

说完拿起水瓶往前走去。

雪球果然又扔了过来，程普紧跟在夏季后面，用身体给她做掩护。

29. 学校食堂 冬日

夏季一手端着口缸，把水壶放在木桌上，然后去打饭，等她打完饭回来，发现自己的水壶已经被调换。

30. 师大女生宿舍 夜

夏季把水倒了出来，突然发现自己的水比往常的温度要高，她端着茶杯若有所思。

一组水壶不断被调换的镜头。

31. 师大附近南糯茶寮 傍晚

夏季与曾慧路过那儿的时候，突然发现程普提着水壶从里面走出来，夏委发现程普手中提着的水壶与自己的完全一样，望着程普远去的背影，夏季站在路边，仿佛突然明白过来什么。

32. 师大图书馆 晚

程普正在低头准备期末考试，感觉有人站在身前，抬起头来，见是夏季。

夏季：你出来一下。

程普尾随夏季来到阅览室外面的过道里。

夏季：你别再给我送水了好吗？否则宿舍里的人还以为我们……

程普（调皮地）：为这个生气啊，关心同学有什么错？

夏季：我主要是怕产生误会。

程普找话：你什么时候考完期末考？我听了天气预报，回昭通的路都冻断了。

夏季：我买到水城的火车，从那儿再坐长途班车回昭通。

程普：昆明到昭通的路都冻断了，水城到昭通的班车未必还通，要不，这个寒假再跟我回版纳？

夏季（故作冷淡地）：真那样的话，我叔叔还不气得发疯！

33. 火车上 / 硬座车厢 黄昏

夏季不易察觉地微微笑了笑，也许是笑当年自己的傻气。

夏季看见坐在身旁的那对老夫妻正在给她使眼色，夏季顺着暗示的目光看去，看见一个戴墨镜的人迅速从眼前闪过，很快消失在车厢连接处。

老先生：姑娘，小心点随身物品，刚才那戴墨镜的人老走来走去，旅途上可要提防着点。

夏季点头称谢。

34. 火车上 / 软卧车厢 夜晚

简述回到自己的包厢。

黑衣人不知何时已买回几瓶啤酒，他递给简述一瓶啤酒。

简述喝了一大口酒（自言自语）：她为什么坐硬座？

黑衣人：谁？

简述：我妻子，（看着黑衣人）她在这辆车上。（有点沮丧的）她告诉我去杭州开会，实际上是偷偷地跑到水城去，她肯定有事瞒着我。

黑衣人（表面不露声色）：看来我卜的卦很准啦，果然是感情问题，也许她是要去水城与网友约会……你和你妻子以前感情好吗？

简述（一脸的困惑）：应该还可以啊，（若有所思地）去杭州不乘飞机，是有些奇怪。

黑衣人（好奇地）：你们是自由恋爱的吧！

简述（像是突然回过神来）：岂止是自由恋爱，还是一见钟情呢！

35. 师大附近南糯茶寮 秋日 / 午后

年轻的简述走进茶寮，找了个位置坐下。

茶桌一旁的墙上，挂着一本日历，时间是 1988 年 10 月 9 日星期天。

茶寮不大，但透着让人喜爱的淳朴和宁静。

茶寮老板过来询问：小同志喝一点什么茶？有滇绿、大渡岗、普洱茶……

简述：普洱茶吧！

茶寮老板：没见你来过，是刚分到附近学校的老师？

简述：怎么？我看上去像老师？

茶寮老板：像，小同志长得斯斯文文的。

简述（笑了起来）：我不是老师，是医生。医院就在附近，每天上班都会经过这儿，好奇你为什么取名叫茶寮？而不是叫茶馆或茶楼，哦，对，你这儿没楼。

茶寮老板（面有自得）：昆明城里的茶馆有几百家，但茶寮只有我这一家。我要取名叫南糯茶馆，你可能不会进来呢！

简述：说得也是。这个寮字，可能许多人都不会读呢。

茶寮老板：我父亲是广东人，母亲是老挝过来的，说是寮人。他们在南糯山上的茶厂认识的，所以我取了南糯茶寮这个名字。

茶寮里，简述边喝普洱边和茶老板聊茶，两人聊得很投机。

这时夏季走进茶寮，简述的眼睛一亮。

36. 书店内 夏日

清风书店里，人不是很多。

夏季手捧台湾诗人席慕蓉的《七里香》在翻看，简述抬头查看书架上的书，身体无意中碰到了夏季。

简述：哦，对不起！

夏季：没关系的。

简述（看到夏季手中的书，像是突然来了兴趣）：喜欢诗歌？

夏季：随便翻翻。

简述：你经常来这家书店？说着，从书架上取下一本《梦的解析》。

37. 电影院 夏夜

圆通电影院外。

电影院散场出来，简述在人群中看见了夏季。

两人相视而笑。夏夜结伴而行。

38. 南糯茶寮 深秋／午后

简述与夏季结伴走进茶寮，老板热情地迎了上来：

茶寮老板：好一阵没见简医生了。

简述：这阵子忙。说完与夏季择窗边茶桌坐下。

茶寮老板：今天喝点什么？还是普洱茶？

简述（望向夏季，征求的口吻）：就普洱茶？

夏季（有些为难地）：要不，我来杯菊花茶？

茶寮老板（望着简述笑了笑）：你女朋友？

简述（望了一眼夏季，也笑了）：算是吧！

茶寮老板去准备茶水，简述与夏季继续交谈。

简述：我更喜欢喝隔年的普洱生茶，都说茶不问团挎，要之贵新；水不问江井，要之贵活。但是有的茶叶经过适当的贮存之后，口味会更好。

夏季：普洱茶是不是就是这样的啊！

简述：不止是普洱茶，就像西湖的龙井，洞庭的碧螺春，有人就喜欢把它放在生石灰缺中贮放一两个月，觉得这样一来比刚炒制的更香，福建的五夷茶，隔年的陈茶反而让人觉得香气馥郁。

夏季（笑了）：你不像是做医生的人，倒像是开茶馆的。

简述：什么东西，像个宝贝似的藏着？

夏季（沉静地）：不允许我有点隐私？

简述轻揽夏季入怀，温柔点头。

42. 一系列镜头闪过 20 年时光流逝

产房外面，医生出来向简述道贺：祝贺祝贺，生的是儿子。

牙科诊室，汪楚铭正在给一孩子校牙，简述身穿白大褂站在一旁。

汪楚铭：小果怎么就遗传了你一口坏牙，你看人家夏季一口整洁的牙齿！

简述：那是我的遗传基因强大嘛！

祝贺儿子小果考上重点中学的宴会上，简述（吩咐服务员）：茶上最好的普洱茶！

觥筹交错中，夏季端着茶杯悄悄站了起来，对服务员说：不好意思，麻烦帮我换一杯花茶？

一家有情调的餐厅内，一家三口正坐在餐桌边用餐。

简述将餐刀切割下来的牛块用叉子送进嘴里，对坐在对面的男孩子说道：儿子，你去读大学，我和你妈就成空巢老人啦！

儿子（头也没抬）：四十五岁以下的都是青年好不好？你还是青年呐！

简述尴尬地笑了笑。

儿子身边坐着的是夏季，听着父子的对话，她的眉头皱了起来。

儿子（表现出关心的样子询问）：怎么了，妈妈？

夏季（表情痛楚）：没什么，老毛病。

简述（责怪的口气）：我就告诉你别喝绿茶，偏不听！

简述（伸手把服务员招过来）：麻烦把这杯茶换成普洱茶，熟茶！

夏季：我不喝普洱茶，你知道的。

简述（关切地望着夏季）：你应该喝普洱茶的，暖胃，对你的胃寒有好处。

更豪华的餐厅里，简述，夏季和一大桌人坐在一起吃饭。

一男子端起酒杯走到简述的身旁，大声说：来，让我们祝贺简主任早一点荣任副院长！

众人都端起酒杯，看得出几乎所有男人都在巴结即将要当副院长的简述，女人都在嫉妒夏季的幸福。

不时有人敬酒，女人敬酒时的表情尤其暧昧。简述无意间发现妻子表情有点不自然，但根本无暇过问，继续和众人应酬周旋。

夏季小声地与坐在她身边的汪楚铭的妻子交谈，并从随身带的皮包中，拿出一个精致的蝴蝶发夹递给了过去：这是我去上海出差买的，作个纪念。

汪楚铭的妻子说了声谢谢，偷偷地望了一眼坐在夏季身边的简述。

一位服务员端着茶走到夏季的身边说：您要的花茶！

43. 火车上

简述和黑衣人继续聊天。

黑衣人（缓和气氛）：我这儿有上好的普洱，10年的，来点？

简述：我最近喝绿茶。

黑衣人：你不喝普洱？

简述：经常喝，都喝。你知不知道，兄弟，一种女人就是一种茶，只有懂茶，才能懂得女人。

黑衣人（似乎来了兴致）：以你的观点来看，什么样的茶最好呢？或者什么样的女人最好呢？

简述：当然是年轻女人，茶贵新，水贵活，女人也是这样。

黑衣人：那普洱茶呢？

简述纠正说：应该这样说，做妻子呢，普洱茶样的女人好，做情人嘛，绿茶样的女人好。

黑衣人问道：怎么理解？

简述：像绿茶的女人漂亮，像普洱茶的女人美丽。漂亮的女人经不住岁月的打磨，而美丽的女人却不一样。

黑衣人：看来你对女人真是有了解，那你是喝过不少绿茶啦？最近哪种绿茶最带劲？

简述：其实我通常情况下喝普洱茶，但碰到好的绿茶，也不放过。兄弟，一个成功的男人，逢场作戏喝喝绿茶，也在所难免。

黑衣人（套简述的话）：有没碰到有些绿茶比较麻烦的？

简述：麻烦的话，就再换种绿茶。简单。

简述（继续发表高见）：当然啦，刺激的是像乌龙茶一样的女人，香气野，不好驾驭，天天喝你受不了，但一段时间没喝，你又会怀念！

电话响，黑衣人走出车厢去接电话。

黑衣人：目标跟踪的是他妻子，行动还要不要执行？

电话那头：刚调查清楚，牛敏失踪之前，曾与简述大吵了一架，具体原因还不清楚，但是牛敏失踪之后，曾经给简述的妻子夏季发过一条短信，内容是：一切都已结束，往日不会重来。

黑衣人（自言自语）：往日不会重来？ 演什么电影呢？……那行动还执行吗？……收到，保证完成任务！

黑衣人挂断电话，他有点弄不清这到底是个什么局了。

44. 火车上 夜晚

火上车传来喇叭声：前方即将到宣威火车站，请下车的旅客提前带好自己的行李物品，准备下车。

火车速度降了下来，缓缓驶入车站。坐在夏季身旁的老年夫妇收拾好茶杯，站了起来。

老先生：姑娘，你还是来坐靠窗的位子。

夏季：你们在这下车？

老先生：是的，我们在这下车，谢谢你啊，姑娘！

夏季（礼貌地欠了欠身）：你俩慢走！

45. 火车上 夜晚

火车渐渐加速，车窗外的景物一晃而逝。

简述离开座位，穿过了两节车厢，站在硬座车厢的入口那里，望着不远处的夏季。尽管车厢里的绝大多数人都进入了梦乡，但夏季似乎没有困意，她一直望着车窗外面。

黑衣人不知什么时候走到简述的身边，顺着简述的目光看着夏季：不像有什么情况啊。

46. 火车上 / 硬座车厢 夜

夏季望了简述和黑衣人一眼，又转过头去靠在椅背上，她似乎又看到20多年前火车上的那一幕。

47. 火车上 1984年初

火车上，身穿枣红色羽绒服的夏季坐在靠窗的位子上，她身边穿蓝色羽绒服的是同学曾惠，两人边看书边聊着天。

曾惠：今年这么反常，下这么大的雪，路不好走，不知到水城后有没回家的车呢？

夏季：别想那么多，到了再说吧。

曾惠：卢国前应该也在这辆车上。

夏季：哪个卢国前？

曾惠：就是校学生会的副主席啊，也是我们昭通的，高我们一级，你夏小姐竟然不知道？……卢国前的老爸以前是教委的，我看他以后肯定能留校……你见过他那个女朋友吗？也不知道是不是……可真配不上卢国前，土里土气的，也不知他怎么想的……

曾惠自顾自说着话，夏季边听边看着一本英文小说，《傲慢与偏见》。没大注意听曾惠的小道消息。

列车行驶中，两个女孩渐渐睡了过去。

48. 火车上 1984年初

列车临近水城车站时，曾惠突然从睡梦中醒了过来，由于车内车外气温的差异，车窗玻璃上覆盖了一层水雾。借助车顶昏暗的灯光，她看了看表，时间已经快早晨6点了。

车厢里，包括夏季在内的几乎所有的乘客都还沉浸在疲惫的梦乡，曾惠从怀里掏出纸来，擦亮了夏季身边的窗玻璃，从那个位置看出去，黑暗的天幕下，远处积雪的山冈正在缓慢地旋转。火车此时正在急促地穿越滇黔交界的那些清冷的山野。由于车窗在擦干的地方形成了可以反射景物的一面镜子，使得曾惠突然从中看到一个戴墨镜的瘦高男子正在她们身后的座位上，认真打量着她们。曾惠警惕地回过头来，却发现那个瘦高个离开了座位，并以极快的速度穿过走道，等曾惠把夏季摇醒，早已不见那个男子的身影了。

曾惠对懵懵懂懂的夏季说：刚才有个男的非常可疑。

夏季：在哪？

曾惠（用手往火车车厢的衔接处指了指）：看见没，就是穿灰大衣戴墨镜的那个人！

但等夏季站起来往后回望，车厢衔接处却早已不见那个人的踪影了。

49. 水城火车站 早晨

火车停在了水城车站。

夏季与曾惠从车上下来，顺着人流沿月台往外走，曾惠一边走一边回头警惕张望。顺着她的目光看过去，人群中偶尔会出现火车上那个穿灰色大衣的瘦高个男子。曾惠后来干脆拉着夏季朝月台上一位民警走了过去，并且小声地对他说着什么。

民警看上去显得很年轻，他非常乐意帮助前来求助的两个年轻的姑娘，在曾惠的授意下，他开始用眼睛在人群中搜寻曾惠所说的那个穿灰色大衣的可疑人，但是他什么也没有发现。

民警（低下头来，讨好地问曾惠和夏季）：你们这是要去哪儿？

曾惠：去水城汽车站。

民警：如果不是要执勤，我可以送你们去。（用手顺着铁路的方向指了指）顺着铁路往前走一小段路，到山口那里就能看见汽车站，很近的，水城的长途汽车站就在铁路下边。

50. 火车站到汽车站的铁轨上

夏季与曾惠乘坐过来的火车发出一声嚣叫，咣当咣当又开始加速，车顶冒出一股白烟，车头前巨大的光束刺破黎明前的黑暗。目送着火车远去，夏季和曾惠告别了民警，从月台上跳下了铁轨，这时又有几个人从月台上跳了下来，只听有人叫了曾惠一声。

夏季与曾惠回过头去，看到从月台上跳下来的那几个学生模样的年轻人。

曾惠小声而激动地对夏季说：是卢国前！是他！他也在火车上！ My god!

那几个人走了过来，曾惠把他们介绍给了夏季，没想到那位叫卢国前的男生竟然认识夏季。

卢国前对夏季说：我早认识你了，去年，我们几个朋友去食堂楼上参加你们系的迎新晚会，你唱了一首英语歌曲，叫 Yesterday Once More。

曾惠有点失落，因为卢国前的目光一直放在夏季身上。

曾惠（接过话）：没想到会在这儿碰上你们！在火车上的时候，我们碰到一个鬼鬼祟祟的男子，当时要有你们在就好了。

卢国前（勇武表态）：要是你再看到他，告诉我们。

曾惠开心的表情。

一群人沿着铁路，朝山口那个方向走了过去。

途中，曾惠再次小声地对夏季说，我觉得火车上的那个人好像跟踪了过来。

但是夏季回过头去，只见到一些也要去长途汽车站的旅客，却不知道谁是那位在火车上跟踪她们的人。

51. 铁路边

站在铁路上，可以看见下方不远的长途车站。天空又飘起了雪花，此时天色已经开始放亮，那些停靠在车站里的汽车，仿佛是一只只被冻僵的巨大甲虫，顶上覆盖着积雪，而车窗以及倒车镜上，则垂着长长的冰凌。

大家从铁路顺着一条小路下到公路边，路很滑，有男生滑倒，引来众人的笑声。卢国前伸手想扶夏季，夏季（摆了摆手）：我没问题。

一群人来到了长途汽车站门口，车站里很安静，两扇大门关着，一推出现一道手掌宽的缝隙。从缝隙往里望进去，里面见不到一个人影。

一个男生：这里的车，好像一万年没有开了！

卢国前（蹲了下来，望着积雪覆盖的路面）：公路上的车辙也像是好些天前的了，都冻硬了，他抬头沿公路往两边眺望，水城的郊外还在睡梦中。

为了取暖，夏季与曾惠不停地跺着双脚，在她们的身旁，一根水泥电杆上悬挂着一块铁牌，上面写着“天冷放水”的字样。

夏季：天冷为什么要放水？

曾惠：也许到了热天，会改成天热放水。

卢国前（把话接了过去）：气温如果太低，牙厢里面有水的话，往往会被冻坏！

曾惠用欣赏的目光望着卢国前。

正当一群人茫然无措的时候，不远处走过来一个 40 来岁的中年女人。

来人走到夏季他们面前问：住不住店？

曾惠（面对她）：不住，我们想等会搭乘去昭通的汽车！

中年女人：天气冻成这样，有快十天没发过车了，这么冷的天，没有司机敢上路的，不少从昆明回昭通的学生，都是从水城走路回去的。

夏季问：什么时候才会发车呢？

中年女人：说不准了，也许两三天以后，也许十天半月以后。

曾惠（声音听上去有些焦急）：那我们怎么办?

中年女人（热情地）：我店里还住着几个要去昭通的学生，他们说如果天气还不转晴，他们就要步行回去。

夏季他们一群人跟着那女人，来到了离汽车站不远的悦来客栈。

这是一家彝族开的客栈，三层，简陋但颇有特色。

对面也有一家客栈，叫红云宾馆。

52. 火车上 晨

此刻，黑暗的车窗外面，偶尔会闪过几盏灯火。凌晨时分，黑衣人已经从刚才的睡梦中醒了过来。

黑衣人说：水城快到了。

透过车窗，能看见窗外那些明明灭灭的灯火，由于火车尚处于快速的滑行状态，水城郊外的那些灯火，仿佛黑暗河流上反射着的满江渔火。与车窗外的宁静形成反差的是，车厢里开始骚动起来，一些准备在水城火车站下车的旅客，开始离开自己的座位，挤在过道上，朝车门那儿挪动。

简述：我得去 6 号车厢，否则要是把她跟丢了，等会儿可没法找。

黑衣人：这可不用担心，你忘了我能卜卦?

53. 火车上 晨

旅客们开始下车，看到夏季仍然安坐在自己的座位上，简述有些犹豫要不要跟随其他旅客下车，拥挤在车厢出口的旅客渐渐少了，此时，夏季像是突然清醒过来，她迅速提上自己的行李包，从车厢的另外一个出口，下了火车。

夏天，天亮得早些。水城火车站的月台上，下车的人和上车的人流混杂在一起，简述伸长脖子，隔着一二十米的距离，用眼睛牢牢地盯住鱼一样在人群中穿梭的夏季。正当此时，突然拥过来几个人，拦住了简述。

都是问简述住不住店的人。

·王建油画作品·

即逝—浮萍，布面油画，60cm×80cm

春分，布面油画，100cm × 150cm

滇红—瑞雪，布面油画，160cm × 100cm

滇红一拂，布面油画，140cm × 70cm

简述拒绝，但是这一耽搁，夏季已经走出车站，消失在简述的视线中。

54. 火车外广场

简述有些不知所措地站在水城火车站外面的广场上，跟踪的目标消失，他不知道下一步自己该怎么办。这时，他在车站的出口那里，看到了黑衣人。

简述（讪讪的）：我跟的人丢了！（城区的方向眺望）这下麻烦了。

黑衣人（有些迟疑地）：也许，是被网友接走了！

简述（有些生气地）：要找个网友，至少也要找杭州的上海的，在这种偏僻的小城与人约会……简述的表情有些不屑。

黑衣人：这种地方才安全，没人会发现，等她回到昆明，你还以为她刚下杭州的飞机呢。

突然，简述（有些怀疑地）：你说，她会不会是在这里约上什么人，再去杭州呢？或者是约会的人过来，反正在水城，他们谁也不认识！

黑衣人（爽朗地）：说不准，要不，我们先找个宾馆住下，然后我帮你在这座城里把她给找出来！

简述：你真能找到？

黑衣人：你忘了我能卜卦？

简述（好奇地笑了）：那行！

两人一前一后走进附近一家宾馆。

走在后面的黑衣人拨通了刑侦局的电话：头，目标要跟踪的目标跟丢了，调动这边资源帮着查查一个叫夏季的女人去了哪，查到发我手机上。……（挂掉电话，笑）我怎么成了私家侦探了呢……

黑衣人打完电话，若无其事走进宾馆。

55. 水城火车站通往市区的路上

夏季坐在一辆出租车里，开车的是一位年轻小伙子，车窗外闪过黎明时分城市大街两侧关闭的商铺。

出租车司机：你这是第一次来水城？

夏季（不时地望着窗外）：不，以前来过，但有二十年没来了。

出租车司机：那你等于没来，这20年来水城完全像换了座城市。

夏季：小师傅，20年前你多大？

出租车司机：刚进幼儿园呢！

56. 水城长途汽车站

出租车司机载着夏季在长途汽车站附近绕来绕去，不时把头伸出车窗，嘴里还念念有词：悦来客栈！没听说有这个宾馆啊。

夏季（有些焦急地）：一个不大的旅馆，记得才三层楼！

出租车司机：没有，这附近就没三层楼的房子。

夏季：要不，我从这里下车，慢慢找。

57. 水城街头 清晨

夏季在路边询问一个晨起锻炼身体的人，那人摇了摇头。

58. 水城街头 上午

夏季走进一家三层楼的小旅馆。

服务员过来问：住店？

夏季（有些疲惫地）：请问，这附近有没有一家叫悦来的客栈？

服务员失望地摇了摇头。

夏季疲惫地在旅馆大堂里的一条凳子上坐了下来，失神地望着外面。

59. 悦来客栈 1984年初

绛红色的天空零星地飘着雪花，悦来客栈的大堂里，有七八个年轻学生围坐在火边，其中有几个夏季不认识，估计他们就是客栈老板娘所说的那几个被困在这里的昭通学生。

曾惠（与他们交谈起来）：被困了几天了？

一个男生回答：三天了，但在我们来之前，路就已经封掉了，没有车敢跑。

卢国前（有些担忧地望着客栈外面）：看这天气，不知道什么时候路才会解冻。曾惠似乎对困在水城满不在乎，也许几天，也许十几天，真要是走不了，我们就在水城过春节。

曾惠与他们交谈的时候，夏季一直若有所思地望着客栈外面，远远地，有一个人踏着积雪走了过来，雪花纷飞，看不清楚来人的脸，但估计也是一个被大雪围困在水城的异乡人，当他走到悦来客栈的门口时，夏季一怔，她小声地叫了一声：程普！

这个时候，客栈门外的程普也看到了夏季，他果断地折转身去，走向了客栈对面的红云旅馆。谁也没有看见。

曾惠（也觉察到了夏季的异样）：怎么啦？

夏季：没——没事。

夏季低下头来，掩盖地向炉火里加着柴。

60. 悦来客栈

悦来客栈楼上，一间贴满了旧报纸的屋子，夏季坐在床边，在看书，但看出心神不宁的样子。

曾惠（走了进来，对夏季）：他们都说想去城里逛逛，去不去？

夏季：不去了，昨晚在火车上没休息好，想睡一下……

曾惠：卢国前也去呢！曾惠的表情很开心。

夏季（理解地笑了笑）：你去吧。

曾惠：那我去啦，说完一阵风似的离开房间。

曾惠走后，夏季独自坐在房间里，悄悄拉开了那用花布做的简易窗帘。她看到在悦来客栈外面的路上，曾惠和那几个男生一边交谈着，一边朝汽车站方向走过去。这时她看见对面红云宾馆二楼的一个窗子打开了，程普的身影出现在那儿，正望着楼下的街道。

夏季不知所措地放下窗帘，犹豫了一下，然后穿上大衣，离开了屋子，沿楼梯而下，穿过大堂，出门时，恰好碰到客栈的老板娘。

老板娘：姑娘，你不跟他们一块去城里逛逛？

夏季（一边说着脸红了，一边匆匆走出了客栈）：我这就去！

61. 悦来客栈外面

夏季将身子倚在悦来客栈大门边，程普也从对面的红云旅馆快步走出，站在大门那儿。他戴了个墨镜，站在那儿与夏季对视。夏季离开客栈，她走出十多米后，程普便不紧不慢跟在她的身后。

两人一前一后爬上了一道斜坡，来到了汽车站后面的铁道线上。

在铁轨旁边的一块空地上，洁白的积雪均匀地洒在上面，夏季蹲了下去，伸出食指，在雪地上写下了 CP 两个英文字母。后来，一个人来到了她的身后，片刻之后又绕到她的前面，夏季的视线中出现了两只皮鞋，黑色的。

夏季（头也没抬就知道站在她面前的是程普）：你跟着我到这里来干什么？

程普：我没跟你啊，我跑到水城来看雪景。我十八岁前，还没看到过雪呢。

夏季（低着头，用一根树枝在雪地上乱画）：昆明不是下了大雪，你见到了嘛！

程普（嘴中呼出热气，他从地上捧起一把雪，捏成雪团，用力扔向远处）：还没看够呢！

夏季：谁让你出生在版纳？要是出生在滇东北，你会看个够！

程普不说话，他取下墨镜，把头扬起来望着飘雪的天空，张开双臂，像要把掉落的雪花拥进怀里，他一脸灿烂的笑容。

夏季（装出生气的样子）：你还笑！昨天晚上是不是你一直尾随着我们，还戴了个墨镜，把曾惠吓得要死。

程普（笑中有几分得意）：岂止是尾随，我还站在你对面的椅背后面，看见某人睡得像头小猪一样。

夏季（笑了）：你才像头猪！说完用指头在雪地上写下一串英文：ChengPu is a pig。

程普：真想每天早晨醒过来，就看到这头小猪。

夏季：等会儿我们回去，分开走，要让曾惠看到我们在一起，消息就会传到我叔叔耳朵里……

程普（调侃地）：传过去才好呢！

夏季（突然站了起来，望着程普）：你是不是经常这样跟踪女生？

程普（不在乎地）：不多，这才开始，以后可能寒暑假各一次吧。

夏季恼，作势要走。

程普（拉了一下夏季）：回去我泡普洱给你喝，上好的普洱，我亲自压制的。

夏季（低下了头）：我才不跟你去呢，说完警惕地朝四周望了望。

程普（有些调侃地）：你那么怕人们知道我喜欢你？

夏季（盯住程普）：曾惠她们都说，你不知给多少女生写过情诗呢！

程普：真是冤枉！

夏季：还冤？穿普洱红裙子的女孩 / 有谁知道 棉布的下面 / 是我一生的慈爱与悲悯……

程普：你忘了曾经穿过一条红色的裙子？那是普洱茶熟茶的颜色！春天你在图书馆外面的草地上……

夏季：那有次我在电影院里看到你带着另外的女生！

程普：哦，那是我表姐，我说喜欢上一个比山口百惠还好看的姑娘，表姐不信，非要来看一看。

夏季：结果你表姐大失所望？

程普：不，我表姐夸我有眼光。

62. （闪回）师大图书馆外面 上午

夏季穿着一条红色的裙子，与一女孩子结伴从图书馆里出来，来到了一旁的草地上。

女孩：夏季，这条裙子太适合你了！

夏季（自己低头打量了一下）：可惜不是我的。

女孩：你要喜欢，就送给你了。

夏季：我可不夺人所好！

63. 悦来客栈附近的铁道上

雪花纷飞，两人行走在铁道上，程普将棉衣撑开，顶在两人的头顶上。

夏季：你什么时候又买了棉衣？

程普：与发小换了穿的，方便我跟踪。

程普：我那些诗其实都是写给一个人的，要不我一首一首地解释？

夏季（压抑不住自己内心的喜悦）：才不要呢！

程普：十八岁的女孩子 / 是一把优质的小提琴 / 一阵轻风，也能完成优美的和弦……

夏季（脸一下红了，她用两只手捂住耳朵）：不听，不听！

程普：你要不听，我还念。

夏季：好吧，那你念吧！

程普：是你让我念的啊。

夏季：你怎么知道普洱茶暖胃？

程普：我从小就生活在茶厂里，从小就跟着父亲学做茶。老茶厂了，民国期间就建的厂，专门生产普洱茶。

夏季：怪不怪你的名字里有个普字。

程普：我的普字可不是普洱茶的普，而是普洱县的普。

夏季：那不还是一样嘛！

程普：可不一样。突然，程普低头在夏季耳边小声叫了一声：Angel，夏季停了下来。零星的雪花在飘飞，程普蹲了下来，握住了夏季的脚，这时她才发现自己右脚的鞋带散掉了。

低头望着给自己系鞋带的程普，再看他因照顾自己，深青色的棉衣上，已经有了一层薄雪，夏季一脸的幸福。

夏季：我们恐怕一时走不了，你还是回昆明去吧。

程普：我问过旅馆的老板，他说这种天气，再过一个星期也通不了车。

夏季：那我就跟他们走路回去！

程普（表情突然严肃起来）：别傻了！这么冷的天，万一路上有什么意外？不允许！

夏季：我傻是我的事，你又不是我男朋友，凭什么管我？

程普（叹了一口气）：曾经是的。你像是我地下的女友，早知道你后来要与我分手，还不如公开呢，弄得谈个恋爱都得偷偷摸摸。

夏季（一脸的抱歉）：谁让我是有婚约的呢？

夏季：不说这个了。本来，你如果今早顺利搭上汽车，我就会赶今天中午贵阳到昆明的火车返回去，来的时候我就这样计划，可是汽车偏偏停开了，所以说，还是老天让我管你的事啊！

夏季：脸皮厚！

64. 街头的一家小餐馆 中午

老板娘热情地招呼：米线还是面条？

夏季：面条。

老板娘：小碗？

夏季：小碗，这附近哪儿有卖烤洋芋？

老板娘（朝街外面眺望了一下）：说不准，卖烤洋芋的推着烤车走来走去，你不找的话，它天天在你眼前，你要找的话，却怎么也找不到。

老板娘（把面条端过来）：现在很少有把烤洋芋当作早点的了。

65. （闪回）红云旅馆 夜

夏季下楼来到对面程普的房间门口。

夏季敲门，没人应，夏季失望离开。

程普上楼来，碰巧遇上从上面下来的夏季，他很开心。

程普：我还正想怎么把土豆送给你呢？

程普从怀里掏出两个还冒着热气的烤土豆。

程普：这里的烤土豆相当有名，我找了好久才找到这家老乡还在做生意。

夏季（有点感动，嗔怪的）：你让我怎么拿回去，那么多同学在。

程普：那你到我房间吃。

夏季：我才不去呢。

但经受不了烤热土豆的诱惑，夏季还是进了房间，一起吃土豆。

对面悦来客栈爆发出笑声，一群男生在那儿玩数字游戏，七和七的倍数要叫过，没有过的人就会被淘汰，脸上要贴上一根纸条，每当有人出局，女生就惊叫，气氛欢乐得像在过节。

夏季怕同学怀疑，吃到一半，匆匆要走。

程普轻轻擦掉夏季嘴上黏着的土豆末（笑）：别让你同学发现了。

夏季的脸一下子红了。

66. 水城街上 中午

夏季拦住了一辆出租车，司机的年纪看上去不小了。

夏季：师傅，这水城汽车站怎么不像原来的那个了？

出租车司机：这些年城市改造得非常快，你说的汽车站搬过家了。

夏季（失望地叹了口气）：唉！

出租车司机：你什么时候来过水城？

夏季：读书的时候经常来，我在这儿转火车，但最后一次来水城，是20年前的事了。

出租车司机：那你当然找不到了，不过幸好你问的是我，我知道那地方，只是原来的车站现在已经改成水城的远郊车站了。

67. 水城远郊车站 中午

城市变得面目全非，从出租车窗里望出去，是喧哗的城市街景。

夏季（突然叫了起来）：师傅，师傅，请停一下。

司机一脚刹车，出租车停在了路边。

夏季从车上下来，她抬起了头，看到了那个“天冷放水”的牌子，还挂在那棵水泥电杆上。

夏季（自言自语地）：就是这儿了！

夏季仔细地看了看周围，然后朝悦来客栈方向走了过去。

68. 悦来客栈

夏季独自来到悦来客栈，但悦字的竖心旁掉了，看上去像是兑来客栈。

时隔20多年，悦来客栈变化很大，原来三层楼房，现在变成了六层，老板娘还是原来那位老板娘，但看上去老了不少。

夏季办入住的时候，特意要了二楼临街的一间房。

进入房间，夏季径直走到窗边，望向窗外。

对面红云旅馆变化更大，看得出是在原址重建的，已经从旅馆扩建为宾馆了。

夏季盯着对面的窗子看，那扇窗紧紧地关闭着。

夏季从提包里小心拿出一饼普洱茶，能看到茶饼内飞上写着1983。

夏季掰开一点给自己泡了杯茶，经过20多年时光的陈化，那饼“普洱1983”的茶汤，颜色已经变得红亮，随着茶气的升腾，夏季仿佛又回到了20多年前的那个冬天。

69. （闪回）红云旅馆 夜

夏季坐在床边，望着程普在泡茶。

程普（把泡好的普洱茶端给了夏季）：以前，慈禧太后冬天喝的就是普洱茶。

夏季：夏天呢?

程普：她喝的是龙井

夏季（端起茶杯，望着杯中红酒一样的普洱茶）：颜色真好啊！

程普（得意地）：所以，我把这饼普洱茶命名为“普洱红”

夏季：你送我的茶饼，也是这种普洱茶？

程普：一批茶，全是一芽的茶菁。

夏季：你压制的？

程普：那当然，是我上山茶采的茶菁，然后在太阳下晾晒，再揉捻，发酵，压制的。

夏季：我发现你这个人挺鬼的，那天你告诉我掉了东西，谁想是你送的茶。

程普：那不是鬼，是机智。

程普（从夏季的手中接过了茶杯，小心斟满）：你喝的这是熟茶，口感润一些，要是生茶的话，要放上一段时间，味道才会变得柔和。

夏季：那我就一直喝熟茶吧！

程普：生茶要是放上一二十年，口感比熟茶更润。

夏季（有些吃惊地）：谁等得一二十年啊？

程普（站起来从包里掏出了一个茶饼，已经开封过了）：这是我喝的，是生茶，但要是放上二十年，它的颜色和这熟茶一样红润。

夏季接过程普递过来的普洱茶，她看见了普洱茶的内飞上写着“普洱红（生）1983的字样。

夏季（突然笑了）：要不，把你喝的这饼茶也送我了。我喜欢普洱红这个名字。

程普：等下学期开学，我送你一饼完整的。

夏季（有些任性地）：不，我就要这一饼。

程普歪头望着夏季，仿佛是在问你为什么要一饼启封过的？

夏季：你知不知道我的老家在哪儿？

程普：昭通啊！

夏季：昭通哪儿？

程普：你说过是在横江边的盐津

夏季：盐津的哪儿呢？

程普（摇了摇头）：你没有告诉过我。

我出生在普洱，七岁才去盐津读的书。

程普：怎么可能，他突然伸出手去，刮了下夏季的鼻子：你调皮！

夏季（认真地）：真的，我出生的普洱，是盐津县的普洱镇，后因为寄养在我叔叔家，才离开普洱镇的。

程普：这才巧了，我的老家就是普洱县的，后来父母调到勐海茶厂工作去了版纳，我也是初中毕业才跟着过去，所以我的名字里，有普洱的普字。

夏季：云南有两个普洱啊，一个在云南的南方，是个县；一个在云南的北方，是个镇。怎么会取成一样的名字呢？

程普：也许，我该给你取个小名，叫夏普！说完笑了起来。

70. 火车站旁的宾馆 傍晚

黑衣人百无聊奈躺在床上，突然他的手机响了两声，黑衣人打开一看，是一条短信：目标在悦来客栈，客栈电话是 0858-2137994。

黑衣人（用手机拨打了这个电话）：喂，悦来客栈，对，住店，从火车站到你们那儿怎么走？知道了，离远郊车站不远。

这时，有人敲门，黑衣人过去打开，是简述。

简述：下去吃晚饭？

黑衣人：顺便把房间也退了吧！吃完晚饭我们去远郊汽车站。

简述（一脸的疑惑）：去远郊车站？

黑衣人（神秘地）：你跟踪的人就住在那附近一家叫悦来的客栈。

71. 水城远郊汽车站旁

简述与黑衣人夹杂在那纷乱的人群中，寻找着那家叫悦来的客栈。由于悦字掉了竖心旁，变为了兑字，给他们的寻找带来了麻烦。

简述：是兑来客栈还是悦来客栈？

黑衣人：是悦来客栈！卦象上是这样说的。

这时，黑衣人也看到了那个叫“兑来”的旅馆招牌：就是那家了，悦字的偏旁掉了。

简述（点了点头）：应该就是那家旅馆，招牌上是像掉了一个偏旁。

悦来客栈的对面，是一家叫红云的宾馆。

黑衣人建议：要不，就住在红云宾馆，方便你监视？

两人办入住的时候，简述伸手向黑衣人要身份证。

简述：我来帮你办入住吧！让你陪着我，挺过意不去的。

黑衣人：简医生在昆明是有身份的人，到时给我介绍一点业务就行啦！

简述（像外国人那样耸了耸肩）：我可不认识煤老板。

黑衣人：我不是买煤，我是卖煤，我要认识的，是那些用煤的大企业，比如昆钢啊，焦化什么的。

两人办完入住上楼进电梯时，黑衣人又小声地说了一句：有提成的！

果真，两人在进红云旅馆的时候，看见了夏季正从悦来客栈出来。

72. 红云宾馆房间内 夜

简述与黑衣人分别进了自己的房间。

黑衣人进房间后，插上取电卡，打开了房间的灯，环顾了一下四周，又特地查看了卫生间，才来到窗边拨通电话。

黑衣人：入住下来了！简述跟踪的人就住在对面的宾馆，两口子都来水城，莫非牛敏也在水城？

电话那头传来声音：牛敏已找到，和简述闹脾气，玩失踪，跟着另外一个男友外出旅行回到昆明了，这女人真是没事找事…… 行动撤销！……

黑衣人（烦躁地）：牛敏不只一个男友？简述这……

电话那头：……简述老婆到底去水城干什么去了？

黑衣人：不太清楚，没准也是来水城会自己的男友！

电话那头：唉，太乱了！

有人敲门。

进来的是简述，径直走到窗边茶几旁的椅子上坐了下来：确定我老婆就住在对面？

刚才你说是占卜知道她住在悦来客栈?

黑衣人（仰头笑了）：这你也信?我是托朋友问的，现在入住宾馆都得登记身份证，上网了的，只要公安局有朋友，要找到她住哪个宾馆分分钟的事情。

简述（表情一下子放松了）：难怪呢，我还觉得奇怪，她住哪个宾馆都占得出来，也太邪乎了。

黑衣人：我来水城也就是要联系货源的事情，不着急，这几天我可以做你的专业占卜师，不收费，你管食宿就行。

简述也烦独自侦查妻子的无聊时光，欣然应允：那我在美团上订点吃的东西过来，要不，喝两杯?白的还是啤的?

黑衣人：还是啤的吧！白的假酒多。说完起身拿了宾馆配给的矿泉水，递了一瓶给简述。

床头上方，挂有一装饰用的木框，里面是用毛笔抄写的一首现代诗。

简述：我也可以占卜，这宾馆老板是个文艺青年。

黑衣人（看着墙上的装饰木框，笑了）：你也写诗?

简述（摇头）：我有个哥们过去喜欢写诗，不说他的事，兄弟你整天四处游走，见到过许多奇怪的事情吧。

黑衣人：那是，天下奇人多的是。

简述：讲两桩奇事来听听。

黑衣人：三年前我在滇南的金平，碰到了一对苗族夫妇，大约五十多岁的样子，说是有“放阴”的本事。

简述：什么是“放阴”?

黑衣人：就是帮你去到阴间啊，简单点解释就是把你的肉体留下，让你的灵魂去另一个世界旅行。

简述：真有此事?

黑衣人（点了点头）：整个人处于迷糊状态，似乎是清醒的，又似乎是在梦中，但是你会见到许多已逝的人。

简述：估计是一种催眠术。

黑衣人：据说有的人突然离开了，活着的人没有听到他的遗言，就追到阴间去问个清楚。

简述：与亡灵交谈，听上去感觉太魔幻了。

黑衣人：听说滇东南一带的寨子里，有不少会这种“放阴”的技术。

窗上，似乎有一个人的头像晃动了一下。

简述（一惊，对黑衣人）：如果遇到这种会“放阴”的人，真想让他算算我那个写诗的哥们到底去了哪。

黑衣人：他失踪了？

简述（点燃了一支烟）：是的，快二十年了。他失踪和我有关。

73. 派出所的询问室 1984年初 / 日

学生模样的简述坐在询问室中间的一个独凳上，两个警察靠墙坐在一张桌子的后面，突然一个警察按亮了他身后墙上的一盏电灯，一束强光打在了简述的脸上。

一个警察严厉地：你们俩的关系？

简述：他是我最好的哥们！

警察：少废话，说说你最后见到他的情景。

简述：我不是已经告诉你们了，回来的时候，他已经不在了。

警察：你不是对他的家里人说，他会回去过春节的嘛！

简述：他留的字条上这么说，腿长在他身上，我能控制？

警察：那他留给你的字条呢？

简述：弄丢了。

74. 同样的派出所询问室 日

简述头发蓬乱，眼神迷离，似乎处于崩溃状态。

简述（突然咆哮起来）：这个问题，我已经回答过一百次了！

警察：如果你不说出真相，我们还会问一百零一次！

简述：是我谋杀了他，这下你们满意了吧？

警察：这就对了，坦白从宽，抗拒从严！

另一个警察问道：你为什么会起谋杀你这么好的朋友的念头？

简述：他优秀啊！

警察：他优秀你就要杀他？

简述：他还想抢我的女朋友！

警察：你的女朋友？她是谁？

简述：许蓉啊，我的女朋友你们竟然不认识？也太孤陋寡闻了。

警察：说说你的作案经过！

简述：我用一块砖头往他脑袋上一拍，他就倒下去了，然后我把他藏进了学校门口的那个井盖下面。

75. 警车上 日

一辆驶向昆明的警车上，熟睡的简述、同学汪楚铭、简述的父亲以及两位警察坐在上面。

汪楚铭：春节的时候我见到他，就注意到他的精神出了问题。

警察：我建议即使是简述的情绪稳定下来，也最好不要在他面前提起这件事，否则不利于他的康复。

简述父亲点头。

汽车驶进了昆明长坡精神病医院。

76. 红云宾馆 夜

简述与黑衣人继续谈论往事。

简述（用手指了指自己的头）：受那些警察刺激，我的这个地方出了点问题，休了一年学，我与程普家的人也因此闹得很僵。

黑衣人：一个大活人，不应该就这样莫名其妙地消失啊！

77. （闪回）云大男生宿舍 日

学生模样的简述背着风尘仆仆的包，敲着一间宿舍的门。

门开了，里面是又高又瘦的程普，见到简述，开心地给了简述一拳头：怎么这么快就来了，上次写信你不是说 15 号才放假吗？

简述一边进屋，一边说：我的选修课提前考了。…… 昆明怎么比成都还冷？

程普（接下简述背着的背包，准备给他茶）：喝什么？还是普洱？

简述：这还用问？

程普所在的宿舍有些空，感觉有几天没人打扫房间了，里面乱得不能再乱，他的床上，放着一件新大衣。

简述：其他人呢？

程普：其他同学考完试已经回家了。

简述：你怎么还没走？

程普：不是在等你吗？

两人靠在窗口看着外面。说话。

程普：今年气候特殊，雪从年前的 12 月 27 日，下到元旦，街道两旁的行道树被雪压断了不少，许多路公交车都停开了。

简述：最近你见没见到过许蓉？

程普：中学同学聚会时见到过，另外，有一次我去医学院，在汪楚铭那儿见到过她。

简述（不好意思的）：她的学校好像在黑龙潭，我上次去过，好像挺远的？

程普：你今天要过去碰碰运气？

简述点头。

程普（调侃地）：可我觉得许蓉不合适你？

程普和简述谈论什么样的女孩值得追。

……

程普：你要去许蓉那儿，就早点去吧，9 路车，最后一班车晚 8 点收班。

简述出门前，看到程普身上穿的新大衣，提议互换棉衣穿。

程普（笑）：去见梦中情人，得换件新大衣？说完把身上的大衣脱下递给了程普。

简述没推辞，换上了程普的大衣，匆匆离开。

……

简述看完许蓉回来，高兴地上楼梯。

简述敲程普寝室的门，没有人回答。

门口贴了张纸条，说明钥匙在哪，说自己临时有事要出去几天，让简述别等他，说春节时会回普洱，到时见面。

简述拿着条子，发呆。

78. 红云宾馆 黄昏

简述：……那天以后，他就失踪了，我再也没有见过他。也没有任何人和我提起他的事，好像什么都不存在一样，有时我都不清楚我是否有这样一个朋友，我现在连照片也找不到。

79. 悦来客栈 夜

夏季独自坐在屋子里泡普洱茶，内飞上写有“普洱红 1983”那饼茶，经过 20 多年时光，茶叶的汤色红润透亮，夏季呆呆地望着那杯茶，仿佛又回到了 20 多年前那个寒冷的冬天。

80. 悦来客栈 夜

夏季进来时，大家并没有特别在意。

卢国前看到夏季进来，于是建议大家讨论怎么回老家的事情。

卢国前把一张地图摆在屋子靠窗的桌子上，一根手指按在地图上的水城字样上，然后沿着地图上的道路往北划向了昭通。

卢国前：半个多月来，这一带完全成了一块冻土地带，长途班车估计近期都会停班，可如果真要走路回去，至少要花一个星期的时间。

先前抵达水城的那几位学生中有人说：我们已经决定要步行回去，带够干粮，沿途计划好每晚住宿的村庄，应该没有问题。

曾惠说：天气不会一直冷下去，没准你们刚一走，天气就放晴。

81. 悦来客栈 晨

清晨，躺在床上的夏季发现有光影在窗帘上跳动。她掀起窗帘，看到程普在对面二楼给她做手势，让她出来。

夏季偷偷起床，没有惊醒曾惠。

82. 悦来客栈后面的铁路上 晨

程普和夏季并肩走在铁轨的枕木上。

程普：他们真的决定步行回去？

夏季：嗯，一共有八九个老乡，应该没有问题的

程普（关切地）：哪天走呢？

夏季：还没定呢！但就是这一两天，明天要到城里采购干粮。

程普：总之你不能跟他们走，那么冷的天，万一路上有什么意外？

夏季（故作轻松地笑了笑）：不会的，每晚住的村庄，都计划好了的。

程普停了下来，他扳过了夏季的肩头，非常认真地说：你要真与他们一道步行回去，我就会像影子一样跟着你们！

83. 悦来客栈 夜

夏季把程普开过封的那饼普洱取了一小块，放进自己的水杯里。

夜晚，夏季与曾惠睡在床上，天太冷，两个女孩都把被子裹得紧紧的。

曾惠（带着高兴的语气）：也不知道哪一天才能转晴。

夏季（心不在焉的）：这一带的冬天，年年都会被冻住的。

曾惠：卢国前说明天如果再不转晴，就决定走路回去——其实步行回家，我觉得是件挺浪漫的事情。

夏季：明天不放晴，大家都走吗？

曾惠：是！

曾惠满脸洋溢着幸福的光彩，没有留意到夏季神情中的不安。

84. 悦来客栈 晨

清晨的悦来客栈一片忙乱，洗漱，收拾行李，一群被困在这里好几天的昭通学生，决定要步行回乡。在背上背包走出房间时，夏季又返回到窗子边，拉开花布窗帘向外面张望。

悦来客栈的大堂里，老板娘提来一堆防滑掌，铁制的，朝地的一面有坚硬的锯齿。

曾惠（好奇，套了一个在鞋子外面）：老沉老沉的。

每个人都在自己的行李包上，挂上了一对防滑掌，钉钉当当地响。

当老板娘把那群即将步行回家的年轻学生送出来时，天空仍旧飘着雪花。

老板娘（关切地）：路上如果雪实在太大，那就回来。

一位男生说道：回来就在你这里过年啦。

老板娘：还有就是路上你们要照顾好两位姑娘。

就在其他人与老板娘告别的时候，夏季一直注视着红云旅馆二楼的窗口，直到曾惠叫走了，她才回过神来。

曾惠：你怎么了？

夏季：没，没什么。

85. 路上

七八个人沿着公路朝北走去，最初的那一段路，夏季总是在不停地回头，仿佛刚刚离开的悦来客栈让她无尽留恋。当他们一行人翻上车站后面那个山头时，一群人停了下来，站在那里眺望水城汽车站。

那时是早晨八点多钟，山下的汽车站和它周围的建筑都还沉浸在寒冷的梦乡，几乎见不到什么人，大地一片安宁。

86. 路上

一群人顺着积雪的公路继续前行。长时间的行走，让每个人的头上都冒了汗，在一个道路交叉口，走在前面的两个男生，正与几个背山货的农民交谈。

其中的一个村民说：从这条小道去汪家寨，比走公路要近好十来公里。

卢国前：你们也是去汪家寨？

村民：哎，你们走路回昭通，那可得好几天时间呐！

走上小路以后，道路变得又硬又滑，大家蹲下来，将防滑掌套在脚上系稳。一路上，夹在人群中的夏季，变得心事重重。

……

走到一个叫发拉的村子，此时已是午后，天空阴沉，走在队伍后面的夏季突然对曾惠说：我不想走了，我想回到悦来客栈等待天晴。

曾惠说：都走出来这么远了！

夏季：我的脚扭了，走不动，不想拖大家的后腿。

这时，走在前面的男生纷纷停了下来。

曾惠：夏季走不动了，那怎么办？

这时一个男生走过来对夏季说：要不把你的行李给我们帮你背？

夏季让自己的表情看上去显得有些痛苦：脚扭了，不背行李恐怕也不行！我想我还是折回悦来客栈去吧，在那里等天晴，实在不行我就坐火车返回昆明。

曾惠（一边说着一边望着卢国前）：那我也与夏季留下！

夏季：那怎么行！

看得出来，曾惠其实想跟着男生们一直走下去，她说：要不，坚持到汪家寨，实在不行再放弃？

夏季：不了，趁走得还不远，返回悦来客栈还来得及。

87. 路上

返回悦来客栈的路上，夏季一扫刚才的沉闷，她欢天喜地，脚步轻快。

88. 悦来客栈

傍晚时分，夏季重新回到了悦来客栈，天气寒冷，路上仍旧行人稀少。站在悦来客栈外面的空地上，夏季把被冷风冻得通红的双手捂在耳朵上，仰着头，望着红云旅馆二楼的窗口，脸上洋溢着动人的光彩。

窗子的后面，没有看见程普的影子。

夏季蹲了下来，从地上抓起一把雪，捏成一个小雪球，扔向了窗口。但是窗子后面，仍然没有什么动静。

悦来客栈的老板娘出来，看到夏季，一脸的吃惊：怎么，你又回来了，他们呢？

夏季笑着不说话。

老板娘：你们走了以后不久，住在红云旅馆二楼有个小哥过来，找你还是找另外那位姑娘，听说你们走了，就追你们去了。

夏季：是那个高高的、瘦瘦的？

老板娘：是的，那小哥住在对面也是好几天了，听口音，好像不是你们昭通人啊！

笑意在夏季的脸上凝固了：你说他追我们去了，他什么时候走的？

老板娘：你们走后半个钟头的样子吧，看样子他挺着急的，你们不该把他一个人丢下的。

夏季突然返身往回跑。

老板娘：姑娘，你还要去哪？

夏季头也没回，一直往前跑，直到天黑，望着前面空空荡荡的公路，夏季无助地蹲在路边哭了起来。

89. 悦来客栈 夜

夏季坐在屋子里回忆20多年前的往事时，突然，有人敲门，夏季回过神来，赶紧擦了擦脸上的泪水。

是老板娘，她敲开门之后，给夏季送来一次性洗漱用品。

夏季（很有礼貌地说了声）：谢谢！

老板娘（像是注意到了夏季的眼睛里还未擦干净的泪水）：你一直把自己关在屋子里，也不出去吃吃晚饭，是不是有什么事情想不开？

夏季宽慰她说：没事的，大娘！

老板娘不放心地说：前些日子，住进来了一位年轻的姑娘，（老板娘用手往楼上指了指），在三楼的一间客房吞了整整一瓶安眠药。

夏季（勉强地笑了笑）：我以前在你的客栈住过，只是你记不住我了。

老板娘（认真地望了望夏季，然后摇了摇头）：没印象。

夏季说：那是20多年前了。

老板娘走进屋子来，眯着眼睛，像是在努力回忆20年前的事情。

夏季（提醒老板娘）：1984年的年初，一群回昭通的学生住在了你的客栈，记得不？

老板娘（点了点头）：那年的冬天实在太冷了，雪从年前就开始下，整个正月就没有晴过。有些学生要步行回故乡，有个男孩走散了……

夏季（悲伤地）：是，他后来被冻死在离汪家寨不远的公路边，我也是过了一两年才知道的。

老板娘（陷入回忆）：是，那孩子冻死后，警察还来我的客栈，非说是住在我这儿的，要我查找那孩子的信息，你说我去哪儿找？

夏季：二十年前我去水城看过他，包了车直接去汪家寨的，没在水城停留。

老板娘（长叹了一口气）：唉，可怜的孩子，估计也只有你还记得他。

90. 悦来客栈 夜

夏季靠在沙发上睡着了，做梦。

夏季梦见自己独自一个人行走在从水城到昭通的那条结着厚冰的公路上，四周不见一个人，她有些焦急地努力往前赶，突然，他看见了离发拉村不远的那个山口，程普独自坐在路边，在那里大口大口喘气，夏季非常高兴，她叫程普，程普，可是任凭她怎样张大嘴，却没有任何声音发出来。

后来，夏季是被自己的这种挣扎给弄醒了。屋子里面非常黑暗。

夏季起床，轻轻地拉开了窗帘的一角，发现对面红云宾馆二楼的那间房的灯是开着的。夏季长久地凝视着那个窗口，外面的灯光照了过来，夏季不知什么时候已是泪流满面。

91. （闪回）水城通往汪家寨的公路边　中午

夏季（坐在路边一隆起的土堆旁轻声地诉说着）：程普，我要结婚了，他是个医生……

离夏季一百多米的地方，出租车里传来陈百强的歌声《一生何求》。

92. 红云宾馆房间内 夜

茶几上摆着几瓶啤酒和开封了的零碎食品，简述与黑衣人分坐两旁。

喝得有些上头的简述：这个宾馆设施太差，要不是这儿好监视……

黑衣人（为简述的杯子续上酒）：喝酒喝酒！

简述（端起杯子与黑衣人手中的杯子碰了一下）：我不知道程普一个大活人，怎么就突然消失得无影无踪，你要说他是个女人，被人拐卖到深山里给人做老婆，还情有可原，可他是个男的，总不至于拐卖去做姑爷吧？

黑衣人：你最后一次见他是？

简述：1984 年开年不久，放寒假，我从成都回老家普洱，途经昆明寄住在他那儿，他却给我玩失踪！

黑衣人：那是有点奇巧的，如果是 1988 年，那还情有可原。那年海南建省，许多人不告而别去了海岛，有许多混得差的，就此隐姓埋名。

简述（略带感伤）：那年，警察的询问太粗暴，心理上留下阴影，妈的！

黑衣人（笑了笑）：警察要总是一副和颜悦色的样子，对坏人也就没威慑力。

简述（抱怨）：可也不至于询问的时候，一直用电警棍烧桌上的一只蟑螂，20多年了，那难闻的气味至今都还没有完全散去，所以我从来不愿意回忆起程普来，包括对我老婆夏季，唉，喝了酒，就管不住我的舌头。

黑衣人：其实你真要查明程普失踪的真相，以今天的刑侦手段，并不太难。

简述（发了支香烟给黑衣人点上）：事情过去那么多年，我不想再把伤口撕开。说完，他起身走到窗口，透过窗帘的缝隙往对面悦来客栈看去，突然，他神色紧张地说：她好像发现了我？！

黑衣人：谁？

简述：夏季啊！她一直站在窗边往我们这边望。

黑衣人（离开了屁股下的凳子，走到了窗子边，轻轻地拉开窗帘，从缝隙中看着外面）：没有啊？突然，黑衣人回过头来对站在身旁的简述说：她从悦来客栈出来了，这是要到哪儿去呢？

等简述也把头从窗帘的缝隙中望出去时，外面街面上什么也没有，夏季已不见踪影。

黑衣人（皱了一下眉头）：这事有点奇怪啊！

93. 红云宾馆 夜

有人敲门。

黑衣人：谁啊？

没人回答，但静了片刻之后，敲门声又响了起来。黑衣人走过去对着猫眼往外看，然后回头对简述作了个回避的手势，压低声音说，是好像被她发现了。

简述将自己藏在窗帘后面。

黑衣人打开房门，但用手扶着门框，一副不让来人进来的样子。

黑衣人（对来人）：请问你找谁？

夏季的声音传来：能不能让我进去看看？

黑衣人：你是想找谁？

夏季：我不找人，我只是想看看这间房间。

黑衣人把她拦在外面。

夏季失望离去。

……

夏季缓慢地下楼，往事又不由分说地聚拢过来。

……

夏季沿路寻找程普。

夏季在路边哭泣。

夏季在房间里等。

夏季坐火车返回昆明。

夏季返回空空的学校，坐在寝室等待。

开学，夏季听曾惠无意中谈到程普失踪的事情。

夏季开始沉默寡言。

……

夏季去茶馆，遇到简述。听简述谈普洱，和简述交谈。

夏季去清风书店，看到简述。

夏季去电影院，散场碰到简述。

新婚，夏季把普洱茶锁起来。

……

夏季逐渐发现简述的放纵，对她的漠不关心。

简朴餐厅内，简述和夏季亲密地并排坐在餐桌边用餐，夏季胃疼，简述表现出关心的样子。

比较豪华的餐厅内，简述、夏季和汪楚铭夫妇一起聚餐。简述和汪楚铭正在激动地谈论医院晋升的问题。夏季胃疼，简述稍微问了下，继续谈论晋升问题。

更豪华的餐厅里，简述，夏季和一大桌人坐在一起吃饭。能看出几乎所有男人都在巴结即将要当副院长的简述，女人都在嫉妒夏季的幸福。简述正在高谈阔论对茶的看法，众人附和地听着，不时有人敬酒，女人敬酒时的表情尤其暧昧。夏季胃疼，简述根本无暇过问，继续和众人应酬周旋。

夏季打开手机，看到上面简述与牛敏放纵的照片。

夏季出差回来，在卧室里发现她送给汪楚铭妻子许蓉的发夹。

夏季独自一人把箱子打开，从中拿出那饼“普洱红 1983”，泡了一杯，望着水中渐渐散开的叶片，夏季哭了起来……

夏季在悦来客栈里回忆往昔的点点滴滴，满脸的泪水。

94. 红云宾馆 清晨

清晨，简述发现夏季从悦来客栈中走出来，上了大门外的一辆白色轿车。

简述和黑衣人慌张下楼，白色轿车已经消失在前面的路口。

简述（追了十几米，停下来喘气）：妈的！

黑衣人（跟上来）：看没看清车牌号？只要看清车牌号，我马上请水城的朋友给它定位！

简述（弯着腰）：没看清车牌，我只顾去看接她的是什么牌子的汽车，她约会的这人不像有钱的人啊，开的是一辆白色的比亚迪。

黑衣人：这座城市至少有一千辆比亚迪，白色的也至少有三百辆，我短时间可没办法查到。

95. 红云宾馆外 清晨

简述招停了一辆出租车。

简述（弯下头）：知不知道刚才那辆白色比亚迪去了哪？

出租车司机瞅了简述一眼：我哪儿知道？说完一踩油门走了。

简述（回过头来，苦笑着对黑衣人）：要不，你再卜上一卦？

黑衣人：只能卜车去的大概方向，卜不到具体地点。

简述（叹了口气）：跟踪了那么长时间，弄丢了！

黑衣人：我有办法了！

96. 悦来客栈 清晨

黑衣人（快步走进悦来客栈，从衣袋里掏出证件给老板娘迅速看了一眼）：昨晚住到你这儿的那位女士退房了没有？

悦来客栈老板娘：还没退呢！

黑衣人（严肃地）：知不知道她去了哪儿？你要如实告诉我！

悦来客栈老板娘：知道，她去了汪家寨

黑衣人：远吗？

悦来客栈老板娘：不远，离这儿二十来公里吧。

黑衣人：是个镇？还是个村？

悦来客栈老板娘：是个镇，六盘水市钟山区下面的一个镇。

刚赶进悦来客栈的简述听到了黑衣人与老板娘的交谈，他（表情困惑）：她不至于跑到一个镇上去与人约会吧！

老板娘说：汪家寨那儿还有个煤矿！

97. 悦来客栈外 清晨

简述（招停了一辆出租车）：师傅，知道怎么去汪家寨吗？

司机：知道，我老家就是汪家寨的。

98. 路上

出租车往汪家寨方向驶去。车窗外面是黔西水城一带夏天的景色。

黑衣人：我发现从昨天上火车开始，你的经历完全可以编一部悬疑电影。

简述沉默。

黑衣人：师傅，太热了，开点冷气吧！

出租车师傅：还热？我们这儿被称为凉城。

简述（突然开口）：这儿冬天很冷，昆明静止锋的东面，一到冬天就下凌。

出租车司机（从头顶的后视镜中迅速望了一眼简述）：这个师傅说得对，水城的冬天很冷的。

黑衣人：这儿纬度与昆明也差不了多少，冷不到哪儿去！

出租车司机：你可别小看，这儿冬天冻死过人呐！

突然，出租车缓了下来。

出租车司机（用手指着前方不远的地方）：1983 年的冬天，有人就冻死在前面不远的地方。

简述（表情疑惑）：你确定是 1983 年？

出租车司机：就是雪下得最大的那一年，长途汽车停运了一个多月，听说有人步行回昭通的时候，可能是路上生病了吧，就冻死在了离汪家寨不到五公里的地方，等人们第二天发现的时候，人都硬了，身上像是套上了一个冰凌做的罩子。

将头靠在车窗往外眺望的简述一脸震惊。

从车窗往司机所说方向望过去，简述看见了夏季，坐在公路边一个不显眼的土堆旁，正在扭开手中的保温壶。她的面前，似乎还放着两个白色的小瓷杯。

简述看着窗外的妻子，车渐行渐远。

99. 南糯茶寮　1988 年夏

1988 年夏天，在清静又简陋的普洱红小茶馆内，夏季坐在窗边，手里是那本略显陈旧的英文小说《傲慢与偏见》。

茶店老板（过来续水）：你可以尝一尝我们家的普洱茶。

夏季（放下手里的书）：我喝过普洱的。

茶店老板：不习惯普洱茶的味道？

夏季（神情突然落寞）：不是。

这时有人走进茶室，茶馆老板迎了上去：简医生！

夏季看了看走进茶馆的人，低头把书翻开。

茶馆的收音机里，正在播放新闻：

4 月 13 日，七届全国人大一次会议正式表决通过海南建省，海南成为我国第 31 个省，同时也成为全国第一个经济特区……

夏季眼前的那本英文书里，夹着一只活页纸叠的千鹤，夏季将它缓缓打开，看到上面写着的一首诗：

普洱红的棉布裙子，素食的婴儿
羞涩的面容如同风中的三月
苏醒的大地，谁在
用甜蜜感激甜蜜
又是谁，用温暖回报温暖

湖蓝色的姑娘，尘封的普洱
是谁替我剥开厚重的时间
让我看见梦里的花朵
和一生守候的距离

穿普洱红裙子的女孩
有谁知道，棉布的下面
是我一生的慈爱与悲悯

诗句中间，隐隐现出微笑的程普，定格。

（完）